MW01148325

Sandy Nell
point of no return

Mein langer Weg zu Dir

Über Sandy Nell

Nach einem turbulenten Leben, das ihm viel ab-
verlangte, hat er mit seiner zweiten Frau die Ruhe
und das Glück gefunden, nach dem er sein ganzes
Leben lang suchte.

Nell kam zum Schreiben über Umwege. Alles begann mit der Veröffentlichung zahlreicher Artikel
zum Thema Behinderung und Barrierefreiheit,
während seines ehrenamtlichen Engagements.

Sandy Nell

point of no return

Mein langer Weg zu Dir

Roman
nach realen Erlebnissen

Impressum

© 2024 Sandy Nell

Umschlag, Illustration: Norbert Sandmann

Lektorat, Korrektorat: Norbert Sandmann

Bildnachweis: IStock, 961956422 ;529681994; 1138089745

Druck und Distribution im Auftrag Sandy Nell

tredition GmbH, Halenreie 40-44, 22359 Hamburg, Deutschland

ISBN

Softcover   978-3-384-11111-1

Hardcover   978-3-384-11112-8

E-Book   978-3-384-11113-5

Bibliografische Information der Deutschen Nationalbibliothek: Die Deutsche Nationalbibliothek verzeichnet diese Publikation in der Deutschen Nationalbibliografie; detaillierte bibliografische Daten sind im Internet über http://dnb.dnb.de abrufbar.

Widmung

Dieser Roman basiert auf einer langjährigen, gefühlsbetonten Beziehung zu einem fantastischen Menschen.

Er ist für einen besonderen Menschen geschrieben, der an mich von der ersten Stunde an glaubte und mich inspirierte.

Inhalt

Die Geschichte

›ALEJANDRO‹, wie es in sein Namensschild hinter der Frontscheibe eingeprägt ist, ist ein leidenschaftlicher Fernfahrer im internationalen Fernverkehr, regelmäßig bereist er die iberische Halbinsel.

Der Autor begleitet den Fernfahrer aus Leidenschaft, durch zahllose wahre und überlieferte Erlebnisse rund um die internationalen Touren. Es sind Geschichten von Raubüberfällen bis zum Mord an unliebsamen Zeugen, Situationen zwischen Leben und Tod, von purer Lust am Leben und trüben Momenten, von Sekundenschlaf und totaler Übermüdung.

Das Leben auf der Straße, unverblümt und ungeschönt.

Bereits als Jugendlicher hatte er eine klare Vorstellung von einem glücklichen Familienleben. Von einer warmherzigen Frau, von drei Kindern, am liebsten alles Mädchen, träumt er seither. Dafür würde er seinen Job jederzeit an den Nagel hängen, das weiß er ganz genau.

Im spanischen Albacete lebt die Unternehmers-Tochter Felicia mit ihrer dreijährigen Tochter Pepita. Sie ist unabhängig und intelligent, nach außen wirkt sie selbstbewusst. Im damaligen Spanien, der Neunzigerjahre des letzten Jahrhunderts, genießen Frauen mit unehelichen Kindern geringes Ansehen und haben es schwer einen Mann zu finden, zu groß sind Vorurteile und der Einfluss der katholischen Kirche. Feli, wie sie überall liebevoll genannt wird, ist eine bildhübsche, groß gewachsene junge Frau, doch hat sie es mit ihrer Körpergröße von 1,85 Metern schwer einen passenden Partner zu finden. Sie sehnt sich nach einem Ehemann und Papa für ihre Tochter, mit dem beide durch dick und dünn gehen können, einen Mann, mit dem sie bis an ihr Lebensende lachen und weinen kann. Sind dies nur Wunschträume oder gibt es da draußen tatsächlich ein solches Exemplar?

Sie lächelt ihn mit großen Augen an, nein es ist kein normales Lächeln, es ist anders, ihre Augen beginnen zu glänzen und zu funkeln. Ihre Blicke treffen ihn genau in sein Herz. Sein Herz schlägt schneller. Er erwidert ihr Lächeln mit einem freundlichen nicken und strahlt sie dabei an.

»Nicht zu lange anschauen, schnell woanders hinsehen, sonst glaubt sie noch ich würde sie anstarren«, schießt es ihm durch den Kopf. Felicia erwidert das Lächeln des Camioneros.

Ihr Magen scheint sich zu drehen, sie hat ein Kribbeln in ihrem Bauch,

»Was ist los mit mir? Ist er es, ist es der, auf den ich gewartet habe?«

Feli hat das Gefühl ihren Verstand zu verlieren, das Herz schlägt bis hinauf in ihren Hals, sie blickt erneut nach draußen, er unterhält sich mit Pedro, dem Lageristen, »Los, schau bitte noch einmal zu mir, bitte, bitte!«

Als er sich wieder zu ihr hingewendet hat, hatte sie ihren Kopf bereits erneut auf ihren Schreibtisch gerichtet. Sofort springt sein Kopfkino an, es sind Bilder rund um ein Familienleben, er sieht sich, die wunderschöne Lady und eine kleine Horde Kinder, genau wie in seinen zahllosen Träumen. Alexander fängt sich wieder und wischt die Bilder so schnell weg, wie sie aufgekommen sind. »Hör auf zu träumen«, ruft er sich zur Besinnung. »In einer halben Stunde bist du hier weg und wirst nie mehr zurückkommen«. Er dreht sich erneut zu ihr, sie blickt ihm freudig in seine klaren Augen, er lächelt zurück, es ist ein Lächeln, das Felis Herz schmelzen lässt. Sie kann keinen klaren Gedanken fassen.

Sie steht auf und läuft schnell nach nebenan in Mamas Büro, sie hat es eilig.

Maria fragt, ob der Camionero ein Deutscher sei, dass die Ladung aus Alemania kommt, hat sie bereits an den Behältern gesehen.

Ihr Lagerist meint, »Ich glaube schon«.

Prolog

Alexander liegt in der Koje seines Lastzuges, einem IVECO Turbostar Special Edition mit 420 PS. Er befindet sich in der Nähe der baskischen Stadt Bilbao. Draußen regnet es wie so oft in diesem Teil Europas in Strömen. Der Wind, der über den Golf der Biskaya weht, pfeift um das Fahrerhaus, die Plane seines Aufliegers klatscht fortwährend gegen das Planengestell. Während draußen die Böen um den Lkw pfeifen, hält die bullernde Standheizung die Kabine auf einer angenehmen Temperatur. Er grübelt über seine Beziehung zu Susanne, er muss sich eingestehen, dass es bisher nicht gut zwischen ihnen gelaufen ist. Gut, sie wäscht ihm seine Wäsche, sie kauft für ihn die Lebensmittel, die er mit auf Tour nimmt. Was Alexander fehlt, ist Nähe, Körperkontakt, liebevoller Umgang, Begegnung auf Augenhöhe. Dann sind da noch ihre Wutattacken und der Alkoholkonsum, die ihre Beziehung belasten. Er gesteht sich ein, dass sein Beruf mit den langen Zeiten der Abwesenheit einem Familienleben nicht förderlich ist. Sexuell passen sie ebenfalls nicht zusammen. Während für ihn sexuelle Harmonie ein wichtiger Teil einer Beziehung darstellt, ist nach eigener Aussage Susannes, ›Sex etwas Besonderes‹. Sicherlich geht sie unter bestimmten Umständen los, wenn sie ihren Eisprung hat oder reichlich Alkohol im Spiel ist.

Das Letztere ist für ihn der absolute Lustkiller. Alexander ist sich bewusst, dass diese Beziehung nicht seinen Vorstellungen entspricht, seine Sehnsüchte liegen woanders. Er könnte das Verhältnis zu ihr beenden, es würde eine ausgiebige Auseinandersetzung folgen und genau hier ist sein größtes Problem. Er hat als Kind nicht gelernt, seine eigenen Interessen in den Vordergrund zu stellen oder eigene Wünsche durchzusetzen. Es war für ihn als Kind eine Überlebensstrategie zu schweigen und den Unmut und die Verzweiflung hinunterzuschlucken, dafür sorgte sein Vater, mit seinen Wutausbrüchen, dem Terror innerhalb der Familie, den Gewaltausbrüchen und nicht zuletzt seinen Demütigungen. So kam es, dass er als gestandener Mann, Fracksausen vor dem Beenden der Beziehung hatte, er kannte Susannes Wutanfälle und Gemeinheiten nur allzu gut, sie war damit nicht weit von seinem Vater entfernt. Ihm war bewusst, dass er diesen Weg gehen musste, wolle er nicht seine Träume an den Nagel hängen und sich selbst aufgeben.

Seine Freundin Nathalie, sie stammt aus dem sibirischen Wladiwostok und ist mehr als 20 Jahre älter als Alexander, riet ihm seit Längerem, das Verhältnis zu Susanne zu beenden. Du gehst sonst unter, du gehst andernfalls psychisch kaputt, hatte sie erst neulich wieder zu ihm gesagt. Er musste es tun, komme, was wolle.

Die seelische sowie auch körperliche Nähe ist ein wichtiger Bestandteil einer jeden Beziehung.

Existieren solche Familien nur in seiner Fantasie, oder gibt es sie ebenfalls in der Realität? Ja, es gibt sie!

Bereits öfter fielen ihm ältere Ehepaare auf, die einen liebevollen Umgang miteinander pflegten und sichtlich ineinander verliebt waren. Alexander erinnert sich an eine Begegnung beim Einkaufen, mit einer Frau im mittleren Alter. Sie erzählte ihm, dass ihr Mann an A L S (eine tödliche Erkrankung) erkrankt sei und sich bereits seit einem Jahr in vorgezogener Rente befinde. Sie erzählte, dass sie früh um acht Uhr zur Arbeit ginge und ihr Gatte bis zehn Uhr schlafen würde. Das Besondere daran, mit welcher sanften und liebevollen Stimmlage sie äußerte, »Er hat doch recht, wenn er so lange schläft«, die beiden schien, eine tiefe Verbundenheit zu verbinden. Dies sind seine Vorbilder, seine Inspirationen, seine Ziele, im Alter, nach vielen Jahren des Zusammenseins noch tiefe Zuneigung verspüren. Kann es etwas Erstrebenswerteres im Leben geben? Wohl kaum!

Hatte er nicht schon genug häusliche Gewalt und Demütigungen in seiner Ursprungsfamilie erleben müssen? Er konnte und wollte es in seinem weiteren Leben nicht mehr zulassen. Würde sein allergrößter Wunschtraum in Erfüllung gehen? Würde er die passende Frau kennenlernen? Würde er sie erkennen, wenn sie vor ihm stände? Fragen über Fragen und keine Antworten. Noch bis weit in die Nacht hinein kreisten die Gedanken in seinem Kopf und ließen ihn nicht einschlafen.

Mr. Right

Sie hat eine fünfjährige Tochter und ist finanziell unabhängig. Das Einzige, was ihr fehlt, ist ein Ehemann, der ihre Pepita wie sein eigenes Kind annimmt, der ihr Geborgenheit und Wärme gibt, der mit ihr durch dick und dünn geht. Hätte sie mit ihm noch guten Sex, dann würde sie glücklich und zufrieden sein. Sie würde alles für ein solches Exemplar von Mann geben. Mit ihren 1 Meter und 85, ist sie groß gewachsen. Wenn sie auch mit ihren langen Haaren und ihrer Figur umwerfend aussieht und zudem einen Hochschulabschluss in Wirtschaftskunde in der Tasche hat, war es für eine Frau, mit einem unehelichen Kind, einen Mann abzubekommen, damals mitunter schwer. Während der Ära der 1990er-Jahre, hielten viele spanische Männer, Frauen mit unehelichen Kindern als schlechte Ehefrauen, als Frauen, die sich leichtfertig Männern hingaben, als Chicas. Während Männer mit sexueller Erfahrung als coole Kerle galten, wurden sexuell aufgeschlossene Frauen als leichte Mädchen, als Schlampen abgestempelt. Deren Kinder galten oft genug als Bastarde. Einen geeigneten Ehepartner zu finden ist, zumindest hier in Süden Europas, für sie schwierig. In den großen Städten wie Madrid und Barcelona schien die gesellschaftliche Akzeptanz gegenüber Frauen weltoffener zu sein. Selbst hier in Albacete, einer Stadt mit 170.000

Einwohner, wurden die spanischen Männer zum Großteil noch mit frauenverachtenden Anschauungen erzogen, die aus dem 19. Jahrhundert stammten. Frauen sollten für das Gebären der Kinder und die Hausarbeit verantwortlich sein. Viele spanische Machos wollten obendrein noch angehimmelt werden. Zumindest traf dies auf die meisten Kerle zu, denen sie begegnet war. Sie würde lieber die Jahre mit ihrer Tochter allein verbringen, als sich an einen eingebildeten Proleten zu binden. Andere wiederum lebten die Gleichberechtigung zwischen Mann und Frau, doch keiner hatte ernsthaftes Interesse an ihr gefunden. Ihre Körpergröße macht es ihr ohnehin schwer, den für sie passenden Lebensgefährten kennenzulernen. Sie ist eine bildhübsche, sympathische und intelligente Frau, vielleicht sind es gerade diese besonderen Eigenschaften, die, die Männer Abstand von ihr halten ließen. Körpergröße, Intelligenz und Kind wurden bei ihr zum Ausschlusskriterium für eine Beziehung. Vereinzelte Stimmen bezeichneten, die 33-Jährige, hinter vorgehaltener Hand als alte Jungfer, die mit ihrem Kind ohne Vater keiner haben wollte. Ältere Männer, welche sich mit einer jungen Frau zeigen wollten, zeigten Interesse an ihr, doch für einen solchen Patron hat Felicia (Feli) nichts übrig, nur als Schmuckstück und Vorzeigeobjekt möchte sie sich nicht hergeben. Eine Affäre mit einem verheirateten Mann kam ebenso wenig in Betracht. In dieser Beziehung zeigt sich Felicia traditionsverbunden, eine lockere Beziehung zu einem Mann kam auf Dauer für sie nicht infrage.

Ihr Ziel war es, zu heiraten. Was ihr in der Vergangenheit immer wieder fehlte, waren körperliche Nähe, Wärme, Geborgenheit und nicht zuletzt guter und intensiver Sex. Wenn auch Ihre Eltern, ihr Geborgenheit und Liebe geben, ist es nicht mit einem intimen Menschen vergleichbar. Feli hatte in der Vergangenheit bereits mehrfach Sex mit anderen Frauen, sie ist bisexuell veranlagt. Eine Liebesbeziehung mit einer Frau war für sie jedoch nicht denkbar, Liebesgefühle kann sie nur gegenüber einem Mann aufbringen. Ihre Eltern würden eine Frau an ihrer Seite dagegen akzeptieren, sie allerdings wünschte sich eine Familie mit Mann und Kindern. Sie würde notfalls ihre eigenen Bedürfnisse hintenan stellen. Ganz so, wie sie sich ihren Mann ›Mr. Right‹, den Richtigen, in ihren Träumen ausmalte, wollte und konnte sie im Wachzustand, nicht an ihn glauben, die Realität sah anders aus. So manches Mal beneidet sie ihre Eltern, führten sie eine glückliche Ehe, eine Ehe voller gegenseitigen Respekts, liebevoll und zuvorkommend, zudem, mit einem erfüllten Liebesleben, das sie zu den unterschiedlichsten Zeiten bis in ihre Wohnung hören konnte. Es ist nicht verwunderlich, dass sie sich selbst danach sehnt. Wenn sie abends allein in ihrem großen Bett, das mehr als ausreichend Platz für einen Mann gehabt hat, nicht einschlafen konnte, sie über ihr bisheriges Leben grübelt, bekam sie Zweifel an dem, was sie früher, noch vor Pepitas Zeiten, gerne tat. Es waren ihre sexuellen Neigungen und Vorlieben, die sie in vollen Zügen während ihrer Eskapaden auslebte. Es waren die Männer und Frauen, denen sie sich hemmungslos hingab und mit denen sie viele Stunden der Lust und Begierde erleben durfte, mit denen sie ihre intimsten Träume auslebte. Heute, da sie sich so sehr eine intakte eigene Familie wünscht, steht ihre Vergangenheit ihr im Weg. Es sollte noch ein weiteres Jahr andauern, bis Felicia einen geeigneten Mann in ihrem Alter kennenlernte.

Hält die Ladungssicherung?

Es ist Freitagnachmittag, Alexander steht mit seinem Lkw in Passau und hat nach dem Beladen, die Ladung gesichert und die Plane verschlossen, nun kann das Wochenende beginnen. Nach drei Wochen kommt er wieder einmal nach Hause. Es sind nur noch läppische 300 Kilometer von Passau nach Schweinfurt, ein Klacks. Sein Magen knurrt, hatte er bereits heute früh gegen fünf das letzte Mal einen Bissen zu sich genommen. Er beschließt auf dem Autohof Hengersberg herauszufahren, und sich noch ein leckeres Fernfahrersteak mit Speckbohnen und Bratkartoffeln zu gönnen, so viel Zeit muss sein. Besonders eilig hat er es nicht, Susanne konnte warten, die Beziehung ist inzwischen abgekühlt. Er hat sehr geschmackvoll gegessen, seine Laune ist ausgezeichnet und er befindet sich wieder auf der Autobahn A3. Die Ausfahrt Parsberg ist bereits in Sichtweite, es besteht ein Überholverbot für Brummis. Mit gemütlichen 90 km/h fährt er hinter einem slowakischen Sattelzug her, der Sicherheitsabstand von 50 Metern passt. Im linken Rückspiegel sieht Alexander einen Pkw mit hoher Geschwindigkeit schnell näherkommen, als er sich fast auf gleicher Höhe befindet, verzögert er stark seine Geschwindigkeit. *Der will doch wohl nicht jetzt noch die Ausfahrt nehmen*, schießt es ihm durch den Kopf.

Die Einhundertmeterparke haben beide eben passiert, er fährt auch schon an Alexander vorbei und blitzartig wechselt der Wahnsinnige auf die rechte Spur, und bremst seinen Sportwagen noch einmal stark ab, um die Ausfahrt zu schaffen. Es blieb keine andere Möglichkeit, als eine Notbremsung einzuleiten. Blitzschnell tritt er das Bremspedal mit aller Kraft nach unten, um ein Auffahren, auf den Lamborghini zu verhindern. In Bruchteilen einer Sekunde steigt der Puls auf hundertachtzig, *hält die Ladungssicherung?* Er erwartet bereits einen lauten Knall von hinten, dass die Ladung in seinem Fahrerhaus landet. Inzwischen hat der Raser gerade noch die Ausfahrt geschafft und ist gleich darauf verschwunden. *Gott sei Dank, die Sicherung hat gehalten.* Alexander ist in diesem Moment mit den Nerven fertig, hatte er doch in den vielen Jahren auf der Straße schon so manchen schweren Unfall gesehen. So manches Führerhaus wurde dabei durch schlecht gesicherte Ladung zertrümmert. Wie oft konnten die Helfer, die Kollegen nur noch tot bergen, *kein schöner Anblick!* Er schaltete die Gänge hoch, um wieder auf Geschwindigkeit zu kommen. Daheim auf dem Firmengelände angekommen, nimmt er seine bereits vorbereiteten Frachtpapiere der letzten drei Wochen, um sie im Büro abzugeben. Seine Spesen für die vergangenen Wochen lässt er sich wie immer in bar auszahlen, es kam wieder eine beachtliche Summe zusammen, zudem die Bordkasse in verschiedenen Währungen wie Deutsche Mark, französische Franc und spanische

Peseta. Alles in allem handelte es sich dabei regelmäßig um 2.000 bis 4.000 Mark, die er in verschiedenen Währungen bei sich trug. Die Geschäftsgelder sind der mit Abstand geringste Anteil. Für einige Halunken wäre ein Schlag auf seinen Kopf, bei einer solchen Summe eine lohnende Beute. Alexander ist Fernfahrer aus Leidenschaft. Seine Touren führen ihn regelmäßig auf die iberische Halbinsel, nach Spanien. Länder wie Italien, Österreich, Tschechische Republik, den Niederlanden und Frankreich befährt er ebenfalls. Sein Zuhause sind die Straßen Europas. Am wohlsten fühlt er sich, wenn Strecken von 1.000 bis 2.000 oder mitunter sogar 3.000 Kilometer vor ihm liegen. Seine persönliche Grenze zwischen Nahverkehr und Fernverkehr, liegt bei 1000 Kilometern, entsprechend der Strecke Schweinfurt bis zur französischen Metropole Lyon. Alles darunter zählte er als Nahverkehr. Diese Touren dauerten im Schnitt zwei bis vier Tage, in denen er unterwegs war, ohne dass er seinen Lkw hätte entladen oder beladen müssen. Während dieser Fahrten war er nicht gezwungen, in der Gegend umherzuirren, was für ihn meistens puren Stress bedeutete, bis er endlich den Kunden fand. Er benötigte weder Polizei noch Taxi, die vor ihm herfuhren, um ihn ohne Umwege zum Kunden zu bringen. Wie oft legten Fahrerinnen und Fahrer ganze Ortschaften lahm, weil sie sich dank mangelnder Ortskenntnisse festfuhren. Diese Entfernungen entsprachen Touren, wie sie die Trucker auf dem nordamerikanischen Kontinent absolvieren. Es handelte sich dabei um Strecken so weit wie von ›Seattle im Bundesstaat Washington‹ bis nach ›Dallas in Texas‹. Quer durch den Kontinent. Es fühlt sich für ihn an wie ›maximale Freiheit‹. Nun nachdem er seine schmutzige Kleidung in den Pkw gepackt hat, geht es ab zu Susanne, sie wartet bereits auf ihn. Sie sortiert seine schmutzige Wäsche, um sie anschließend in die Waschmaschine zu stopfen. Nachdem sie die erste Trommel mit seiner Wäsche gefüllt hat, kocht Susanne erst mal eine Kanne Kaffee, sie unterhalten sich über banale Dinge, wie der Nachbar hat wieder dies oder das gemacht. Susanne konnte einfache Themen problemlos nachvollziehen. Auf dieser Ebene fanden die meisten Unterhaltungen statt. Später lädt er Susanne zum Essen ein, auch hier haben sie nicht viel gemeinsamen Gesprächsstoff. Seine Zweifel an der Sinnhaftigkeit dieser Beziehung mit Susanne werden von Mal zu Mal größer. Alexander will nach Hause, er ist von der Fahrt müde. Nachdem Susanne ihr drittes Bier bestellt hat, schlägt er ihr vor, »nach diesem Bier würde ich gerne nach Hause gehen, ich bin todmüde, musste heute bereits um vier Uhr aufstehen!«. Susanne zeigt Verständnis, sie legt ihre Hand auf seinen rechten Unterarm und willigt ein. Alexander musste auf Toilette, als er wiederkommt, steht bereits das nächste Glas vor ihr auf dem Tisch. Jetzt wird er leicht gereizt und meint an sie gerichtet, »Wir wollten doch heim gehen, jetzt hast du dir noch eines bestellt, es ist bereits dein Viertes«. Susanne versucht zu beschwichtigen. Während sie ihr Bier trinkt, reflektiert er erneut das Verhältnis mit ihr. *So kann es nicht weitergehen, etwas muss sich ändern!*

Als sie endlich ihr Glas leert, meint ihr Freund, war er es überhaupt noch? »Ich rufe jetzt den Kellner zum Bezahlen«. Susanne will allerdings noch ein fünftes Glas Bier, Alexander protestiert, Susanne begann jämmerlich zu bitten und zu betteln, »Bitte, bitte noch eins, dann gehen wir, versprochen!« Er kennt die Frau, welche ihm gegenübersitzt, wenn er jetzt nicht nachgab, bestand die reale Gefahr, eines Wutausbruches, weshalb er resigniert und ihr noch ein fünftes Bier bestellen lässt. Wie erbärmlich ihr Auftritt wieder einmal ist, es muss sich etwas ändern, fünf Bier, das waren 2,5 Liter, bei ihrer Statur mit gerade einmal 48 Kilo, geht es ihm durch seinen Kopf. Alexander konnte und wollte sich keinen Rausch leisten, ist er doch auf seine Fahrerlaubnis angewiesen, zudem fühlte er sich im nüchternen Zustand wohler. Ihm reichen normalerweise zwei Bier, um nicht mehr fahren zu können, viel vertragen hat er noch nie, es war nicht sein Ding. Alexander schließt die Haustüre auf, beide gehen die Treppen hoch in ihre Dachwohnung. Auf dem letzten Absatz wird sie unerwarteterweise wild, nein nicht in der Form von Bösartigkeit, sie wollte auf der Stelle Sex, noch im Treppenhaus beginnt sie ihm die Kleider auszuziehen. Anfangs will er nicht, ihm sitzt noch immer ihr Rausch auf der Leber. Erst als sie ihm in seine Jeans langt und befummelt, regt sich etwas bei ihm. Dann in der Wohnung zerrt sie ihren Freund in ihr Bett und will ihn auf der Stelle spüren. Breitbeinig liegt sie vor ihm und zerrt ihn auf sich. Alexander gibt nach und lässt sich darauf ein, er gibt ihr, was sie jetzt benötigt, Alexander dringt in sie ein. Er nimmt sie, er ist noch lange nicht für den Höhepunkt bereit, er glaubt zu spinnen und bekommt große Augen, sein Kinn fällt ihm runter. Das kann jetzt nicht wahr sein, die schnarcht, sie schläft, ihm vergeht jetzt alles. Das war es jetzt für ihn, er raus aus ihr, ihm war die Lust gehörig vergangen. So ähnlich gingen die meisten Wochenenden dahin, wenn sie unterwegs waren, dann soff sie und wenn beide zu Hause blieben, trank sie genauso. Sie widert ihn von Mal zu Mal mehr an. Auch sonst war die Luft aus ihrer Beziehung raus, Susannes Alkoholkonsum tat das Seine dazu.

∞

Alexander ist nun 31 Jahre und ist sich im Klaren, dass sein Beruf, mit den langen Abwesenheiten, nicht förderlich für eine Beziehung ist. Andererseits gibt es viele Paare, bei denen ein Leben mit regelmäßiger Abwesenheit reibungslos funktioniert. Wenn er ehrlich zu sich selbst ist, so würde er für eine Familiengründung gerne einen anderen Beruf wählen, eine Arbeit, bei der er täglich zu Hause sein könnte. Die Vorstellung, dass seine Kinder eines Tages Onkel zu ihm sagen könnten, glich einem Albtraum.

∞

Samstags gingen Susanne und er größtenteils zum Shoppen, Geld war genug vorhanden. Ab Sonntagmittag kommt immer wieder ein Kribbeln in ihm hoch, je näher die Zeit in Richtung 22 Uhr fortschreitet, umso hibbeliger wird er, er will wieder los, gedanklich befindet er sich bereits auf der Autobahn in Richtung Südeuropa. Das muss wohl daran liegen, dass Diesel anstatt Blut in seinen Adern fließt. Am Abend startet er den Achtzylinder, er spürt das Vibrieren des Motors, die 420 Pferde unter dem Hintern warten genauso ungeduldig wie er, ungeduldig auf den Start um 22 Uhr. Doch vorher räumt er die Staufächer am Sattelauflieger und der Zugmaschine mit den Vorräten und der reichlichen Wäsche ein. Alexander ist ein reinlicher Typ, seine Wäsche wechselt er regelmäßig und zum Duschen nimmt er viele Gelegenheiten, die sich ihm bieten wahr. Fein säuberlich und platzsparend muss der Kühlschrank eingeräumt werden, damit alle verderblichen Lebensmittel ihren Platz finden. Seine Kabine ist nicht nur sein Arbeitsplatz, nein sie ist Wohnzimmer, Schlafzimmer und Küche und das alles auf gerade mal fünf Quadratmetern. Um genau 22 Uhr ist es endlich so weit, die Zeit des Wartens ist nun für beide, Alexander und seinem Laster vergangen, nun können Mann und Maschine zeigen, was in ihnen steckt. Mit einem anschwellenden Brummen und Dröhnen setzt sich der Vierzigtonner in Bewegung. Gang für Gang schaltet er höher, bis er bei siebzig Sachen den 16. Gang einlegt und sein IVECO leise surrend über die Landstraße zieht. Anschließend auf der Autobahn ist bereits die Hölle los. Laster an Laster ziehen sie ihre Ladungen wie an einer unsichtbaren Schnur aufgereiht durch die Nacht. Über Würzburg und dem Kreuz Weinsberg bei Heilbronn bis in der Nähe der Stadt Heidelberg weiter nach Süden in Richtung Basel geht die nächtliche Fahrt. In der Zwischenzeit trinkt er bereits die dritte Tasse Kaffee aus der von zu Hause mitgebrachter Thermoskanne, so langsam überkommt ihn die Müdigkeit. Auf der Höhe von Karlsruhe setzt er den rechten Blinker, um sich auf dem dortigen Parkplatz ein Stündchen Schlaf zu gönnen. Bis nach Frankreich hinein, will er es diese Nacht noch schaffen, um dann bei Besançon seine wohlverdiente Nachtruhe einzulegen, Vorhänge zu, hinein in sein Federbett und die Augen für acht Stunden schließen. Am nächsten Morgen, es ist halb elf am Vormittag, er geht erst mal in die Rastanlage zum Duschen. Anschließend gönnt er sich einen Kaffee Creme, der mit viel Milch und ein Croissant. Wie meist auf diesen Touren im Ausland fanden sich ein paar Kollegen über CB-Funk zusammen. Gequatscht wird dann über dies und das, Fernfahrergeschichten oder die aktuelle Politik, auch die neusten Fernfahrerwitze finden ihre Verbreitung. Inzwischen hat er auf die ›Route du Soleil‹, die ›Autobahn der Sonne‹ gewechselt. Mit guten 100 Kilometern pro Stunde geht es in den Süden Europas, dorthin, wo andere Urlaub machen, verdienten sie die Fahrer ihr Geld, auch nicht schlecht. In sich hat es jedes Mal der ›Fourviere Tunnel‹ von Lyon mit seinem 6 % Gefälle hinunter ins Rhônetal mit seinem Zusammenfluss von Saone und Rhone. Kurz bevor die Autobahn frontal auf den Fluss stößt, wird die Höchstgeschwindigkeit für die Camions, wie die Lkws in Frankreich und Spanien genannt werden, nicht ohne Grund auf sechzig begrenzt. Bildet doch dort die Autobahn eine rechtwinklige Kurve, um dann für 230 Kilometer dem Fluss bis Avignon, unweit der Mittelmeerstadt Marseille zu folgen. Anschließend wechselt er von der A7 auf die A9, um die restlichen 260 Kilometer über Montpellier und Narbonne entlang des Mittelmeeres, bis an die spanische Grenze zu fahren. Entlang der 160 Kilometer langen Teilstrecke von Montpellier bis Perpignan fährt Alexander liebend gerne mit offenem Fenster, kann er dort die nahe Küste förmlich riechen. Ein Geruch nach salziger Luft, der sich mit dem Duft der hier unten dominierenden Baumart, den Pinien vermischt. Ein einzigartiges Geruchserlebnis, kommen dann noch die warmen Winde vom afrikanischen Kontinent hinzu, versetzt es ihn in ein Gefühl der Hochstimmung, ein Gefühl der unendlichen Weite, der Freiheit. Er kann in so einem Moment alle Sorgen und Probleme hinter sich lassen. Dieser Küstenabschnitt ist Balsam für seine Seele. Er denkt sich, ich liebe das Leben!

Seine Mahlzeiten kommen in Frankreich meistens aus der Bordküche, denn Restaurants sind im

Land der Genüsse teuer. Neben seinen frischen Lebensmitteln und den Konserven hat er immer einen kleinen Gaskocher mit einer Ersatzkartusche Gas dabei. Besteck, Topf, Trinktasse und Schneidbrettchen fehlten nie in der Bordküche. Zwei Kanister mit jeweils fünf Litern Wasser, einen gefüllt mit Trinkwasser und der andere mit Waschwasser, gehörten ebenso zur Grundausstattung. Warum getrennte Kanister? Während aus deutschen und französischen Wasserleitungen bestes Wasser in Trinkwasserqualität sprudelt, ist es in Spanien nicht empfehlenswert, das Leitungswasser zu trinken. Dieser Umstand wird bereits in den beiden Kanistern sichtbar. Während der für Trinkwasser innen blitzblank ist, bilden sich in dem anderen, Algen, die auf verschmutztes Wasser hindeuten. Die Strandmatte, Badehose und der Campingstuhl sind ebenfalls das ganze Jahr über an Bord, manchmal hat Alexander Glück und er kommt abseits der Autobahnen an einem ›Le Routiers‹ Restaurant vorbei, dort können die Fernfahrer für umgerechnet 12 Mark ein Viergängemenue mit Wein und/oder Wasser genießen. Der Ausspruch ›Leben wie Gott in Frankreich‹ hat hier seine Berechtigung, so opulent und vielfältig werden die Speisen angeboten. Eine kostenlose Dusche und ein großer kostenfreier Lkw-Parkplatz sind zudem standardmäßig vorhanden. An einen dieser für ihn seltenen Besuche erinnert sich Alexander für den Rest seines Lebens. Es ist das Jahr 1991, als er zur Mittagszeit das Lokal betritt. Anwesend sind vielleicht 20 Fahrer. Alle sitzen an einer langen Tischreihe und genießen bei angeregter Unterhaltung die servierten Speisen. Kaum dass Alexander das Lokal betritt, wird er auch schon von ein paar Fahrern aufs herzlichste an die Tafel gebeten. Seine Tischnachbarn reichen ihm Schüsseln und Fleischplatten, alle sind freundlich und aufgeschlossen ihm gegenüber. Aufgeschlossen, bis einer fragt, woher er käme. Er antwortet, dass er aus Alemania, Deutschland kommt. Im selben Augenblick verstummt sämtliche Konversation unter den Fahrern, es schauen ihn ausnahmslos alle an, um sich anschließend von ihm abzuwenden. Was ist jetzt los, habe ich etwas Falsches gesagt, fragt er sich selbst. Er fängt an, zu grübeln. Kein einziger beachtet ihn. Jetzt wird ihm klar, weshalb er so plötzlich ausgegrenzt wird. Ein paar wenige Tage zuvor kam es erst in Rostock-Lichtenhagen und ein paar Tage später in Hoyerswerda zu Massenausschreitungen gegen Asylsuchende. Übergriffe, wie man sie bisher nur aus den dunkelsten Jahren der deutschen Geschichte kannte. Behörden wie Polizei und Feuerwehr überließen dem Mopp auf der Straße das Geschehen. Sie verhinderten nicht, dass die gewalttätige Meute die Unterkünfte in Flammen aufgehen ließen und die Menschen in den Unterkünften qualvoll umkamen. Die ganze Welt blick mit Entsetzen auf die Geschehnisse und wird unweigerlich an die Pogrome während der Nazi-Diktatur gegen die jüdischen Mitbürger erinnert. Kritiker der ›Deutschen Einheit‹ sahen sich in ihren Befürchtungen bestätigt, dass Deutschland durch die

Wiedervereinigung zu alter Stärke und Grauen emporsteigen könne. Alexander erhob sich und erklärte den Anwesenden, dass auch er die Gewalttaten und die Ausgrenzung von Menschen aufs schärfste ablehne und verurteile. Erst jetzt wurde er wieder in die Fahrergemeinschaft aufgenommen.

∞

Bis zur spanischen Grenze wollte Alexander es noch schaffen, um dort seine Nachtpause einzulegen. Nach Narbonne geht es langsam hoch in die Pyrenäen, oben am Grenzübergang auf der spanischen Seite ist ein schattiger Parkplatz gleich gefunden, um die Nacht hier oben zu verbringen. Einige vollgepackte Pkws mit französischen Kennzeichen stehen herum, deren Insassen, der Kleidung nach zu urteilen, Nordafrikaner sind, vielleicht aus Marokko, Algerien oder Tunesien. Sie haben es sich bereits für die Nacht gemütlich gemacht. Sie schlafen unter freiem Himmel auf ihren mitgebrachten Teppichen. Schlafen geht nur mit offenen Fenstern und Dachluke. Alexander gönnt sich vor seiner Nachtruhe noch einen Schluck Rotwein, den er in seinem Campingstuhl sitzend im Freien genießt. Er lauscht dem Zirben, der Grillen und dem Zwitschern der Vögel. Es ist an der Zeit zu schlafen, Vorhänge zugezogen und gehofft, dass er nicht überfallen wird. Gute Nacht!

Am nächsten Morgen scheint die Sonne bereits seit einigen Stunden und hat die Luft schon so weit aufgeheizt, dass an ein Weiterschlafen, nicht zu denken ist. Raus aus den Federn, neben dem Lkw die tägliche Körperhygiene, währenddessen brühte die 24-Volt-Kaffeemaschine den Kaffee auf. Von draußen hört Alexander bereits das letzte Blubbern der Maschine, das Zeichen, dass der Kaffee fertig ist. Die erste Tasse mit dem herrlichen, gut duftenden schwarzen Muntermacher hatte sich Alexander eingeschenkt, den Rest füllte er in die Thermoskanne. Ein Brötchen vom Samstag bestreicht er mit Butter und obendrauf eine Portion gute Kirschmarmelade und dann ganz gemütlich im Campingstuhl gefrühstückt, könnte ein Morgen besser beginnen? Nein, so wie es ist, so ist es gut!

Der gefällt dir, oder?

Ein lauer Sommerabend, die Grillen zirpen heute wieder besonders laut, der Wetterbericht hatte für die nächsten Tage sehr heiße Winde vom afrikanischen Kontinent kommend angekündigt. Felicia sitzt mit ihrer fünfjährigen Tochter Pepita (Pepi) in einem Straßencafé, beide gönnten sich ein Eis. Pepi hat sich Spaghetti-Eis gewünscht und ihre Mama hatte eine Amarena-Schale, mit viel Schlagsahne und den herrlichen Kirschen mit dem Amarena Likör bestellt. In vielen Bereichen zeigte sich Felicia seit je her als Genießerin, nicht nur bei ihrem ausschweifenden Intimleben, nein auch beim Essen, was man ihr allerdings nicht ansah. Am liebsten waren ihr die Speisen ihrer Mama oder die, die sie selbst zubereitete, sie zeigte sich als talentierte Köchin, die sich ständig neu erfindet und neue Kreationen auf den Tisch servierte. Die besten Voraussetzungen, um einen Mann kulinarisch zu verwöhnen. An einem der Nachbartische sitzt ein hübscher Mann, der Felicia auffällt. Er hat einen modernen Haarschnitt, trägt chice Freizeitkleidung und was Felicia besonders gut gefällt, er hat ein gepflegtes Äußeres, zudem ein bezauberndes Lächeln. In dem Moment, als sich beider Blicke trafen, lächelten sie sich liebenswürdig an. Felicia führt ihre Unterhaltung mit ihrer Tochter fort. Zwischendurch blickte sie in Wortzwischenräumen zu dem Typen am Nachbartisch. Der gefällt mir, mit dem könnte ich mir eine gemeinsame Zukunft vorstellen, geht es ihr durch den Kopf. Immer wieder treffen sich die Blicke der beiden, immer wieder lächeln sie sich an. Sie fragt ihre Tochter mit gedämpfter Stimme, »Pepi, was hältst du von dem Mann am Nachbartisch?«, worauf ihre Kleine für alle hörbar von sich gibt, »Ja, Mama, der gefällt dir, oder?«.

Typisch Pepita, ihre direkte Art hatte sie von ihrer Oma geerbt. Felicia möchte am liebsten im Erdboden versinken, so peinlich ist ihr die Situation. »Psst, nicht so laut«, erwidert sie an ihre Tochter gerichtet.

Der Mann vom Nachbartisch grinst vielsagend und fragt, ob er sich zu den beiden setzen darf. Alle drei hatten anschließend eine nette Zeit zusammen. »Du kannst gut mit Kindern«, stellt sie ihm gegenüber fest.

Seine Antwort, »Ja, ich mag Kinder und Pepita ganz besonders!«.

Die beiden Erwachsenen wollen sich wieder treffen und vereinbaren daher ein weiteres Date. Die ersten zarten Berührungen tauschen sie aus.

Wenn Diego doch nur etwas intensiver ran ginge, ein wenig mehr Initiative zeigen würde, kommen ihr bereits nach zwei Wochen, gedanklich die ersten Zweifel. Liebt sie doch das Spontane, das Direkte, die hemmungslosen Intimitäten, die ausschweifenden Liebesspiele. Auf der anderen Seite, was will ich eigentlich, sei doch einfach froh, dass ein Mann Interesse an dir zeigt. Du bist jetzt so lange allein, gebe dich mit ihm zufrieden, rügt sie sich selbst.

Zwischen den beiden entwickelt sich eine Beziehung, alles scheint so zu laufen, wie es sich Felicia bereits lange gewünscht hatte, mit seinem mangelnden Sexualtrieb würde sie klarkommen, wenn nur ansonsten alles gut läuft. Diego, kümmerte sich rührend um Pepi, er schien ein Familienmensch zu sein. Ihr gegenüber zeigt sich Diego als entgegenkommend und begegnet ihr mit vollem Respekt, ihr Verlangen nach Vertrautheit und Geborgenheit schien er zu erfüllen. Felicia hätte zufrieden sein können. Wichtiger ist ihr sein Umgang mit Pepi und ihr gegenüber, auf den Rest würde sie verzichten können, das redete sie sich zumindest ein. Beide liegen in ihrem Bett und hatten bis eben Geschlechtsverkehr miteinander, er oben, sie unten, er kam, sie nicht. Dass ihr Freund Diego es nicht bemerkte, damit hat sie sich bereits ebenfalls abgefunden. Es ist nicht das, was Felicia unter einem erfüllten Liebesleben versteht, aber gut. Felicia bemühte sich, ihm nahezu jeden Wunsch zu erfüllen, egal ob im Bett oder im täglichen Miteinander. Sie stellt keine so großen Ansprüche an einen potenziellen Partner. Ihr Geheimnis, hat sie bisher verbergen können, spätestens bei der Frage, nach Pepitas Erzeuger würde alles herauskommen, oder Felicia wäre gezwungen gewesen, ein Lügengebilde aufzubauen. Selbst dabei lauerte immer die Gefahr, des

Auffliegens. Lügen waren für Felicia untragbar. Wie viele Male hat sie sich mit ihrer Mama auseinandergesetzt. Ihre Eltern empfahlen ihr immer wieder, einen reinen Tisch zu machen. Eine Familie auf eine Unwahrheit zu gründen, sei wie ein Haus ohne Fundament, dann könnte man darauf warten, dass es einstürzt. »Was wäre, wenn dein Mann durch einen dummen Zufall von deiner Vergangenheit erfährt?«, fragte Pablo, ihr Vater. Sie fasst einen Entschluss, egal, wie die Folgen sein würden, alles war besser als mit einem Geheimnis leben zu müssen. Bevor die Beziehung weiter gedeihen würde, musste sie es ihm beichten. Sie wird mit ihm sprechen. Und sogar, wenn er davonlaufen würde, dann ist das so. Nun, falls sie es nicht jetzt zum Thema werden ließ, wann dann? Sie hatte bereits zu oft auf den geeigneten Zeitpunkt gewartet. Jedes Mal fand sie eine neue Ausrede, die Bedenken vor den Konsequenzen waren zu groß. Nachdem sie lange darüber nachgedacht hatte, war sie bereit, ihm die Wahrheit über ihr Kind zu erzählen. Es musste hier und jetzt sein. Sie setzt sich auf und sprach Diego an. »Diego, ich muss dir etwas sagen«.

Er schaute sie müde an und meinte, »können wir morgen reden, ich bin so müde« und will sich schon wieder umdrehen.

»Nein«, erwidert Felicia in einem energischen Ton, den ihr Gefährte von ihr nicht kannte. Er dreht sich wieder um, setzt sich auf und erwidert etwas genervt, »es muss etwas sehr Wichtiges sein, also erzähle«.

Felicia nimmt ihren ganzen Mut zusammen und erzählt ihr Geheimnis. Diegos Augen öffnen sich mehr und mehr, sein Kinn fällt ihm herunter, er schaut nur noch perplex, von Müdigkeit keine Spur mehr. Felicias Blick wird von einem Moment zum anderen verzweifelter. Sie drückt sich an ihn, will ihn besänftigen, doch der weist sie ab und sagt mit erregter, lauter Stimme, »Ich muss das zunächst sacken lassen, ich hätte mit vielen Dingen gerechnet, nicht aber damit«. Es sind weniger die Worte als sein Gesichtsausdruck und seine Stimmlage, die sie erschaudern lassen. So hatte sie ihn bislang nicht erlebt, es war das ganze Gegenteil von dem, wie sie ihn bisher kannte. Nach diesen Worten ist es um sie geschehen, sie bittet und bettelt, sie weiß, es ist aus. Diego sucht seine Kleidung zusammen, Felicia schluchzt und weint, will ihn küssen, er schiebt sie grob weg. In ihrer Seelennot nahm sie sein Pillemännchen, welches ihr bisher keine Befriedigung verschafft hatte, den sie bisher beim Geschlechtsverkehr nicht spürte, in ihre Hand, sie will ihn so besänftigen, die letzte Möglichkeit ihn zurückzuhalten, nein er wird noch wütender. Er stößt sie grob und brutal von sich, er ist außer sich. »Und ich habe mich mit so etwas wie dich eingelassen!«, schreit er sie an.

Dieser Satz sitzt, er trifft sie wie ein schwerer Vorschlaghammer. In ihr verschmelzen Wut und

Verzweiflung. Wut über seine gemeinen Worte und Verzweiflung darüber, dass sie wieder solo dastand. Sie drängt ihn ohne Hose und Schuhe aus ihrem Schlafzimmer, durch die Wohnung und hinaus aus dem Haus, Hose und Schuhe wirft sie ihm voller verzweifelter Wut, weinend und schluchzend hinterher, dass seine Hose dabei im Teich landet, das ist ihr in diesem Augenblick völig egal, Hauptsache raus aus dem Haus und raus aus ihrem Leben. Diego zeigt erneut sein wahres Ich, er dreht sich noch einmal um und droht mit ausgestrecktem Mittelfinger, dass er die Wahrheit überall verbreiten werde. Maria und Pablo, Felicias Eltern, blieben das Aus der Beziehung ihrer Tochter nicht verborgen, sie hatten alles mitbekommen. Sie hatten ihre Tochter noch nie so sehr in Rage erlebt, wie in diesem Moment. Ihre Seele, ihr Innerstes, musste am Kollabieren sein. Diego versucht verzweifelt und schreiend, seine Hose und die Schuhe aus dem Gartenteich zu fischen, vergeblich. In seiner unbändigen Wut rutscht er am Ufer aus und fällt gänzlich ins Wasser. Immer noch schreiend, grabbelt er nass, wie er ist, mit Hose und Schuhen aus dem Wasser. Triefend nass setzt er sich in sein Auto und möchte losfahren. Um mit seinem Auto vom Firmengrundstück zufahren, musste erst jemand das Tor aufschließen. Diego stieg schreiend aus seinem Fahrzeug aus und rüttelte am Tor wie ein wild gewordener Stier. Pablo kam inzwischen absichtlich langsam mit dem Schlüssel gelaufen, die Drohung hatte er klar und deutlich vernommen. Er klärt den Ex-

Freund seiner Tochter mit seinem ruhigen, aber bestimmenden Ton auf, was mit ihm passieren werde, wenn er es wagen sollte, etwas über Felicia, Pepita oder die Familie öffentlich verlauten zu lassen, »wir werden dich verklagen, dass du als armer Mann niemals wieder auf die Beine kommst. Überlege dir ganz genau, ob es nicht besser ist, wenn du alles, was hier geredet wurde, für alle Zeiten vergisst«. Pablo dreht den Schlüssel um, schiebt das Tor ein Stück auf, nur so weit, dass das Auto gerade noch hindurchkommt und lässt es sich nicht nehmen, ihm nachzurufen, »und jetzt verschwinde von hier«.

Feli fällt ihrem Vater schluchzend um den Hals und der nimmt seine Tochter in die Arme, wie er es immer tat, wenn es ihr schlecht ging, wenn sie ein Stimmungstief plagte oder verzweifelt war. Oma und Opa gingen noch einmal zu ihren Kindern hinüber, Pepita wachte durch den Radau auf und hatte geweint. Kind und Mutter trösten einander. Nachdem die Eltern mit ihrer Tochter beruhigend geredet hatten, nachdem Papa Pablo seine Tochter überzeugt hatte, dass von dem Mann, der eben noch hier war, keine Gefahr ausging, er nichts verlautbaren würde, wurde Feli ruhiger. Sie brachte in dieser Nacht kaum ein Auge zu, zu sehr hatte sie sein Satz getroffen, war sie wirklich, »so eine?«. Sie wusste selbst, sie hatte sich damals auf etwas Anrüchiges eingelassen, auch wenn sie dabei Spaß ohne Ende hatte. Mit dem Ergebnis muss sie heute leben, würde es allerdings für nichts auf der ganzen Welt hergeben. Sie liebt ihre Tochter über alles. Am nächsten Morgen, es war ein Sonntag, saßen alle, Oma, Opa, Tochter und Enkelkind beim obligatorischen gemeinsamen Frühstück. Mama Maria strich ihrer Tochter sanft über ihr Haar und fragte, »Feli, Kind, konntest du heute Nacht noch schlafen?«. Sie sprach ganz so, wie sie ihre Tochter als Kind bemutterte, im gleichen ruhigen und zärtlichen Ton, wie sie es heute mit ihrer Enkelin hält. Feli hatte nicht genug geschlafen, wen wundert es. »Eine Erkenntnis habe ich allerdings gezogen, sollte ich in der Tat noch einmal einen Mann kennenlernen, der es wert ist, dann werde ich es gleich zu Beginn aufklären«.

Maria tröstete ihre Tochter mit den Worten, »Eines Tages wird der Richtige vor dir stehen«.

»Und wenn ich ihn nicht erkenne, was mache ich dann?«.

»Du wirst ihn erkennen und dann lauf, lass alles stehen und liegen, halte ihn fest und lasse ihn nicht mehr weg, denn vielleicht traut auch er seinen Gefühlen nicht und das wäre mehr als verhängnisvoll«.

Feli hat sich langsam beruhigt, gibt ihrer Mama ein Versprechen und einen dicken Schmatzer auf ihre Backe, »Damit ich weiß, ob er es wert ist, werde ich auf deinen Rat hören«, sie blickt liebevoll und voller Dankbarkeit zu ihrer Mama.

Diegos Satz »und ich habe mich mit so was wie dich eingelassen«, hatte ihre Seele getroffen, ihre, Selbstzweifel nahmen im Laufe der Zeit überhand, sie grübelte nächtelang, es ging so weit, dass Felicia erneut in Schwermut verfiel. Sie musste sich ihrem Hausarzt anvertrauen, der schickte sie zu einer Psychologin. In unzähligen Sitzungen konnte die Psychologin Felicia überzeugen, dass ihre Triebe nach außergewöhnlichen Sexualabenteuern nichts Verwerfliches seien und ihr wegen ihres Kindes niemand Vorhaltung machen dürfte, sie müsse zudem stehen, damit sie ihren Seelenfrieden wiedererlangen könne. Ihre Eltern sind sich sicher, dass Felicia den richtigen Mann für sich und ihre Tochter finden wird. Maria hat eine besondere Gabe, ihre Menschenkenntnis hat sie bisher noch nie getäuscht, daher trifft sie bei Einstellungsgesprächen in ihrer Firma, immer die letzte Entscheidung. Beschäftigte und Vorgesetzte können sich daher aufeinander verlassen. Fluktuation in ihrer Firma ist ein Fremdwort.

Die Kehle durchgeschnitten

Bevor es weitergeht, legt er noch schnell eine neue Tachoscheibe in das Kontrollgerät. Weiter geht die Fahrt in Richtung Süden, vorbei an einem der größten Zollhöfe Europas, ›La Jonquera‹, mit hunderten Lkw-Parkplätzen, vorbei an der permanent stinkenden Papierfabrik vor Girona. Weiter nach Barcelona, der katalanischen Provinzhauptstadt am Mittelmeer. Südlich von Barcelona überquert die ›Autopista‹ den fast ausgetrockneten ›El Llobregat‹, dessen klägliches Rinnsal aus einer schäumenden, stinkenden Brühe sich den Weg in Richtung Meer sucht. Zum Verzollen der Ladung muss er in den berühmt, berüchtigten Zollhof von Barcelona. Alexander fährt zum ersten Mal dahin, ein Kollege in Deutschland hatte ihm den Weg bereits geschildert, Navis gab es damals bislang nicht. Er muss dazu auf der Stadtautobahn um annähernd die ganze Stadt herum in den Hafen. »Abfahrt ist die ›Zona Franca‹ dann musst du an der Ampel gleich rechts fahren und nach 500 Metern links und an der nächsten Kreuzung gerade hinein in das Gelände«, so hatte es ihm der Spanienfahrer in Deutschland erklärt. Einfacher gesagt als getan, Alexander fährt an der richtigen Ausfahrt vorbei, worauf das Dilemma beginnt. In dem Industriegebiet verfranzt Alexander sich mit seinem Sattelzug gänzlich. Der Pförtner, bei dem der inzwischen Gefrustete anhält und nach dem ›Aduana‹, dem Zoll fragt, zuckt nur mit den Schultern, immerhin lässt er ihn auf dem Werksgelände wenden. Nach einer Stunde Sightseeing-Tour durch den Hafen ist er endlich auf dem Gelände, nur wohin jetzt? Der Zollbeamte hundert Meter hinter dem Tor hat keine Lust ihm den Weg zu beschreiben, zu seinem Glück kommt eben ein deutscher Hängerzug vorbei. Der Kollege hinter dem Steuer meint, »Bist du das erste Mal hier?«

Alexander nickt. »Fahr mir hinterher«.

So erreichen beide das Zollterminal. Den Lkw parkte Alexander gegenüber der ›TIR-Bar‹, keine dreißig Meter neben dem Verwaltungsgebäude des spanischen Zolls. Er greift sich die Papiere und hinein in das Gebäude und fragt nach dem richtigen Zollagenten gefragt. Endlich, es ist bereits vier Uhr nachmittags und ein abgehetzter Alexander gibt die Papiere ab. Sein Gegenüber schaut drauf, reicht sie ihm wieder und sagt das Lieblingswort der Spanier, »Mañana, morgen«. Na großartig, denkt er sich und trottet wieder zurück zum Lastwagen.

Jetzt steht er hier auf dem Zollabfertigungsgelände, auf dem Platz, um den sich so manche Legenden drehen. Eine davon ist die Geschichte aus einer Zeit, als das Gelände bislang nicht von einem Zaun umgeben war, als das Areal für alle Welt frei zugänglich und als große und kleine Ganoven hier auf fette Beute hofften. Sie schreckten, glaubt man den Geschichten, vor nichts zurück. Ein überlieferter Vorfall soll demnach folgender gewesen sein, als ein Räuber beim Aufbrechen eines Trucks von Fahrern erwischt wurde, bestraften die hart gesottenen Lkw-Fahrer diesen kurz entschlossen an Ort und Stelle. Sie drückten den Unglücklichen auf den Boden, hielten seinen rechten Arm fest, um anschließend den zuvor aufgebrochenen, beladenen Vierzigtonner mit seinem Vorderrad auf dessen rechte Hand abzustellen. Seelenruhig gingen sie anschließend zum Trinken in die Bar. Erst mithilfe eines schweren Wagenhebers muss es der ›Guardia Civil‹, der Polizei gelungen sein, den vor Schmerzen schreienden Banditen zu erlösen. Er hatte wohl ein lebenslanges Andenken davongetragen, seine zerschmetterte rechte Hand. Selbst vor Mord an unliebsamen Zeugen hatten Verbrecher in einem anderen Fall nicht zurückgeschreckt. Das entsprechende Vorkommnis soll sich gerüchteweise wie folgt abgespielt haben. Ein englischer Trucker hatte seine kleine Tochter auf Europatour mit dabei. Während der Papa in der berüchtigten TIR-Bar etwas trank, ließ er seine kleine Tochter zurück in dem verschlossenen Truck. Dort schlief die Kleine, just diesen hatten sich Ganoven ausgesucht, um im Innern nach Wertgegenständen zu suchen. Sie hatten gerade die Seitenscheibe der Fahrerkabine zertrümmert, als das Kind unter Lebensgefahr zu schreien begann. Ohne langes Überlegen sollen sie der Kleinen, die Kehle durchgeschnitten haben. Kurz nach dem ihr Daddy zum Lkw zurückkam und seine tote Tochter auffand, muss auf dem Gelände das Inferno losgebrochen sein. Eine große

Meute an Fahrern aller Länder muss wohl mit Pistolen und Knüppeln bewaffnet das angrenzende Hüttenlager gestürmt haben. Das Ergebnis waren demnach zahlreiche Tode und Schwerverletzte unter den Roma und Sinti. Erst als das Gelände vor unbefugtem Zutritt durch einen Zaun gesichert wurde, besserte sich die Situation auf dem Gelände.

Na, denkt sich Alexander, gehe ich erst mal was essen, Hunger hat er genügend. Wie er die Bar betritt, treibt ihn der Ekel wieder rückwärts raus, Alexander hatte schon viel gesehen, was er allerdings hier an Unrat sehen musste, hat alles Bisherige weit übertroffen. Der Boden ist zentimeterdick mit Sägespänen bedeckt, jeder schmiss seinen Müll dazu, es stank bestialisch. Wieder im Lkw, brät er sich Spiegeleier mit Speck, Weißbrot dazu und ein kühles alkoholfreies Bier gegönnt. Später kommt er mit ein paar deutschen Fernfahrerkollegen ins Gespräch, sie wollen am Abend auf den ›Las Ramblas‹, die Vergnügungsmeile in Barcelona. Er schließt sich gerne an, die Kollegen geben ihm noch einen wichtigen Tipp, den Alexander in Zukunft beherzigen wird. Barschaft aufteilen, damit im Fall der Fälle nur ein Teil verloren ist. Der eine Teil wird in der Fahrerkabine versteckt, ein Hundertmarkschein kommt im Socken unter die Sohle, dort schaut kein Ganove nach und den Rest des Geldes behält man im Geldbeutel. Nun ist es achtzehn Uhr, die Vier machen sich auf den Weg zum Ausgang des Zollgeländes, dort ist eine Bushaltestelle. Bereits zehn

Minuten später kommt der Bus, der sie an ihr Ziel bringt, sie steigen ein und freuen sich auf die kommende Abwechslung. Bereits die Fahrt im Bus lässt vieles erblicken, vorbei an monumentalen Statuen und sprudelnden Brunnen, Menschen bewegen sich mit bepackten Taschen von A nach B, sechsspurige Kreisverkehre vollgestopft mit hupenden Autos. Ein gelassener Polizist, der in aller Ruhe versucht, das Verkehrschaos durch Handzeichen zu entwirren. Nach einer zehnminütigen Fahrt steigen sie auf dem ›Ramblas‹ aus. Es handelt sich um einen Prachtboulevard mit seinen aus Marmor gefertigten Plätzen und Statuen, beidseitig säumen Palmen die Prachtstraße. Die Kollegen klären ihn über die Damen, welche beidseitig der Straße flanieren, auf. Rechtsseitig, das sind die ›Prostitutas‹, die Prostituierten. Die flotten Mädels gegenüber sind Transvestiten, als Frauen aufgebrezelte Männer. »Jeder wie es ihm gefällt«, denkt sich Alexander. Bars, Hotels und Edelgeschäfte säumen ihren Weg. Sie entschließen sich erst einmal den Durst zu löschen und begeben sich dazu in eine der vielen Bars, eine edler als die andere. Nach dem Bier muss Alexander erst einmal für kleine Jungs und sucht das Örtchen auf. Er öffnet die Türe mit den Symbolen für Frau und Mann ›Señora y Señor‹. Er tritt vor Entsetzen erst mal einen Schritt nach hinten. »Was ist das denn?«, denkt er, langsam, kommt Alexander wieder zurück in die Realität, er zwängt sich in den Miniverschlag hinter den edel wirkenden Wänden des Lokals und muss sich überwinden, dort überhaupt sein Geschäft zu verrichten. Nun wird ihm klar, dass es selbst hier auf der Prachtmeile Barcelonas das Motto gilt ›außen hui und innen pfui‹. Der Hunger meldet sich bei Ihnen allen zu Wort und daher entscheiden zwei von den Fahrerkollegen in ein bestimmtes Lokal zu gehen. Beide kennen sich hier aus, waren schon des Öfteren vor Ort. Sie essen a la Card, sind durchweg zufrieden und satt. Sie befinden sich wieder draußen und wollen hoch zu dem weltberühmten ›Plaça de Catalunya‹ mit seinen zahlreichen Sehenswürdigkeiten. Die Deutschen schlendern linksseitig den Ramblas entlang, sind gut gelaunt und genießen die Abendsonne. Ein kurzer Rempler, eine Dame entschuldigt sich und Alexander sagte noch, »Alles gut, kein Problem«. Die Vier gehen ein paar Schritte, als hinter ihnen ein Tohuwabohu beginnt, sie drehen sich neugierig um, um in die Richtung, aus der die Schreie kommen, zu blicken. Was sehen sie, zwei Männer überwältigen eine adrette hübsche Frau, sie wundern sich, noch bevor sie der Frau zu Hilfe eilen können, kommt ein uniformierter Polizist auf Alexander zu und fragt nach seinem Geldbeutel. Blitzartig greift er nach hinten an seine rechte Gesäßtasche, der Schreck fährt ihm in die Knochen, er bekommt Panik. Sein Geldbeutel ist nicht mehr dort, wo er eigentlich sein sollte. Die Geschichte klärt sich schnell auf, mehrere Polizisten in Zivil beobachteten die Szene der Taschendiebe, die hier als Transvestiten auftreten. Einer der Beamten hatte gesehen, wie eine der Damen, Alexanders Geldbeutel raubte und nahm diese umgehend fest. Alexander bedankt sich voller Freude bei den Polizisten und ist glücklich, seine Börse wiederzubekommen. Doch so einfach sollte diese Angelegenheit nicht erledigt sein. Pustekuchen, er muss für das Protokoll mit auf die Polizeiwache. Bis alle Formalitäten abgeschlossen sind, sollte es ganze zwei Stunden dauern. Mit seinen Begleitern vereinbart Alexander, dass sie nicht auf ihn warten müssten, er würde später mit einem Taxi zurück in den ›patio de aduanas‹, den Zollhof fahren. Sein Eigentum erhält er gegen dreiundzwanzig Uhr zurück. Nun ist er müde und lässt sich von einem Taxi zu seinem rollenden Zuhause bringen. Der Fahrer des Taxis scheint heillos überlastet zu sein, er ist fast am Verzweifeln, er findet den Weg nicht. Später schaltet er den Taxameter aus. Am Ende der Irrfahrt durch das riesige Hafengelände, steigt Alexander direkt vor seinem Brummi aus, schließt die Kabinentüre auf, klettert hinein, stellt den Wecker auf viertel vor acht und legt sich zum Schlafen in seine obere Koje. Genug erlebt für heute, gute Nacht.

Der nächste Morgen brennt die Sonne bereits vom Himmel, er gibt die Papiere für die Verzollung ab und erhält sie nicht wie erwartet am Nachmittag zurück. Offensichtlich gibt es wieder einmal Schwierigkeiten beim Zoll, nichts Neues in ›españa‹. Es war Mittwoch, er sollte noch endlose Tage auf dem Gelände verbringen müssen. Jeden Tag, den er dort länger verweilen musste, zog er stimmungsmäßig weiter nach unten, der Frust stieg von Tag zu Tag. Nicht zu wissen, wann es weitergehen würde, belastet mehr und mehr. Alexander ist heilfroh, dass seine Essensvorräte reichlich vorhanden sind. Drei Tage in diesem Dreckloch zehren an den Nerven. Freitagnachmittag ist es endlich so weit, schlagartig bessert sich sein Befinden. Den Weg zur Abladestelle hat er sich bereits auf dem Stadtplan herausgesucht und wie üblich in Symbolen mit groben Richtungsangaben übersetzt und aufgeschrieben, ein Roadbook eben. Der Zettel hängt schon an seiner kleinen Klemmvorrichtung neben dem Lenkrad. Nun es ist halb fünf, Alexander wirft den Motor an, er tritt die Kupplung und legt den dritten Gang ein. Die Maschine dröhnt, der Bock setzt sich in Bewegung. Er muss jetzt um halb Barcelona herum, um zu der Abladestelle zu gelangen, alles verläuft reibungslos, die Entladung geht zügig voran, eine Stunde später ist die Ladefläche leer und die Plane wieder verschlossen.

Die falsche Ausfahrt

Noch ein Anruf vom Büro des Kunden bei seinem Disponenten in Regensburg. Er erhält seine neue Ladeadresse, diesmal muss er leer bis Pamplona fahren. Für die vor ihm liegenden 500 Kilometer nutzt Alexander die Autopista bis Saragossa, um anschließend die ›Carretera Nacionales‹, kurz die Nationale über Tudela nach Pamplona zu nehmen. Kurz vor seinem Ziel am nächsten Mittag nimmt er im Kreisverkehr die falsche Ausfahrt, oh Mist, keine Möglichkeit zum Wenden in Sicht.

Alexander fährt weiter, mit der Hoffnung auf eine Möglichkeit, den 16,5 Meter langen Zug zu drehen. Je weiter er fährt, desto mulmiger wird ihm zumute, die Straße wird immer schmäler, die Kurven immer enger, ihm bleibt nichts anderes übrig, als weiterzufahren und zu hoffen. Da vorn ist eine Ortschaft, hoffentlich bietet sich dort eine Möglichkeit zum Umdrehen. Er kommt an einer Scheune oder Lagerhalle für landwirtschaftliche Geräte vorbei, danach beginnen die ersten Häuser mit Vorgärten auf beiden Seiten. Die Zäune sind geschmückt mit einer üppigen Pracht aus Petunien und Geranien. Er fährt langsam weiter, die Blütenpracht hängt bereits in seine großen Außenspiegel, sodass er seitlich, weder rechts noch links etwas sehen kann. Sein ungutes Gefühl verstärkt sich, es bildet sich ein Glos in seinem Hals, er ist sich sicher, jetzt kommen ganz große Probleme auf ihn zu. Vorsichtig öffnet Alexander die Fahrertür und zwängt sich zwischen Lkw und Gartenzaun aus seiner Kabine heraus, er läuft etwa fünfzig Meter weiter, hier mündet die Straße oder er sollte lieber sagen der Weg in den Dorfplatz. Die ersten Bewohner kommen bereits aus ihren Häusern, um zu sehen, was da in ihrem Ort los ist. Offensichtlich sahen sie zum ersten Mal einen kompletten Sattelzug in ihrem Örtchen stehen. Eine junge Frau kommt auf ihn zu und fragt, was sein Problem sei, er antwortet ihr, dass er sich verfahren habe und verzweifelt nach einer Möglichkeit suche, wieder aus dem Ort herauszukommen. Sie meint, es gibt nur diese eine Straße und er sollte warten, sie werde sich kümmern. Nachdem sich bereits ein mittelgroßer Menschenauflauf gebildet hat, bespricht sich die hilfsbereite Señorita mit einem Mann, der ihr Vater sein könnte. Der wiederum führt fortan das Kommando. Währenddessen fragt ihn Maria, so hieß die junge Lady, ob er Hunger hätte, es war bereits vierzehn Uhr und er hatte seit frühmorgens nichts mehr gegessen, der Magen knurrte unaufhörlich. Alexander wollte höflich sein und verneinte, was Maria nicht so recht gelten ließ, Alexanders Magenknurren verriet ihn, sie fragt so lange, bis er endlich zugab, Hunger zu haben. Zufrieden meinte sie, sie käme gleich wieder. Zwischenzeitlich wurden bereits von den Dorfbewohnern zwei Bänke abgebaut, Holzbohlen verlegt und ein Zaun demontiert. Sie bereiteten alles vor, damit Alexander seinen Lastzug in ihrer Ortsmitte wenden konnte. Inzwischen kam Maria zurück und meinte zu seiner Überraschung, »In einer halben Stunde steht das Essen bereit«. So etwas hatte er noch nie erlebt. Nun er beging den Platz, um zu sehen, ob es eine Chance zum Wenden gab, ja diese bestand. Unter Anweisung der Helfer und ständigem Rangieren schaffte er es, den Zug zu wenden, ohne Schaden anzurichten. Als Alexander wieder aus der Ortschaft draußen war, stellte er zufrieden die Maschine ab. Er stieg aus und bedankte sich bei allen Beteiligten einzeln per Handschlag. Auf die Frage, was er schuldig sei, winkten sie nur ab, hatten sie doch eine Anekdote für ihre Ortsgeschichte. Inzwischen war die siebzehnjährige Maria zurück. Sie meint, das Essen stehe auf dem Tisch, dabei vergisst sie nicht, ihm ihren Vater vorzustellen, auf den sie sehr stolz zu sein scheint, es ist der, der das Kommando bei dieser Aktion übernommen hatte, er war zudem der hiesige Ortsvorsteher. Jetzt im Haus des Bürgermeisters angekommen machte sich Alexander in deren Bad etwas frisch, in der Küche wartete, bereits Marias Mama. Als er eintritt, fallen ihm fast die Augen aus dem Kopf, konnte das sein, so etwas hatte er in seinem ganzen Leben bis jetzt nicht erlebt. Die Mama hatte aufgekocht, nur für ihn allein, er ist gerührt von so viel Gastfreundschaft. Serviert wurde zuerst Suppe, anschließend servierte sie Lendchen mit einer delikaten Soße und Pommes, dazu gab es einen Ensalada Mixta und zum Abschluss einen Espresso. Offensichtlich hatte Mama das für den nächsten Tag geplantes Sonntagsessen für ihren Gast zubereitet. Anschließend unterhielten sich Maria und ihre Eltern noch eine Weile mit ihm, sie wollten alles über das Leben eines ›Camioneros‹, eines Fernfahrers wissen. Für Vater Alfonso, er war in seiner Haupttätigkeit Lehrer an der Berufsschule von Pamplona, waren die technischen Details des Lkws von Bedeutung, während sich Maria und Mama Dolores mehr für das einfache, aber strukturierte Leben auf dem Bock interessierten. Nach einer Weile fuhr Alfonso mit seinem ›Seat Toledo‹ vor Alexander her und geleitete ihn zu seiner Ladestelle. Dieses Erlebnis hatte sich fest in sein Gedächtnis eingeprägt, er sollte die Hilfsbereitschaft eines ganzen Ortes und die Gastfreundschaft der Familie Rodriguez nie wieder vergessen. Zwei Jahre nach diesem einprägsamen Erlebnis stattet Alexander der Familie erneut einen Besuch ab, bei dem er sich im Nachhinein mit einer edlen Flasche Weinbrand, einem ›Asbach Uralt‹ bedankt. Insgesamt hatte er die Spanier als ein stolzes und zugleich gastfreundliches sowie hilfsbereites Volk kennen und lieben gelernt, ›viva españa, lang lebe Spanien‹. Am Montag in der Früh wird sein Auflieger mit Kühlschränken für Alemania beladen. Es handelte sich um eine leichte Ladung, somit sollte die Tour nach Nieder-Schmiedeberg in der Nähe von Annaberg-Buchholz in Sachsen, leicht und bequem zu fahren sein, ohne viele Schaltvorgänge geht es über Berge und Hügel in Richtung Heimat. Es ist Mittwoch, bis er die eintausend und achthundert Kilometer bis in das Erzgebirge geschafft hat. Die Entladung geht flott vonstatten.

∞

Es war das Jahr eins nach der Wiedervereinigung. Die politische Wiedervereinigung war vollzogen, telefontechnisch war sie es noch lange nicht. Wollte man von den neuen Bundesländern in die Alten anrufen, so musste zunächst die gültige Nummer der Vorwahl erfragt werden, diese war von Bezirk (Landkreis) zu Bezirk unterschiedlich, die Leitungen waren restlos überlastet und die sprachliche Qualität unter ferner liefen. So dauert es sage und schreibe eine halbe Stunde, bis er eine Verbindung nach Regensburg zu seinem zuständigen Disponenten Rolf hatte. Die nächste Ladestelle sollte in Braunschweig bei der ›Feldschlösschen Brauerei‹ sein. Dort nimmt er am nächsten Tag fünfundzwanzig Tonnen Dosenbier für Barcelona auf. Da es bereits Donnerstag ist, spricht er sich mit seinem Disponenten Rolf ab, sodass Alexander nur bis Schweinfurt fährt und sich dann am Sonntagabend wieder auf Tour begibt. Susanne freut sich, als sie hört, dass er am Abend für ein langes Wochenende nach Hause käme. Sie verbrachten eine ruhige Zeit miteinander. Trotz alledem zweifelte er wieder an der Sinnhaftigkeit dieser Beziehung. In Wirklichkeit wusste er bereits, dass zur Gründung einer Familie zu wenig Gefühle mitspielten, war es Bequemlichkeit oder Angst vor der Auseinandersetzung mit Susanne, dass er die Sache bislang nicht beendet hatte? Ja, Susanne konnte schon gemein und jähzornig werden, wenn es nicht nach ihrem Kopf ging, besonders brachial wird sie, wenn der Alkohol die Oberhand gewonnen hat. Sie hatte von ihren beiden Eltern, die jeweils negativsten Eigenschaften geerbt, vom Vater hatte sie das Saufen und von der Mutter die Bösartigkeit. Eine Lösung muss her. Es ging wieder auf den Sonntagabend zu, dem Zeitpunkt des Aufbruchs. Um neun Uhr am Abend packt er seine Sachen ins Auto und fährt zu seinem Lkw. Punkt zehn löst er die Bremsen und auf geht es in die Nacht hinein. Am Dienstagabend kommt er am Zielort, dem Zollhof an, es regnete in Strömen, was nur selten in Barcelona vorkommt. Alexander liegt in seiner Koje und hört, wie die großen Regentropfen auf sein Dach treffen. Platsch, platsch, platsch, tropft es monoton über seinem Kopf, ein Geräusch, um melancholisch zu werden. Ihm geht die Sache mit Susanne durch den Kopf. Einerseits war es bequem für ihn, sie machte seine Wäsche und kaufte die Vorräte für seine Touren ein, sicherlich bezahlte er die Lebensmittel für die Fahrten und für das Wochenende. Nein, eigentlich für mehr als die ganze Woche, Susanne braucht in den darauffolgenden Tagen nicht erneut los. Andererseits konnte sie auch garstig und hinterhältig werden, wenn sie wieder mal ihren Willen durchsetzen wollte, dann war sie zu keinerlei Kompromissen bereit, das hatte sie offenbar von ihrer Mutter geerbt. Sex gab es, nur wenn sie ihren Eisprung hatte, okay dann ging sie los wie eine Wilde. Die restliche Zeit war ihr die

Intimität nicht wichtig. Ihrer Auffassung nach sollte Sex etwas Besonderes sein. Im Gegensatz zu Susanne hat Alexander ein ausgeprägtes Verhältnis zur körperlichen Liebe. Wie er an Susanne hängen bleiben konnte, ist ihm im Nachhinein ein Rätsel. Für sich hat Alexander die Vorstellung einer Familie mit mindestens zwei Kindern, lieber drei. Er träumt von einer Ehe auf Augenhöhe und gegenseitigem Respekt. Wichtig ist ihm auch noch, dass seine Frau der Träume ebenso viel Spaß am Sex haben sollte wie er. Waren das unerreichbare Vorstellungen? Seinen Job als Fahrer würde er dafür an den berühmten Nagel hängen. Konnte er das mit Susanne haben? Klare Antwort NEIN! Alexander hatte genügend Möglichkeiten gehabt, sich das zu holen, was ihm Susanne nicht gab, doch dazu hätte er sie betrügen müssen. Das allerdings wollte er nicht, dann schon lieber klare Verhältnisse und die Beziehung beenden. Zum Glück hatte er seine kleine Wohnung in der Stadt behalten, dorthin konnte Alexander jederzeit zurück. Seine Nachbarin und gute Freundin Nathalie, kümmerte sich vor den Zeiten mit Susanne, um Wäsche, Hausordnung und Putzen. Selbst heute noch sorgt sie für alles rund um die Wohnung. Er gibt ihr dafür monatlich ein paar Hundert Mark und kann sich auf sie verlassen. Vor einigen Jahren kam Nathalie aus Sibirien hier her. Ihren asiatischen Einschlag, den hat sie, den, kann sie nicht verleugnen. Mit ihren 55 Jahren sieht sie tadellos aus. Freundlichkeit und Hilfsbereitschaft zeichnen ihre Charakterzüge aus. Ihr schlankes Outfit mit altersgerechtem Bauchansatz stand ihr hervorragend. Vor Alexanders Beziehung zu Susanne, pflegten beide ein lockeres, sexuelles Verhältnis. Beide waren sich einig, dass sie neben ihrer Freundschaft nur aus Spaß an der Freude miteinander intim wurden. Es ergaben sich keinerlei Verpflichtungen daraus, nicht mehr und nicht weniger. Es gefiel ihm jedes Mal, wenn er mit ihren etwas hängenden Brüsten und ihrem kleinen schlaffen Bauch spielen konnte, das war sein Fetisch.

Baden im Mittelmeer

Weiter ging es zur nächsten Ladestelle in der Nähe von Alicante, um eine Ladung Schuhe für einen großen deutschen Einzelhändler aufzunehmen. Für die 530 km bis zur Ladestelle würde er sechs bis sieben Stunden benötigen, am nächsten Vormittag könnte er beim Kunden sein. Alexander macht sich bereits Gedanken, wann er wieder in Alemania sein könnte. Wenn alles klar gehen würde, könnte er am Nachmittag wieder nach Deutschland aufbrechen. Die Chancen stehen gut, dass er zumindest am Samstagabend in Schweinfurt wäre. Zwar ein verkürztes Wochenende, aber immerhin. Gegen zehn Uhr am Vormittag hat er die Ladestelle erreicht. Dort im Büro meldet er sich bei einer Frau mittleren Alters, diese meint, er sei früh da, was er jetzt schon bei ihnen wolle, fragt sie ihn. Er wolle laden und fragt, ab wann die Ladung bereitsteht, er erhielt die altbekannte Antwort, »Mañana, morgen.«

»Was?«, fragte Alexander, die Enttäuschung ist ihn anzusehen. Die nette Dame meint, er solle erst Morgen gegen 16 Uhr wiederkommen, eher seien sie mit der Produktion nicht fertig. Sie hätten es dem Spediteur so mitgeteilt,

»Na klasse«, meinte Alexander, es war wieder typisch, bis zu den Fahrern kamen diese Informationen nicht durch. Es ist leider nicht zu ändern,

Alexander fragt, ob er seinen Auflieger bei ihnen in der Firma bis morgen abstellen könnte.

»Ja, diesen können sie gerne stehen lassen, kein Problem«, lautete die Antwort.

Vielleicht ist es auch gut so, den vorprogrammierten Ärger mit Susanne erst eine Woche später zu erleben. Alexander macht der Gedanke an das Ende mit Susanne Angst, er hatte doch aufgrund seiner Kindheitserlebnisse großen Bammel vor Auseinandersetzungen. Schließlich war er bei lautstarken Streitigkeiten zeitlebens der Unterlegene, der Verlierer gewesen, führte keine Argumente an, wurde stumm wie ein Fisch. Die Einschüchterung durch seinen Erzeuger funktionierte zwanzig Jahre nach dessen Tod immer noch.

Alexander hat einen Einfall, er will an den Strand des Mittelmeeres zum Baden. Badehose und Strandmatte sind bekanntlich ständiger Begleiter, also auf zum Meer. Die Zugmaschine, mit der er solo zum Baden fährt, stellte er direkt auf dem Sandstrand von Alicante ab, breitete seine Matte aus und ließ den Herrgott einen guten Mann sein. Gegen Mittag meldet sich sein Magen zu Wort. Keine hundert Meter von seinem Standplatz am Strand befindet sich ein kleines Strandlokal, er startet den Diesel und fuhr die 100 Meter bis zum Imbiss, dort aß und trank er ganz gemütlich. Oft hat er für solche Freizeitbeschäftigungen keine Zeit, weshalb er diesen Nachmittag in vollen Zügen genießt. Am Abend will Alexander die Innenstadt unsicher machen, halt dazu benötigt er noch Bares und das bekommt er nur an einem Geldautomaten. In der Nähe von einigen Urlauberhotels wird er fündig, es ist die Niederlassung einer Bank, deren Geldautomaten er sich ausgesucht hat. Er parkt die Zugmaschine gegenüber der Bankfiliale, schließt sein rollendes Zuhause ab und überquert die Straße. Rein in die Bank. Seine EC-Karte steckt er in den vorgesehenen Schlitz des Automaten, was ist das jetzt? Der zieht meine Karte ein! Alexander glaubt nicht, was er da sieht, so etwas war ihm noch nie passiert. Sein Konto ist immer reichlich gedeckt, er hat immer genügend Geld auf seinem Girokonto. Er lebt schließlich den ganzen Monat über von seinen Spesen, welche er immer bar ausgezahlt bekommt und in seinem Geldbeutel verstaut waren. Sein Gehalt erhielt er jeden Monat pünktlich. Von diesem wurden nur seine laufenden Kosten für Miete, Versicherung usw. abgebucht. Selbst die Einkäufe mit Susanne beglich er in bar von seinem Verpflegungsgeld. Was war da los? Alexanders Puls stieg in die Höhe, er schien fast am Verzweifeln. Eine Decke aus Ohnmacht schien ihn einzunehmen. So langsam kann er wieder einen klaren Gedanken fassen, sein logisches Denken kehrt zurück. Jetzt hilft nichts mehr, es ist bereits nach 22 Uhr und kein Personal anwesend. Ich muss einen kühlen Kopf bewahren. Vor morgen früh kann ich nichts mehr ausrichten, bringt er sich selbst wieder runter. Alexander muss hier stehen bleiben und morgen würde sich bestimmt alles klären. Nur gut, dass er viel Zeit hat, man stelle sich vor, so etwas würde passieren, wenn er unterwegs war und keine Zeit zum Warten hätte. Zu allem Überfluss rauben die betrunkenen und grölenden englischen Touris, von den benachbarten Hotelburgen, ihm den Schlaf. Erst weit nach Mitternacht findet er seine nötige Nachtruhe. Als die Filiale um neun Uhr öffnete, stand Alexander bereits an der Tür. Er erklärte dem Banker, was vorgefallen war, dieser öffnet den Automaten, holt die Karte heraus und übergibt sie Alexander. Er meint noch, dass sie bereits öfter Probleme mit dem Automaten hatten. Alexander, froh, die Geldkarte wieder in seinem Besitz zu wissen, bedankt sich und sucht ein Restaurant zum Frühstücken. Aufgrund der Verzögerung der Ladung wurde es wieder nichts mit der Heimfahrt, Alexander würde erneut ein Wochenende draußen verbringen müssen.

Bakschisch

Seine Entscheidung, Susanne zu verlassen, schien sich zu festigen, er würde das nächste Mal die Beziehung beenden. Alexander kannte sich und hoffte daher, dass er dazu den Schneid hatte. Der nächste Morgen ist angebrochen, den Wecker hat er auf kurz vor acht gestellt, um acht gibt er die Zollpapiere ab. Waschen und frühstücken konnte er danach auch noch, Zeit genug war. Was in Deutschland schon damals in den beginnenden 1990er-Jahren kaum möglich schien, war in anderen Ländern Normalität. Hierzu ein paar Anekdoten, welche Alexander selbst erlebte. Gegen Mittag, noch vor der Siesta, kamen zwei uniformierte Zöllner und zwei Zollagenten an seinen Lkw und forderten ihn auf, die Ladefläche zu öffnen und für jeden von ihnen zwei Kartons Dosenbier abzuladen. Das waren für jeden achtundvierzig Dosen à 0,5 Liter, also vierundzwanzig Liter bestes deutsches Bier. Trotz dessen, dass fast 100 Liter Bier fehlten, unterschrieb der Endkunde für die Gesamtladung, dass Bakschisch für den Zoll kannten, alle Spanier und er wurde immer akzeptiert.

Es waren noch die Zeiten, als für jedes Land limitierte Mengen an Treibstoffen eingeführt werden durften. Von Belgien nach Frankreich waren lediglich 200 Liter Diesel im Tank erlaubt, alles, was darüber war, hätte verzollt werden müssen. Darangehalten dürfte sich niemand haben. Da der Treibstoff in Deutschland billiger als in Belgien und Frankreich war, tankten die Fahrer ihre Lastzüge, noch auf deutschem Boden, bis zur Oberkante des Tanks voll. Bei einer Tankkapazität von 800 bis 1000 Litern käme eine beachtliche Summe zur Nachverzollung in Betracht. Am Grenzübergang Aachen-Lichtenbusch geht die Tour hinüber nach Belgien, dorthin, wo noch vor ein paar wenigen Jahren der Führerschein ein Fremdwort war und das Autobahnnetz nachts hell erleuchtet wird. Die 200 Kilometer lange Strecke von Aachen bis Saint-Aybert, dem Grenzübergang hinüber nach Frankreich, nutzen die meisten Fahrer, um ihre Lastzüge über die gesamte Teilstrecke auszufahren, es wurde gefahren, was der Lkw hergibt. Die Geschwindigkeit, bei der die Maschinen abregelten, liegt bei satten 125 km/h. Wenn die Zollbeamten auf französischer Seite ihr Gehalt aufbessern wollten, so stellten sie sich an die Fahrbahn und hielten die Fahrer an. Sie standen indessen zu zweit oder auch zu dritt da und hielten die Hand auf. Der so Kontrollierte hielt einen zehn France Schein aus dem Fenster, einer der Beamten nahm den Schein entgegen und wünschte gut gelaunt, »Bon Voyage, gute Reise!«

Das war es bereits, die Fahrt konnte weitergehen.

∞

Eine weitere Episode ereignete sich am Grenzübergang Frankreich Spanien, Le Perthus in Richtung Barcelona. Alexander kommt die Steigung hochgefahren, als er sich dem Kontrollposten nähert, springt ein französischer Grenzer aus seiner Baracke, fällt fast hin. Alexander kurbelt seine Seitenscheibe herunter und fragt höflich, wie er ist, was er denn für ihn tun könne. Der macht seinen Mund auf und beginnt lallend und nach Alkohol stinkend, nach Alexanders Tachoscheibe zu fragen. Alexander überreichte sie ihm. Der dreht sie einmal im Kreis, ein zweites Mal im Kreis und zu guter Letzt ein drittes Mal. Er gibt Laute von sich, die sich anhören wie, »ooohhh, ooohhh, ooohhh«, er tut so, als hätte Alexander keine Pausen eingelegt und die Geschwindigkeiten nicht eingehalten. Es war zu bezweifeln, ob er überhaupt in der Lage war, etwas auf der Kontrollkarte zu erkennen. Alexander fragt ihn, was er wolle, und hält ihm seinen großen offenen Geldbeutel hin. Und was macht der kleine, betrunkene Franzose? Er zieht einen 10 France Schein aus der Geldbörse, grinst und wünscht, »Bon Voyage«.

So erging es nicht nur Alexander, nein viele der Kollegen mussten dort oben ihren Wegzoll begleichen.

∞

Freitagvormittag lädt Alexander in der hessischen Rhön eine Komplettladung Haarspray für Madrid. Es handelt sich wieder um einen Gefahrguttransport, der extra gekennzeichnet werden muss. Mit seinen aufgeklappten orangefarbenen Warntafeln und den entsprechenden Notfallanweisungen macht er sich am Sonntagabend auf den

Weg. Die 2.000 Kilometer lange Strecke nach Madrid ist eine Tour nach seinem Geschmack. Gemütlich und entspannt lässt er Barcelona links liegen, um die Autopista, die Autobahn nach Saragossa zu nutzen. Die Landschaft zwischen Barcelona und Madrid gab nicht viel her. Die Gegend um Saragossa empfand Alexander als besonders öde. Hier hat er eher das Gefühl, sich in einer mexikanischen Wüstengegend zu befinden, als auf dem europäischen Kontinent. Die Gegend besteht aus ausgedörrten Böden, Müllhalden, wenig Grün. Nicht umsonst kursiert der Dauerwitz unter den Fahrern, ›Frage: welche drei Buchstaben beschreiben Spanien am besten? Antwort: S, B, D, Sonne, Berge, Dreck‹. Alexander befährt wieder die Nationalstraße, unweit der Abzweigung in Richtung Madrid befindet sich in der Einöde eine große Rastanlage. Alexander entschließt sich hier die Nacht zu verbringen. Vorher muss er noch über die breite Straße, um anständig zu essen. In der Anlage können sich die Fahrer mit allem eindecken, was sie zum Leben benötigen. Gegenüber dem riesigen und vor allem staubigen Parkplatz befinden sich Restaurants, Geschäfte und eine Tankstelle. Jeder Brummi, fährt er auch noch so langsam über den Platz, zieht eine riesige Staubwolke hinter sich her, was das Schlafen bei geöffneten Fenstern und Dachluke unmöglich macht, es sei denn, die Staubschicht am anderen Morgen, verteilt in der ganzen Kabine stört nicht. Alexander entscheidet sich alle Öffnungen zu verschließen und seinen Motor die Nacht über laufen zu lassen, damit seine Klimaanlage gekühlte und gefilterte Luft in die Kabine blasen kann. Um über die breite Piste zur Anlage zu kommen, müssen sich die Fahrer sputen, es besteht die reale Gefahr nicht lebend dort anzukommen. Eine lange Gerade, verführt die Camioneros ihre Geschwindigkeit mit weit über 100 km/h nicht zu drosseln. Hier sollte jeder versuchen so schnell wie möglich und ohne zu stolpern die Fahrbahn zu überqueren. Am nächsten Morgen startet er weiter in südliche Richtung zur spanischen Hauptstadt. Die einzige Strecke, die er nutzen kann, ist die ›Carretera Nacional‹, die 300 Kilometer verliefen damals noch meist einspurig in jede Richtung. Durch zahllose Ortschaften, schmalen Straßenstücken über Berge und Täler fährt er seinem Ziel entgegen. Vereinzelte Wälder säumen seinen Weg, diese erscheinen ihm als wohltuende Abwechslung auf der ansonsten eintönigen, ermüdenden und kräftezehrenden Tour. Die Klimaanlage muss ihre Höchstleistung bringen, um die Temperatur in seiner Kabine gerade noch auf einem erträglichen Level zu halten. Am Mittwochvormittag erreicht er die Zollabfertigungsstelle Coslada. Alexander parkt seinen Zug wie gewohnt auf einer freien Stelle im angrenzenden und weitläufigen Industriegebiet der ›Zona Industrial‹. Die Kapitäne der Landstraße sind im Allgemeinen ein lauffaules Völkchen, welches lieber für 100 Meter den Diesel startete, als sie zu Fuß zurückzulegen. Alexander kreuzt rund um die Zollabfertigungsstelle, um einen Stellplatz für seinen 40 Tonner zu finden. Mist, es ist, es ist alles voll. Er erweitert den Radius. Nachdem er eine halbe Stunde im Industriegebiet herumgeirrt ist, um ein freies Fleckchen zum Parken zu finden, hellt sich seine Stimmung auf. Da hinten, das könnte langen, noch schnell an der nächsten Kreuzung wenden und zurück zu der gesichteten Stelle, bevor ein anderer Kollege hineinfährt. Horrido, ich habe es geschafft, der Stellplatz ist meiner! Er muss wieder besonders weit gehen, um seine Papiere abzugeben. Nach einem Zehnminuten andauernden, unzumutbarem Fußmarsch, übergibt er die Zollpapiere dem zuständigen Beamten. Der sieht sich die Unterlagen an und gibt Alexander die Anweisung, seinen Laster in dem zum Zoll gehörenden Hof zu fahren. Alexander glaubt sich verhört zu haben, das gab es noch nie, seit er hierunter in den Süden fuhr. Nein, er hat richtig verstanden, sein Gegenüber bestätigt es. Er gibt ihm die Papiere zurück und Alexander macht sich in sengender Hitze zurück auf den Weg zum Lastzug. Als Alexander angekommen war, dachte er sich, genug Sport für heute.

Der Lkw stand in der prallen Sonne, sodass seine Kabine sich während seiner 30-minütigen Abwesenheit fast unerträglich aufgeheizt hatte. Zunächst alle Löcher aufgerissen und die Klima auf volle Leistung gestellt, fuhr er wie angewiesen in den Innenbereich des Zollgeländes. Den Zug rangierte er an die Rampe. Einen gewaltigen Vorteil erkennt Alexander sofort nach der Einfahrt, er steht im

Schatten und genügend Luftzirkulation ist ebenfalls vorhanden, so sollte es sich aushalten lassen. Im Laufe des Tages kommen noch weitere Lkws hinzu, bis zum frühen Abend sind alle 15 Plätze belegt. Die allermeisten der Fahrer kommen ebenfalls aus Deutschland, es wird ein kurzweiliger Nachmittag. Ronny, sein Fahrzeugnachbar aus Sachsen, klärte ihn auf, was es mit dem Zollhof auf sich hat. Es ist 19 Uhr, als auf dem Gelände sich etwas zu bewegen scheint. Es fuhren mehrere Pkws mit großen Kofferräumen auf das Gelände und parkten ihre Fahrzeuge gegenüber den Lkws. Das Besondere daran, alle parkten mit den Kofferräumen in Richtung der Laster, nicht ohne Grund. Zu mehreren gingen die Zöllner von Lkw zu Lkw und ließen von den Fahrern einen Teil deren Ladung abladen. Die Fahrer konnten dabei zusehen, wie sich die korrupten Beamten mit allerlei für sie interessanten Waren versorgten und in ihre Autos verstauten. Da war von Lebensmitteln über Kosmetikartikel hin zu Kleingeräten alles dabei. Sie beendeten erst die Aktion, bis der letzte Kofferraum zum Bersten gefüllt war. Was bei uns in Deutschland undenkbar war, war da unten die Normalität. Das Ganze wurde von der Gesellschaft gedeckt. Die Zöllner ließen die Fahrer noch bis zum nächsten Tag stehen, solange bis endlich die Papiere fertig waren.

Umweltkatastrophe

Eine weitere Tour mit mehreren Fahrerkollegen erlebte Alexander im Juli 1991. Es war ein Donnerstag, Alexander hatte in Hamburg seine Ladung abgeliefert. Er rief wie immer Rolf, den Disponenten in Regensburg, an. Da er bereits über das vergangene Wochenende unterwegs war, hoffte er darauf, das Wochenende mit Susanne zu verbringen. Rolf schickte ihn in die Nähe von Magdeburg zu einer LPG, einer landwirtschaftlichen Produktionsgenossenschaft, einem Überbleibsel aus Zeiten der DDR. Er nahm dort fünfundzwanzig Tonnen Pestizide auf, abgefüllt in zylindrischen Metallbehältern mit 10 Litern Inhalt. Sie standen ohne weitere Umverpackung Behälter an Behälter auf dem Boden. Gefahrgutkennzeichnung gab es zu diesem Zeitpunkt bisher nicht, diese wurde erst ein Jahr später mit den dazugehörigen Sicherheitsvorschriften eingeführt. Zur Verzollung musste Alexander sich am nächsten Tag mit zwei anderen Lkws am Zollamt Saarbrücken einfinden. Liefertermin sollte einen Tag später bis spätestens Samstagvormittag um 10 Uhr in Sète, einem Fischereistädtchen, in Südfrankreich sein. Alexander protestierte lautstark am Telefon. Um Alexander zu beruhigen, versprach Rolf, er bekäme von ihm einen Hunderter extra, »Damit kaufst du deiner Freundin ein schönes Kleid«.

Er gab sich zähneknirschend geschlagen und sagte die Tour zu. Es war Abend, Alexander rief wie üblich bei Susanne an, sie war nicht erfreut und ließ es ihn während des Gespräches spüren. Am nächsten Tag gegen 10 Uhr trifft er in Saarbrücken an der ›Goldenen Bremm‹, dem Zollterminal auf der gleichnamigen Rastanlage, ein. Von den anderen beiden Lkws war keine Spur zu sehen, Alexander meldete sich bei dem zuständigen Zollagenten, dieser meinte, er müsse mit der Verzollung warten, bis die anderen Laster hier seien. Die Ladung wird als Ganzes verzollt. Alexander war wieder nicht erfreut, war die Tour abermals viel zu knapp bemessen und dann musste er noch auf andere warten, na Bravo, dachte und nutzte die Zeit zum Duschen und Essen.

Gegen zwölf kamen die anderen beiden endlich an, sie hatten alle Zeit der Welt, so schien es zumindest. Um zwei am Nachmittag kamen sie dann endlich los, ihnen blieben maximal zwanzig Stunden für die annähernd neunhundert Kilometer lange Strecke, viel zu wenig Zeit. Es mussten wieder die Ruhepausen daran glauben. Sie fuhren im Konvoi runter nach Südfrankreich, gut es ging über Funk recht lustig zu, die Pausen wurden zusammen gemacht, es war schon etwas Anderes als allein zu fahren. Alle drei fuhren bis zur Erschöpfung bis hinunter nach Montelimar, es war inzwischen frühmorgens um zwei, die laue Sommerluft lud zu einem kurzen Plausch unter freiem Himmel ein. Sie setzten sich noch etwas zusammen, obwohl keine Zeit war und sie alle drei hundemüde, befanden sie sich in einer Hochstimmung. Alexander holte noch eine Flasche Rotwein aus seinem Proviant, den sie noch gemütlich zusammen tranken und sich dabei draußen im Freien unterhielten. Was für eine herrlich laue Sommernacht. Alexander schaut auf seine Uhr, er erschrickt und meint an seine Kollegen gerichtet, »oh Mist, schon so spät, jetzt nichts wie ins Bett, in drei Stunden müssen wir weiter!«, alle drei trinken noch rasch ihre Becher leer und verziehen sich rasch in ihre Fahrerhäuser.

Bis am nächsten Morgen alle wach und fertig zur Weiterfahrt sind, wird es sieben Uhr, bis sie ihre Maschinen starten, um die letzten zweihundert Kilometer zu fahren. Es wurde 10 Uhr, bis sie in dem Fischerstädtchen Sète ankamen. Die Firma war rasch gefunden, ein Arbeiter erwartete sie bereits. Das Abladen zog sich langwierig hin, da jeder einzelne Behälter erst auf Paletten gestellt werden musste. Von der Ladung befanden sich zahlreiche Gefäße in einem desolaten Zustand, sie waren am Boden dermaßen verrottet, dass die Vibrationen der Fahrt die Behälterböden leckschlagen ließen. Etliche Kanister mit dem flüssigen Gift waren ausgelaufen und über den Boden der Auflieger auf die Fahrbahn gelangt. In sengender Hitze und unter den Planen der Lastzüge lief ihnen der Schweiß am Körper herunter, zudem die Müdigkeit, der Durst und Hunger. Jeder wusste, was er getan hatte. Es wurde Nachmittag um zwei, als alle drei Züge abgeladen waren und die Dusche im angrenzenden Sozialgebäude nach den dreien rief, »Kommt, hier bin ich, ich habe das, was ihr jetzt am meisten benötigt«.

Auf dem Gelände, direkt neben den erwähnten Umkleideräumen, befand sich ein großer Tank gefüllt mit ebendiesen Pestiziden, die sie eben schweißtreibend entladen hatten. Eingefasst wurde das Ganze mit einer Betonmauer, um bei einem Auslaufen des Tanks eine Umweltkatastrophe zu verhindern. Das Auffangbecken war bis zur Hälfte mit dem stinkenden Gift gefüllt. Warum nur bis zur Hälfte? Auf halber Höhe hatte die Mauer einen Riss, durch den die giftige Brühe auslief und sich ihren Weg in die Kanalisation suchte. In der Dusche stank es entsprechend. Das könnte man als gelungene Umweltschutzmaßnahme à la Frankreich bezeichnen. Jeder weitere Kommentar hatte sich dazu erübrigt. Frisch geduscht und umgezogen begann die Drei das Städtchen zu erkunden, eine Rückladung hatte bis dahin nur Alexander, es langte, wenn er am Sonntagabend weiterfuhr. Sie liefen in Richtung Strand, mit seiner Strandpromenade. Dort gab es neben Badesachen und allerlei Krimskrams mehrere Strandbars. Alexander meldete sich bei seiner Susanne, diese machte ihm sofort eine Szene und bildete sich ein, Alexander würde absichtlich nicht nach Hause kommen. Ihr Geschrei wurde so laut, dass er den Hörer mit Abstand zu seinem Ohr hielt, bis er schließlich ohne ein weiteres Wort auflegte. Die Besucher der Strandpromenade, die in unmittelbarer Umgebung standen, konnten alles mitanhören.

Die drei ließen es sich das ganze Wochenende über gut gehen. Es war das Wochenende um den französischen Nationalfeiertag, der 14. Juli, weshalb an diesen Tagen besonders viele Menschen ihre Freizeit dort verbringen sollten. Die von Rolf versprochenen einhundert Mark musste Alexander extra einfordern, zähneknirschend bekam er sie von ihm ausgehändigt. Bei der nächsten Tourenabrechnung mit Alexanders Chef hatte Rolf sie dem wieder abgezogen. Ab diesem Moment war Rolf bei Alexander unten durch.

∞

Eine andere Fahrt mit Gefahrgut sollte Alexander vielleicht ein Jahr später erhalten. Inzwischen gab es strenge Bestimmungen und Vorgaben für den Transport gefährlicher Güter. Diesmal lud er im Hamburger Zollhafen eine Palette mit giftigem Pulver. Der Staplerfahrer verlud die Palette sehr vorsichtig, seinen Angaben zufolge war das Pulver hochgiftig. Alexander sicherte die Ladung so gut er konnte, legte die Gefahrgutzettel mit dem Totenkopf entsprechend den Vorschriften in und am Fahrzeug aus, klappte die orangefarbenen Warntafeln auf. Während der 2200 Kilometer langen Fahrt hielt sich Alexander genau an die zulässigen Geschwindigkeiten und geforderten Ruhepausen. Bei

Gefahrguttransporten ließen die europäischen Behörden keinerlei Geschwindigkeitsverstöße und Lenkzeitüberschreitungen zu. Kein Disponent hätte es gewagt, seine Fahrer zu hetzen und zu treiben, denn auch sie wären in diesen Fällen persönlich zur Verantwortung gezogen worden. Nach vier gemütlichen Tagen, bei bester Laune, kam er beim Kunden in Spanien an. Als Alexander die Plane des Aufliegers hoch schmeißt und die hintere Bordwand öffnet, sieht er die Bescherung. Ein Sack mit dem Pulver war aufgerissen und das weiße Puder hatte sich im hinteren Teil der Ladefläche verteilt. Alexander packt das Entsetzen, was war jetzt zu unternehmen? In Deutschland würde zunächst durch die Rettungskräfte alles im Umkreis gesperrt werden. Feuerwehrleute in Schutzanzügen würden das Pulver beseitigen und die Ladefläche dekontaminieren. Alexander würde zur Vorsorge in eine Klinik eingeliefert werden, so die Vorgehensweise in Mitteleuropa. Der hiesige Staplerfahrer winkte nur ab, entlud die Palette, während das Pulver auf die Straße rieselte. Mit Schaufel und Besen kehrt er das Pulver von der öffentlichen Straße, anschließend dasselbe auf Alexanders Ladefläche und den ganzen Mist mit der Schaufel in den auf der Straße stehenden Müllcontainer. Er unterschrieb die Papiere, wünschte Alexander, der immer noch wie belämmert dastand, eine gute Fahrt. Alexander schüttelte nur den Kopf, fühlte sich allerdings unwohl bei der Sache, schließlich stand auch er in der Staubwolke. Nachdem der Rest beim nächsten Kunden ebenfalls entladen war, nutzte er die nächstbeste Möglichkeit seinen Auflieger mit einem Hochdruckreiniger innen abzuspritzen. Zumindest war vorerst der Laster wieder gereinigt. Größere Sorgen bereitete ihm seine Gesundheit, hatte er das giftige Zeugs eingeatmet, konnten Langzeitfolgen daraus entstehen? Alexander ließ sich so disponieren, dass er zu Hause die Möglichkeit hatte zum Hausarzt zu gehen. Seine Ärztin untersuchte sein Blut sicherheitshalber auf mögliche Giftstoffe, zum Glück wurde nichts Entsprechendes gefunden.

Dreibeiner

Das nächste Wochenende ist in Sichtweite, Alexander machte sich bereits Hoffnungen auf ein Wochenende zu Hause. Wollte er das wirklich? Wochenende mit Susanne bedeutete Krach mit ihr! So leicht würde sie das Ende der Beziehung nicht hinnehmen. Von Rolf bekommt er das Okay für ein langes Wochenende in der Heimat. Freitagnachmittag, Alexander wird von Susanne mit einem kurzen Kuss begrüßt,

»Wo hast du deine schmutzigen Kleider?«, fragt sie, als Alexander in ihrer Wohnung eintrat.

»Die sind noch im Auto«, antwortet er etwas knapp angebunden. Susannes Augen weiten sich, sie ahnt Schlimmes.

»Was ist los, ist etwas passiert?«

»Nein, passiert ist nichts, wir müssen allerdings reden«, antwortet er.

Alexander hat den Anfang geschafft, jetzt gibt es kein Zurück mehr. »Ich habe viel über unsere Beziehung nachgedacht«, beginnt er das Gespräch.

Ihr fällt das Kinn herab, ihr Mund steht offen, sie hätte mit allem gerechnet, nur nicht, dass Alexander die Beziehung infrage stellen würde.

»Wieso, warum, was ist los?«, stammelt Susanne.

»Ich habe unsere bisherige Beziehung Revue passieren lassen, dabei bin ich zu dem Entschluss gekommen, dass es zwischen uns zu viele Gegensätze gibt. Sag selbst, wir passen nicht zusammen«, versucht er es ihr beizubringen. Er zählt einige Sachen auf, bei denen seiner Meinung nach beider Vorstellungen komplett auseinanderdrifteten. Das sexuelle will er ihr nicht auch noch aufs Tablett schmieren, zumal sie ihn einmal als ›Dreibeiner‹ beschimpft hatte, es genügt bereits das bisherige.

Ihr Gefühlszustand wechselt von Enttäuschung hin zu Wut, einer Wut, die Alexander schon öfter über sich hat ergehen lassen müssen. Er will eben aufstehen, um seine Sachen, die er bei Susanne hat zusammenzupacken, als wieder ihre Verzweiflung überhandnehmen. Sie sieht ihre Felle davon schwimmen, zieht sich blitzschnell ihre Bluse und die Hose aus. BH und Slip folgen, sie steht beinahe nackt vor ihm, nur ihre Socken hat sie noch an. Ihre Verzweiflung scheint enorm, warum sonst hätte sie sich so anbieten wollen. Sie will Alexander auf diese Art und Weise halten. Alexander setzt sich doch noch einmal auf die Couch, um zu reden, was Susanne allerdings falsch versteht, sie setzt sich nackt, wie sie ist auf Alexanders Schenkel und versucht ihre Brust in sein Gesicht zu drücken. Er versucht, sie von sich fernzuhalten, will allerdings keine Gewalt anwenden. Sie nimmt unter Tränen seine Hand und drückte sie in ihren Schritt. Mit den Worten, »das ist alles deins!«, versucht sie ihn umzustimmen. Alexander wird es nun zu viel, seine Stimme wird lauter und bestimmter, er widersetzt sich ihr, ihm gelingt es, sie von sich zu schieben. Nun ist es doch so weit, ihm bleibt nichts anderes übrig, er muss das Thema Sex anschneiden. »Schau«, seine Stimme wird wieder versöhnlicher, »hättest du das öfter getan und mehr Sex und Körperkontakt gewollt, würden wir vielleicht jetzt nicht hier stehen.«

Sie gelobt Besserung und wolle in Zukunft eine gute Liebhaberin sein, sie verspricht ihm alle seine sexuellen Wünsche zu erfüllen. Alexander will sich nicht noch einmal auf sie einlassen und lehnt deshalb ab. Das ist offenbar zu viel für sie, jetzt beginnt sie zu schreien und will Alexander aus ihrer Wohnung jagen. Während sie um sich schlagend schreit, »und ich habe dir deine verfickte Dreckwäsche gewaschen und für dich Arsch eingekauft«, drängt sie ihn bis zu ihrer Wohnungstüre und öffnete sie. Alexander dreht sich um, in Richtung Treppenhaus, als ihn ein fester zornerfüllter Tritt in seinen Hintern trifft und er beinahe die Treppe hinunterfällt. Ihr Wohnungsnachbar, der von dem Getöse aufgeschreckt ist, steht amüsiert vor seiner Wohnungstür und grinst köstlich, wie seine Nachbarin, nur mit Socken begleitet, vor seinen Augen ihrer Wut unbeherrscht auf Alexander niederlässt, während sich bereits einige Wohnungstüren im Treppenhaus öffnen.

∞

Alexander sitzt unten in seinem Nissan und denkt, Gott sei Dank ist das endlich vorbei. Auf die wenigen Sachen, die sich von ihm noch in ihrer Wohnung befinden, legt er keinen Wert, Hauptsache er hat sich von ihr befreit, die Beziehung ist zum Glück beendet. Eines hat sie allerdings vergessen, dass er auch einen großen Teil ihres Wocheneinkaufs übernommen hatte. Aber so war sie eben, was soll es. Er sitzt noch ein paar Minuten im Auto und lässt die vergangene halbe Stunde Revue passieren, er muss sich erst beruhigen, bevor er wieder sicher autofahren kann. Susanne, inzwischen wieder angezogen, kommt mit einem vor Wut verzerrtem Gesicht auf ihn zu. Sie blickt ihm hasserfüllt in die Augen, dass Alexander nicht weiß, soll er nun Angst haben oder sich kaputt lachen. Auf der Höhe seines Autos, schlug sie mit geballter Faust auf die Motorhaube, sodass eine Delle zurückblieb und sie ihre Hand vor Schmerzen hält. Das hatte sie nun von ihrer unbeherrschten Wut. Alexander startet den Motor und fährt heim, nach Hause in seine eigene Wohnung. Die Beule konnte er von der Unterseite wieder zurückdrücken, sodass man nichts mehr sah.

Am nächsten Morgen klingelt er an Nathalies Wohnungstüre und hofft, dass sie jetzt keinen Dienst hat. Zur Freude Alexanders öffnet sie, sie freut sich sichtlich ihren Alexander wiederzusehen. Sie nimmt ihn in ihre Arme und drückt ihm einen Kuss auf seine Lippen, er erwidert ihn sehr gerne.

Nachdem er ihre Wohnung betreten hat, kocht sie einen frischen schwarzen Tee, anschließend erzählt er ihr vom gestrigen Abend. Nathalie legt freundschaftlich ihre Hand auf seine Schulter und meint, »es hat lange gedauert, bis du gemerkt hast, dass Susanne so überhaupt nicht zu dir passt. Was du benötigst, ist eine liebevolle Frau, die mit dir zusammen Kinder in die Welt setzen möchte und obendrein noch sexuell sehr aktiv ist.«

»So wie du?«, fragt Alexander mit einem Augenzwinkern.

»Nur, dass ich dich als Freund sehr mag und wir auch keine Kinder miteinander zeugen können«, erwidert Nathalie.

»Schön, dass es dich gibt, du bist eine wunderbare Freundin«, antwortet Alexander. Jetzt fährt durch sein Gehirn ein Geistesblitz. Erschrocken fragt er Nathalie, »hast du dir mehr von mir erhofft?«

»Nein, da musst du dir keine Gedanken machen, wir sind gute Freunde, die miteinander ins Bett hüpfen und Spaß haben, nicht mehr und nicht weniger«.

Alexander schnauft tief durch und drückt Nathalie herzlich und lange an seine Brust. Wäre Nathalie zehn bis fünfzehn Jahre jünger gewesen, Alexander hätte ihr spätestens jetzt einen Antrag gemacht.

Sie fragt ihn noch, ob sie ihm die Wäsche wieder waschen solle?

»Wenn es dir nichts ausmacht, ich würde mich freuen«, anschließend lädt er Nathalie zum Essen ein. Beide entscheiden sich zum Griechen nach nebenan zu gehen. Beide sind froh nach langer Zeit wieder zusammenzusitzen und sich einer anspruchsvollen Konversation hingeben zu können. Besonders Alexander hatte die tieferen Unterhaltungen mit seiner sehr engen Freundin vermisst. Beide gönnen sich zur Feier des Tages einen Grillteller für zwei Personen. Als Costa und Teni, seine Frau, die, mit allerlei Köstlichkeiten beladene Platte servieren, gehen den beiden die Augen über. Teni hat sich für ihre beiden Stammgäste eine besondere Dekoration einfallen lassen. Die beinahe überquellenden Platte hat sie liebevoll mit einigen Wunderkerzen drapiert. Im Schein des sprühenden Funkenregens hebt sich beider Stimmung noch weiter empor. Alexander spürt einen seltsamen, wohligen Druck in seiner Brust. Beiden nehmen sich zärtlich in die Arme und drücken sich lange und intensiv. Für die anwesenden Gäste muss es ausgesehen haben, als seien sie ein verliebtes Paar.

Wieder daheim gehen beide auf einen Rotwein zu ihr. Wie sie so erzählen, wie es ihnen in der letzten Zeit ergangen war, knuffte Nathalie Alexander in die Seite und meinte mit ihrem verführerischen Blick, »schade, dass es nicht mehr von deiner Sorte gibt, so charmant und sexuell völlig entspannt«.

Während sie diese warmen Worte an Alexander richtet, machen sich ihre Finger bereits an seiner Hose zu schaffen. »Oh, wie habe ich deine Direktheit vermisst«, sinniert Alexander. Jetzt werden auch Alexanders Finger aktiv und öffnen geschickt ihren Reißverschluss, er zieht ihr gekonnt Hose und Slip aus. Nathalie kniet vor ihm und verwöhnt ihn zunächst mit ihren erotischen Lippen, während er mit ihren scharfen Hängebrüsten, die Alexander so liebt, spielt. Seine Finger kreisen langsam um ihre steifen Nippel, sie beginnt zu stöhnen. Beides zusammen, ihre Lippen und die Brüste stimulieren Alexander dermaßen, dass er sich nicht allzu lange beherrschen kann. »Wow, das war wieder eine großartige Nummer, wenn du eines kannst, dann ist es einen perfekten Blowjob«.

»Was, nur blasen und was ist mit dem Rest?«, fragt sie und macht einen Schmollmund. Beide beginnen herzlich zu lachen. Jetzt revanchiert sich Alexander bei Nathalie, indem er sie ebenfalls mit seiner flinken Zunge so verwöhnt, wie sie es seit Alexander mit Susanne zusammen war, nicht mehr erlebt hatte. Am nächsten Morgen, Alexander hatte die Nacht bei ihr verbracht, landen beide nach dem Frühstück wieder zusammen in ihrem breiten Boxspringbett. Sie belassen es bei einer Priesterstellung. Beide bleiben noch eine Weile nackt auf ihrem Bett liegen. Er legt seinen Kopf in ihren Schoß, er genießt ihren erotischen Geruch nach Sex. Er sieht in Nathalies Augen und meint, »wir könnten wieder einmal

Sex mit einem anderen Mann haben, was meinst du dazu?«

Nathalies Antwort kommt prompt, »ja klar, da kommen wir beide wieder auf unsere Kosten, ich freue mich darauf!«

und grinst Alexander vielsagend an.

Beide strahlen einander in ihre Augen, ihre Münder finden sich, sie tauschen einen selten langen intensiven Kuss. Der Gedanke an ihren gemeinsamen Freund Detlef lässt beide wieder nervös werden. Bereits öfter hatten die Drei sich gemeinsam vergnügt.

»Du musst dann wieder rechtzeitig Bescheid geben, wann du nach Hause kommst«, entgegnet Nathalie. Beide freuen sich bereits auf den flotten Dreier.

Als Alexander nach seiner zweiwöchigen Tour wieder zu Hause ankommt, stehen seine restlichen Sachen, die er zwangsläufig bei Susanne zurücklassen musste, in seiner kleinen Wohnung. Seine Ex hatte alles kommentarlos mit der Post geschickt. Nathalie wusch in der Zwischenzeit seine Kleidung und bügelte die Wäsche. Alexander klingelt bei seiner Nachbarin, doch diese öffnete nicht. Offensichtlich hat sie Dienst im Krankenhaus. Ihr gemeinsamer Freund Detlef hat an diesem Wochenende keine Zeit.

Einige Wochen später, der Sonntag neigt sich seinem Ende, Nathalie und Alexander gehen am Nachmittag wieder ihrer Lieblingsbeschäftigung nach. Am Abend muss Alexander wie immer wieder los.

∞

Nachdem sich Nathalie von Alexander verabschiedet hatte, startete er wieder in Richtung Spanien. Auf der Höhe von Karlsruhe biegt er in einen Parkplatz ein, um seine vorgeschriebene Dreiviertel-Stunde Pause einzulegen. Er dreht am Zündschlüssel, es herrscht herrliche Ruhe, nur die vorbeifahrenden Fahrzeuge verbreiten ihre Geräuschkulisse. Bei dem Parkplatz handelt es sich um die Kategorie einfach, außer ein paar Tische und Bänke befindet sich neben den Mülleimern nichts weiter dort. Da eine Beleuchtung fehlt, ist es dort recht dunkel, nur die Scheinwerfer der vorbeifahrenden Autos erhellen bruchstückhaft das Gelände. Hinter Alexanders Laster fährt ein Pkw und scheint dort ebenfalls eine Pause einzulegen. Nichts Besonderes bis hier her. Alexander schaut eben in seinen linken Außenspiegel, als an dem Pkw die Lichthupe betätigt wird. Er tritt zweimal auf das Bremspedal und sieht noch, dass sich der Boden hinter ihm jedes Mal vom Schein seiner Bremslichter rot färbt. Nun leuchten Lichtzeichen des Pkws auf, es beginnt ein Spiel der Lichtsignale, das Ganze vollziehen beide Fahrer etwa fünf Minuten. Indessen beobachtet Alexander in seinem Spiegel, dass die Fahrertüre sich öffnet und jemand aussteigt. Er ist schon gespannt, was jetzt kommt, seine Anspannung steigert sich fast ins Unermessliche, sein Puls geht hoch. Ein zaghaftes Klopfen an der Beifahrertüre, jemand hat sich vorsichtig bemerkbar gemacht. Sein Herz schlägt hoch bis in seinen Hals. Alexander steigt aus und läuft vor seinem Lkw zum Bürgersteig. Was sieht er da zu seiner Überraschung? Es ist eine Frau, vielleicht Ende zwanzig, etwas jünger als er, sie macht einen gepflegten Eindruck, eine Professionelle scheint sie nicht zu sein. Alexander gibt ihr zur Begrüßung seine Rechte, sie erwidert den Gruß. Auf ihn macht sie einen etwas schüchternen Eindruck. Er fragt sie, »was kann ich Dir Gutes tun?«, sein Herz schlägt höher, er ist aufgeregt. Dann fragt ihn die junge Dame etwas verlegen, »würdest du mit mir schlafen?«

Alexander denkt sich, »also doch eine Käufliche«. Er fragt, was sie dafür wolle?

Sie schüttelt mit ihrem Kopf und verneint, »Ich möchte einfach nur von einem Mann genommen werden, hier und jetzt«.

Alexander hatte schon viel erlebt, dies allerdings war eine neue Variante.

»Ja, sehr gerne«, antwortete er und öffnete die Beifahrertüre und half ihr hoch. Offensichtlich stieg sie zum ersten Mal in einen Laster. Beide sind nun in der Kabine, sie stellen sich kurz vor, ihr Name ist Beate. Auf die Frage, ob sie des Öfteren mit Fahrern schlafen würde, meinte sie, »es ist das erste Mal, mein Freund hat mich betrogen«.

Alexander erwiderte, »Und jetzt möchtest du es ihm heimzahlen?«

Sie schaut Alexander mit großen Augen an und nickt, »woher weißt du das?

»Logik«, gibt er als Antwort mit einem Lächeln zurück. Indessen ziehen sich beide komplett aus, Alexander findet Gefallen an ihrem Körper, nein nicht nur an dem, sie macht einen reizvollen Gesamteindruck. Mit ihrem brünetten Haar, das sie bis zum Nacken trägt, ihren Augen und ihr Gesichtsausdruck gefallen ihm hervorragend. Sie ist schlank, mit den richtigen Proportionen an den richtigen Stellen. Insgeheim denkt er, sie würden bestimmt gut zusammenpassen.

Ihr Dreieck zwischen ihren Schenkeln zieht einen dichten Streifen von oben nach unten, an den Seiten sind ihre Haare dünner gewachsen, sie ist ein Hingucker.

»Was für ein Idiot, dein Freund, dass er dich betrügt«.

Beate krabbelt nach hinten auf die untere Liege, Alexander folgt ihr. Beide werden intim miteinander, Alexander gibt sich alle Mühe, ihr das Erlebnis so angenehm wie nur möglich zu gestalten, er geht vorsichtig vor und lässt sich für Beate viel Zeit. Der Höhepunkt der Partnerin ist ihm seit je her

wichtiger als der eigene. Später kann er sich nicht
mehr beherrschen, er kommt in ihr. Auf ein Kondom hatten beide bewusst verzichtet. Dass Beate
nicht zum Höhepunkt kam, wunderte ihn nicht
wirklich, schließlich war ihr Ansinnen der Heim-
zahlung geschuldet. Beide geben sich noch einen
Abschiedskuss. Noch lange Zeit steuerte Alexander
sonntagnachts diesen Parkplatz an, immer in der
Hoffnung, ein weiteres Mal auf Beate zu treffen. Sie
hatte es ihm angetan. Beate sollte ihm nie wieder
über den Weg laufen. Weit kam Alexander in dieser
Nacht nicht mehr, zweimal intensiver Geschlechtsverkehr forderte seinen Tribut.

Ausgeraubt

Er ist wieder in der Nähe von Valencia unterwegs, mit einem deutschen Kollegen kommt Alexander per CB-Funk ins Gespräch, sie wechseln den Kanal, um die anderen Fernfahrer mit ihrem Privatgespräch nicht zu stören. Alexander kannte ein Restaurant an der Nationalstraße, in dem es eine Dusche gab, gut, Dusche ist vielleicht etwas übertrieben, es hing ein Duschkopf an der Decke, allerdings mit Wasser sah es etwas mau aus. Die Fahrer mussten sich mit einem Rinnsal, es war zumindest warmes Wasser, zufriedengeben. Die Fahrer arrangierten sich selbst mit solchen Widrigkeiten. Das Essen schmeckte allerdings dort vorzüglich und obendrein wurde ein kostenloser, bewachter Lkw-Parkplatz den Chauffeuren angeboten. Die idealen Voraussetzungen für beide, um dort die Nachtruhe zu verbringen. Sie parken nebeneinander und begrüßen sich, nachdem sie aus ihren Kabinen geklettert waren. Beide empfanden sich auf Anhieb als sympathisch. Michael, wie der Fernfahrerkollege hieß, zieht noch schnell beim Verlassen seines Fahrzeugs die Vorhänge zu, damit niemand hineinsehen konnte. Alexander tut dies aus gutem Grund im Normalfall nicht. Die Ganoven sollten sehen, dass sich ein Einbruch nicht lohnen würde. Normalerweise, heute lässt sich Alexander von Michael überzeugen, es nicht zu tun. OK, sie gehen mit ihren Duschsachen in das Restaurant, dort müssen sie eine Weile warten, bis die einzige Dusche frei wird. In der Zwischenzeit gönnen sich die beiden etwas zu trinken. Nun ist der Duschraum wieder frei, beide duschen sich nacheinander, anschließend genießen die beiden das reichhaltige Abendessen. Sie unterhalten sich viel und angeregt. Nachdem sie vorzüglich gespeist hatten, gönnen sie sich noch je einen Espresso zur Verdauung und ein eiskaltes dünnes Bier aus spanischer Produktion. Die Spanier haben keine Bierkultur, die Barkeeper nehmen eisgekühlte Biergläser aus dem Gefrierfach, zu allem Überfluss kommen noch Eiswürfel hinzu, in Deutschland undenkbar. Es ist dann so gegen halb zehn, Zeit um sich Schlafen zulegen, am nächsten Morgen wollen beide wieder beizeiten los. Alexander will gerade seinen Schlüssel in die Fahrertüre stecken, als ihn ein riesiger Schreck durch die Knochen fährt. Er hatte vergessen, die Seitenscheibe hochzukurbeln. Sein erster Gedanke, ja, ja, so fängt es an mit der Demenz. Er öffnet die Fahrertüre und bleibt wie angewurzelt auf der zweiten Stufe stehen, reißt seine Augen auf und bringt zuerst keinen Ton aus seiner Kehle, sein Herz bleibt fast stehen. Dann löst es sich ein Schrei aus seinem Mund. Michael schreit drüben an seinem Laster ebenfalls. In den beiden Fahrerkabinen sind die Splitter der Seitenscheiben im Innenbereich verstreut, sie waren die Opfer eines Raubes geworden. Die Ganoven hatten sich genau diese beiden Camions ausgesucht, bei den die Vorhänge zugezogen waren. Ein Tohuwabohu, einige andere Fahrer kommen gelaufen, auch sie sind über die Bescherung entsetzt, zumal es sich hier um einen bewachten Parkplatz handelt. Michael zunächst rein zum Personal hinter der Theke und denen erklärt, was vorgefallen ist. Alexander passt indessen auf beide Fahrzeuge auf, damit nicht noch mehr verschwindet. Das Personal informierte die Polizei. Wieder draußen an den Fahrzeugen machen beide zunächst Inventur, es gilt festzustellen, was alles fehlt. Alexanders deponiertes Geld hatten sie nicht gefunden, wenigstens etwas. Seine Reisetasche mit der gesamten Oberbekleidung fehlt. Die kleine Umhängetasche mit seiner Unterwäsche hängt noch an ihrem Platz. Sein Farbfernseher hängt ebenfalls noch, ihn hatte Alexander mit der Kabine verschraubt. Sein Videorekorder, der in der oberen Ablage steckte, er ist ebenfalls Opfer des Raubes geworden. Ansonsten fehlt nichts weiter. Michael dagegen hat nur noch die Kleidung, welche er am Leib trägt, bei ihm war alles dem Raub zum Opfer gefallen. Die ›Guarda municipal‹, die lokalen Dorfsheriffs, kamen erst nach einer Stunde, um den Raub zu protokollieren, sie haben es nicht eilig. Eine Hoffnung auf Ermittlung der Täter nehmen sie den beiden gleich. Sie meinen, es seien vermutlich die Zigeuner gewesen.

Wenn auch eine rassistische Ausdrucksweise, so war sie damals üblich. Vorn wurde der Parkplatz bewacht und hinten wurden die Lkws ausgeraubt. Michael fährt am nächsten Morgen, wie geplant, trotz fehlender Seitenscheibe weiter, Alexander dagegen begibt sich zur nächsten IVECO-Werkstatt, dort lässt er eine neue Scheibe einbauen. So brachte der Überfall Alexanders komplette Tourenplanung durcheinander. Wieder zu Hause, in seiner Firma, lässt sein Chef einen Lkw-Tresor einbauen. Er sollte noch sehr lange an den Überfall erinnert werden, es tauchten noch Monate später Splitter der Scheibe auf. Besonders wenn Alexander sein Gebläse auf volle Stärke einstellte, hörte er die Splitter in dem Lüftungskanal herumfliegen. Alexander muss tanken und fährt dazu auf der Autopista (Autobahn) an einer Tankstelle heraus, der Tankwart steckt die Zapfpistole in den 800 Liter fassenden Tank und lässt ihn volllaufen, dank der Hochleistungspumpen der Lkw-Säulen geht es relativ rasch vonstatten. Nachdem er den Tankdeckel wieder verschlossen hat, gibt Alexander dem Tankwart die DKV-Karte, um zu bezahlen. Es dauert meist ein wenig, bis die Angestellten die Karte durch ihr manuelles Lesegerät gezogen hatten. Alexander packt noch eine Stange Zigaretten dazu und entdeckt unter den Verkaufsutensilien einen Minibaseballschläger aus Holz, dunkel gebeizt und mit Verzierungen, eine Kordel zum Aufhängen rundete das Ganze ab. Das ist es, geht es Alexander durch den Kopf. Das perfekte Verteidigungswerkzeug. Alexander kauft auch diesen noch. Den idealen Platz in seiner Kabine hat er rasch gefunden. Er hängt ihn an seine Dachluke, von dort ist er von überall im Laster mit einem Handgriff erreichbar. Egal, ob auf dem Fahrersitz, dem Beifahrersitz oder von seinem Bett aus.

Ein Griff und er würde ihn im Fall der Fälle griffbereit haben. Zum Glück hatte Alexander seine Hausordnung, wie er den Schläger nannte, niemals einsetzen müssen, immerhin vermittelte er ihm ein gewisses Sicherheitsgefühl.

Keine drei Wochen später ist es für Alexander, ganz in der Nähe des Überfallortes, wieder so weit, seine Nachtpause einzulegen. Er fährt bewusst auf die Autobahn, um auf der in der Nähe befindlichen Rastanlage seine Pause zu verbringen, er fühlt sich hier sicherer. Der Schreck auf der Nationalen liegt ihm noch auf der Leber. Alexander begibt sich ins angrenzende Lokal und bestellt sich etwas Leckeres zu essen. Anschließend hört er in seinem Laster noch Countrymusik. Ein deutscher Kollege, der ebenfalls essen und duschen will, kommt auf ihn zu und fragt, ob es eine Dusche in der Anlage gäbe.

»Ja klar, die haben eine ganz ordentliche Duschanlage und zu essen bekommst du auch etwas Gutes!«

Der Kollege bedankt sich und läuft die paar Meter hinüber zum Restaurant. Alexander kann aus seiner Position den Lkw des Kollegen nicht sehen. Es vergeht eine halbe Stunde, bis er wieder auf Alexander zuläuft. Alexander begrüßt ihn mit seinem speziellen Humor, »ey, es wird hell, man könnte meinen, du hättest geduscht« und lacht dabei.

Der Kollege versteht den Witz und beide unterhalten sich gut gelaunt für ein paar Minuten. Beide

wünschen sich eine gute, stressfreie Fahrt und ›dass
sie ihre Stoßstangen sauber halten sollen‹, übersetzt: ›Sie wünschen sich eine unfallfreie Fahrt.‹
Keine zwei Minuten später steht der Kollege völlig
aufgelöst vor Alexander. Er war ausgeraubt worden und Alexander hat nichts davon mitbekommen. Kurzum rief der Tankwart die Polizei, diese
nahm den Raub auf und machte ebenfalls keine
Hoffnung auf Aufklärung. Nicht nur, dass der Fah-
rerkollege, er hieß Lars, keine Kleidung, außer der,
welche er anhatte, mehr besaß, nein auch sein ganzes Geld war dem Raub zum Opfer gefallen, die
Kreditkarte seiner Firma steckte zum Glück noch an
ihrem Platz, sodass Lars zumindest tanken und die
Mautgebühren begleichen konnte. Er war nun faktisch mittellos, hatte kein Geld mehr, er war pleite
und obendrein 2500 Kilometer von zu Hause entfernt. Wie sollte er nun ohne Geld und Proviant zurück nach Deutschland kommen? Alexander, der
schon seit jeher ein großes Herz hat, bietet dem ge-
schundenen Fahrer Bargeld an, damit dieser wenigstens nach Hause kommen würde. Der Kollege
meint, dass ihm einhundert Mark reichen würden,
Alexander bietet ihm für alle Fälle mehr Geld an, er
drängt es ihm förmlich auf. Lars lehnt es dankend
ab und versichert, dass ihm der Hunderter reichen
würde, Alexander hatte es zumindest versucht. Der
Ausgeraubte bedankt sich herzlich für die selbst-
lose Hilfsbereitschaft und versichert ihm, dass er
das Geld so bald wie möglich schicken werde. Beide
tauschen ihre Adressen aus und Alexander ist froh,

einem Kollegen, aus der Patsche geholfen zu haben. Um das Geld macht er sich keine Gedanken, wenn er es nicht mehr zurückbekommen würde, wäre es auch nicht schlimm gewesen, Geld hatte Alexander mehr als genug. Alexander gelang es nie, seine Spesengelder auszugeben.

∞

Es war die Zeit, als man im internationalen Fernverkehr noch hervorragendes Geld verdienen konnte. Für jeden Tag im Ausland erhielt er einhundert Deutsche Mark (DM) Spesen, war er zudem über das komplette Wochenende im Ausland, kamen erneut zweihundert DM dazu. Alles in allem neben seinem normalen Lohn konnten es übers Wochenende noch mal bis zu vierhundert Mark werden und das Steuerfrei. Dagegen erhielten die Fahrer für die Tage innerhalb Deutschlands nur gerade einmal 45 DM. Dieser Betrag war ok. Solange die Fahrer abseits der Autobahnen oder in Werkskantinen essen und trinken konnten. Für eine komplette Ernährung entlang der Autobahnen langte es nicht. Dabei muss man bedenken, dass die Kolleginnen und Kollegen in der heutigen Zeit den gleichen Betrag umgerechnet auf Euro erhalten. Sie müssen heute, 30 Jahre später, immer noch mit dem gleichen Betrag auskommen, ein Skandal. Als Alexander zwei Wochen später nach Hause kommt, liegt ein Brief auf seinem Küchentisch. Lars' Spedition, hatte ihm einen Verrechnungsscheck über 120 Mark geschickt und ein kurzes Dankschreiben beigelegt.

Alexander freut sich, weniger über das Geld, mehr darüber, dass es noch ehrliche, aufrichtige Menschen gibt. Die internationalen Fahrer halfen sich damals noch gegenseitig. Ein weiteres Beispiel für diese gegenseitige Hilfe ist Folgendes. Alexander ist unterwegs auf der ›Route Express‹ quer durch Frankreich, hinüber an den Atlantik. Die spanischen Zöllner hatten wieder einmal einen Streik angekündigt. Er sollte mittags um 12 Uhr beginnen. Danach wäre die Verzollung beim Zoll in Irun nicht mehr möglich gewesen, möglicherweise wäre das Ergebnis tagelanges Warten. Warten in einem unmenschlichen Umfeld, ohne sanitäre Einrichtungen, im Dreck und im Chaos. Alexander muss sich sputen, um noch rechtzeitig nach Spanien, in das Baskenland zu gelangen. Er befindet sich auf der Autoroute A63 zwischen Bordeaux und dem spanischen Grenzort Irun auf halber Strecke. Wenn er etwas mehr Gas gab, sollte er die 100 Kilometer, die er noch vor sich hat, schaffen. In Frankreich waren neunzig Kilometer pro Stunde erlaubt, gefahren wurde im Allgemeinen einhundert. Alexander tritt sein Gaspedal weiter durch, bis die Tachonadel 110 anzeigt. Ein lauter Knall, Alexander blickt in den linken Außenspiegel und da sieht er schon die Ursache. Es fliegen Gummiteile über die gesamte Fahrbahn. An seinem Auflieger platzte ausgerechnet auf der Fahrbahnseite ein Reifen, auch das noch, Irun kann er vergessen. Warnblinker an, rechts raus auf den viel zu schmalen Seitenstreifen. Aussteigen und hoffen, dass ihn kein Kollege über den Haufen fährt. Zum Glück ist nicht viel Verkehr um diese Tageszeit. Er zieht sich seinen Blaumann über, Warndreieck und Warnleuchte ausgepackt und in ausreichendem Abstand zur Sicherung aufgestellt. Aus seinem großen Staufach am Auflieger holt Alexander das mächtige Radkreuz und ein Verlängerungsrohr heraus. Nun krabbelte er mit dem schweren Wagenheber unter seinen Sattelauflieger und hebt den 33 Tonnen schweren Auflieger an. Bis Alexander fertig war, hatten bereits drei Lkw-Fahrer angehalten und boten ihre Hilfe an. Alle drei schickte Alexander weiter, sie sollten schauen, dass sie noch rechtzeitig über die Grenze kamen. Die Unterstützung unter den internationalen Fahrern war legendär, es wurde keiner hängen gelassen. Wenn auch Alexander genügend Erfahrung mit dem Reifenwechsel auf offener Straße hat, so schwitzt er in der sengenden Mittagshitze des Südens, ihm läuft der Schweiß am ganzen Körper herunter, sein Arbeitsoverall ist vom Schweiß durchtränkt. Eine Stunde später ist er wieder abfahrbereit, er würde genau in den Streik kommen. So ist es dann auch, die baskische Polizei leitet alle Laster in Richtung Zollgelände, der Parkplatz war bereits zum Bersten voll. Als Alexander noch ein Fleckchen zum Parken findet, ist er froh und begibt sich zunächst in eines der zahlreichen Restaurants, um auf Toilette zu gehen. Auf dem gesamten Zollgelände gibt es weder eine Waschgelegenheit noch eine Toilette für die Fahrer, unsägliche Zustände herrschen dort. Die Behörden verließen sich auf die privaten Gaststätten. Falls die

Fahrer nachts auf Toilette mussten, weil sie es nicht länger zurückhalten konnten, blieb ihnen nichts anderes übrig ihre Notdurft unter ihren Aufliegern und Anhängern zu verrichten, entsprechend roch es auf dem gesamten Gelände nach Urin und Fäkalien. Zwei Tage sollten Alexander und seine Kollegen dort verbringen. Was allerdings das Schrecklichste in den zwei Tagen sein sollte, waren nicht die Zumutungen durch fehlende Wasch- und Toiletteneinrichtungen, nein, es waren die Qualen, die eine Ladung lebender Schafe aushalten musste. Die Schreie der vom Durst gequälten Tiere gingen den Fahrern an die Nieren. Diese qualvollen Laute wird er in seinem ganzen Leben nicht vergessen. Die Fahrerkollegen wollten einen Schlauch besorgen, um den Tieren Wasser zukommen zu lassen. Die Spanier verweigerten es, die Wut und Verzweiflung der Fahrer stieg weiter an, nur die örtliche Polizei verhinderte einen Aufstand vor Ort. Alexander liegt in seiner Koje und kann aufgrund der entsetzlichen und qualvollen Laute der Schafe nicht schlafen, seine Wut und Verzweiflung darüber, dass er nichts ausrichten kann, bringt ihn fast um seinen Verstand. Die geplagten Tiere mussten, wie die Fahrer auch, bis zum Ende des Streiks warten. Wie können Menschen nur so grausam sein?

∞

Alexander ist wieder in Richtung Süden unterwegs, es ist ein Samstagnachmittag, die Wolken hängen tief über der Mittelmeerküste. Es ist grau in grau, die Landschaft, die schon bei Sonnenschein nicht viel hergibt, der Dreck und Abfall überall, ließen die Gegend noch trostloser erscheinen als sonst. Die Stimmung geht in Richtung absoluter Tiefpunkt, Alexander fühlt sich einsam und möchte sich am liebsten unter einer Decke verkriechen, so depressiv macht ihn das Wetter, die Entfernung zur Heimat, das Alleinsein. Gegen Nachmittag kommt er am Zielort an, ein kleiner Betrieb zwischen den Städten Valencia und Alicante. Er parkt auf dem Firmengelände, seine Stimmung wird noch mieser als am Vormittag, so trostlos und einsam kommt er sich vor. Er wünscht, er stände jetzt an einem der Treffpunkte für die internationalen Fahrer, dort wo er Kontakte knüpfen konnte. Zu spät, das hätte er sich eher überlegen müssen. Alexander schaltet seinen kleinen Farbfernseher an, den er so montiert hatte, dass er von jeder Position in der Fahrerkabine den richtigen Blickwinkel darauf hatte. Er hatte ihn Schwenk und Neigbar mithilfe einer selbst umgebauten Vorrichtung zur Montage einer Funkantenne im oberen Bereich seiner Windschutzscheibe montiert. Es laufen ein paar für das spanische Fernsehen typische Shows mit geringem geistigem Anspruch. Alexander wechselt zu seinem Videorekorder und sieht sich einen Videofilm an, ein wenig Ablenkung von seiner Niedergeschlagenheit. Diese Ablenkung hält nicht lange an, er kann sich nicht auf die Bilder konzentrieren. Er schaltet wieder ab, macht stattdessen das Radio an und legt sich in seine Koje, die Stimmung bessert sich nicht, im

Gegenteil. Die Einsamkeit macht ihm mehr und mehr zu schaffen. Am frühen Abend entschließt sich Alexander ein paar Meter zu gehen. In der Nähe befand sich ein kleinerer ›Supermarket‹, ein Lebensmittelgeschäft, es ist inzwischen 19 Uhr. In Spanien hatten die Geschäfte im Gegensatz zu Deutschland an Samstagen bis 20 Uhr geöffnet. Er schlendert durch den kleinen Laden, kauft ein paar Dinge wie eine Dose Handcreme, Naschzeug, hauptsächlich Schokolade, der Stimmung wegen. Anschließend begibt er sich wieder zum Laster. Morgen ist Sonntag, hoffentlich geht es ihm dann besser. Der nächste Tag brachte ebenfalls keine Veränderung, so trostlos schien ihm alles. Das anhaltend schlechte Wetter tat seinen Teil dazu. Alexander wusste nicht, wann die Firma am Montagmorgen öffnet, darum stellte er seinen Wecker vorsichtshalber auf 7 Uhr, er will keine Stunde länger hier verbringen als unbedingt notwendig, nur weg. Über Nacht ist ein weiterer Lastzug angekommen und hat sich neben Alexander gestellt. Alexander möchte sein Radio anmachen, es passiert nichts, er probiert die Innenbeleuchtung, das gleiche Ergebnis. Kein Strom am gesamten Fahrzeug, auch das noch, an manchen Tagen kommt alles zusammen. Es musste wohl über Nacht eine der beiden großen Batterien zusammengefallen sein. Alexander verzweifelt. Der Kollege neben ihm ist, wie Alexander, Deutscher, immerhin ein Hoffnungsschimmer. Der weiß gleich Rat. Beide bauen eine seiner 12-Volt-Batterien bei laufendem Motor aus, schließen sie an

Alexanders Lkw an. Alexander betätigt den Starter und siehe da, der Motor springt sofort an. Danach beginnt der Rückbau an Peters Lkw. Nun ist er aus seinem lange anhaltenden Stimmungstief raus und ist wieder voller Tatendrang. Er muss jetzt die Maschine laufen lassen, bis die defekte Batterie ausgetauscht wird. Immerhin konnte er seine Ladung entladen lassen und anschließend auf direkten Weg zur nächsten IVECO-Servicestation fahren. Es hatte sich wieder einmal bestätigt, wie die internationalen Fahrer zusammenhalten, es wurde niemand im Stich gelassen. Alexander erlebte auch weniger spektakuläre Gaunereien und Diebstähle. Er befindet sich auf der Heimreise und legt seine Mittagspause in Südfrankreich auf einer der großen Rastanlagen ein. Er bleibt am Fahrzeug, als ein junges Paar in ansprach und ihn in ein Gespräch verwickeln will. Alexander hat bereits den Verdacht, dass es sich um ein Ablenkungsmanöver handeln könnte. Sie lenkt ihn vorn ab und ihr Kompagnon schlenderte im hinteren Bereich des Aufliegers umher. Trotzdem, dass Alexander alles im Blick zu haben schien, wurde seine Plane aufgeschlitzt, umzusehen, welche Ladung auf dem Auflieger war. Alexander war leer unterwegs nach Deutschland, ja das gab es, 1500 Kilometer Leerfahrt. Diese kamen meist dann zustande, wenn die Spanier mehr importierten, als exportierten. Die Fuhren wurden dann entsprechend vernünftig bezahlt, dass die Kosten für die Leerfahrten dabei heraussprangen. Organisierte Banden schickten als Urlauber getarnte Personen zu den Zügen, um besonders wertvolle Ladungen ausfindig zu machen. Lohnende Transporte wurden daraufhin verfolgt und ausgeraubt. Alexander gewöhnte sich danach an, bei Leerfahrten, seine Plane so zu verschließen, dass jeder auf die Ladefläche schauen konnte. So ersparten sich die Fahrer unnötige Planenschlitzer.

∞

Ein andermal, in der Nähe von Paris, steht Alexander über Nacht auf einem kleinen Parkplatz entlang der Nationalstraße. Später stellte sich noch ein französischer Kollege neben ihn. Als Alexander früh weiterfuhr, war der Franzose bereits aufgebrochen. Alexanders Zusatztank mit 200 Liter Diesel hatte keine Tankanzeige und musste per Hand umgestellt werden. Bevor er startet, schaltet er auf den Ersatztank um und fährt los. Unterwegs fängt der Motor an zu stottern und geht aus. Ein Zeichen, dass der Zusatztank leer gefahren war. Alexander ist verwundert, denn normalerweise hätte er noch einmal so weit kommen müssen. Was war passiert? Der Franzmann, der in der Nacht neben ihm stand und schon beizeiten weiterfuhr, hatte Alexander 100 Liter aus dem unverschlossenen Zusatztank abgezapft, ›Shit Happens‹, Pech gehabt.

∞

Eine weitere Episode ereignete sich auf der Umgehung von Barcelona. Alexander hatte in der Gegend von Valencia Orangen geladen und fuhr noch bis hoch, nach Barcelona, um sich dann in der Autobahn-Rastanlage sein wohlverdientes warmes Essen zu gönnen. Als er zu seinem Fahrzeug zurückkam, sah er schon die Bescherung. Von seiner Zugmaschine hatte jemand fein säuberlich die linke Rücklichteinheit abmontiert. Glück im Unglück, dass ihm niemand das Rücklicht am Auflieger gestohlen hatte, denn dann hätte Alexander nicht mehr weiterfahren brauchen und am nächsten Morgen eine Werkstatt aufsuchen müssen.

Einer von ihnen sagte, dass das Kameradenschwein wahrscheinlich sein eigenes Rücklicht beim Rangieren kaputt gefahren hatte und sich nicht getraut habe, es seinem Chef zu beichten.

Wieder zu Hause hatte Hans, sein Chef bereits eine neue Rückleuchte besorgt und über das Wochenende anmontiert.

∞

Alexander hatte eine Tour mit seiner fabrikneuen Sattelzugmaschine, wieder ein IVECO, nach Italien. Diesmal startete er bereits am Sonntagmittag, für ihn galt das Sonntagsfahrverbot nicht, da er auf der ›Rollenden Landstraße‹ angemeldet war. Er fuhr von Manching, einem Ort bei Ingolstadt, mit der Bahn bis hoch auf den Brennerpass. Dazu musste er und alle anderen Fahrer mit ihren Lastzügen auf die bereitgestellten offenen Niederflurwaggons der Bahn fahren. Pro Waggon waren dies 2 komplette Lastwägen. Vorteil war, dass in

Österreich keine Lkw-Maut fällig wurde, die Bahnfahrt als Pause galt und die Laster statt der erlaubten 40 Tonnen mit 42 Tonnen fahren durften. Es
folgte eine siebenstündige Bahnfahrt, für die ein ab-
gewrackter Personenwaggon mitgezogen wurde, in
dem die Fahrer schlafen konnten. Oben am Brenner,
mussten die Fahrer zum Entladen eine Kurve auf
den Waggons fahren, was an sich bereits eine ge-
sonderte Anforderung bedeutete. Die Abladestelle
befand sich im Großraum Padua, es ist die Nachbar-
stadt von Venedig. Alexander entlud und konnte
ganz in der Nähe eine neue Ladung aufnehmen.
Am selben Tag fuhr er noch zurück, bis Vicenza, um
auf der dortigen Autobahn-Rastanlage seine Schlafpause einzulegen. Es ist bereits gegen 12 Uhr Mitternacht, die Parkplätze waren gänzlich belegt, Alexander findet noch ein freies Plätzchen in Sichtweite der Tankstelle. Sein Stellplatz ist hell erleuchtet, der Tankwart konnte seinen IVECO-Zug gut sehen. Alexander war sich sicher, dass ihm hier nichts
passieren würde. In dieser Nacht schlief er gut und
fest. Am nächsten Morgen schien die Sonne, es
würde ein guter Tag werden, davon war er überzeugt. Er öffnete seine Tür, kletterte mit seinem
Waschzeug-Beutel nach unten, drehte sich um, der
Schreck fuhr ihm durch die Glieder, er stand doch
nicht so sicher, wie er in der Nacht dachte. Ganoven
hatten ihm sein nigelnagelneues Ersatzrad über
Nacht gestohlen. Sie verhielten sich so leise und
vorsichtig, dass die schlafenden Fahrer in der Regel
nichts   bemerkten.   Sollte   doch   ein   Fahrer

aufwachen, waren die Banditen schnell verschwunden. Alexander ist sich noch heute sicher, dass die Verbrecher, ohne das Wegschauen des Tankstellenpersonals die Diebstähle nicht begehen konnten. Er telefonierte mit seinem Chef, er war ebenfalls ein alter Hase auf den Italientouren, er beschrieb ihm, was vorgefallen war. Er meinte, »Die Carabinieri brauchst du nicht zu verständigen, das bringt nichts«, er fügte noch an, »Es war mein Fehler, ich hätte einen alten Reifen dran machen sollen, der wäre jetzt noch da!«.

Auf Achse mussten die Fahrer und Fahrerinnen immer mit Überfällen und Diebstählen rechnen, es ist heutzutage noch gefährlicher und schlimmer als damals.

Papito

Es vergehen die Monate, Felicia lebt mit ihrer Pepita, sie ist inzwischen sechs Jahre alt, ohne die Aussicht auf einen geeigneten Mann und Papa. Es ist seit dem Fiasko mit Diego ein Jahr vergangen, Felicia hatte es seither vermieden, sich auf eine Männerbekanntschaft einzulassen. Zu sehr hatten seinerzeit Diegos Worte sich in ihre Seele gebohrt. Zu groß war die Angst vor einem weiteren seelischen Absturz. Die Angst, die Wahrheit könnte erneut eine Beziehung zerstören, blockierte ihre Seele. Felicia weiß, dass sich ihre Tochter insgeheim einen Papito, einen Papa wünscht, der genauso viel unternimmt wie es bei ihren Klassenkameraden der ›Educación Primaria, der Grundschule‹ ist. Unlängst kam sie heim und erzählte traurig, was der Papa ihrer Freundin Clara mit ihr unternommen hatte, sie durfte mit ihrem Papa am Motorrad schrauben und er hat ihr auf alle Fragen geantwortet und alles genau erklärt. »Aber Opa macht doch auch viel mit dir«, erwidert Feli.

»ja, das schon, aber der ist doch so alt und hat wenig Zeit«.

»Stimmt«, gibt ihr die Mama recht, »er muss immer eine Pause machen, ist das denn so schlimm für dich?«.

»Nein, aber anders«.

Jetzt muss Ihre Mama tief Luft holen, eigentlich hat sie ja recht. Sie hat einen wunderbaren Opa, ein Papa ist tatsächlich etwas anderes.

»Schau Pepi, es ist nun mal so, ich würde sehr gerne für uns einen Mann und Papa finden, nur ist das nicht so einfach«.

»Schade«, meint Pepita und schaut traurig.

Mama nimmt sie in den Arm und hält sie ganz fest. Abends, Feli liegt bereits in ihrem Bett und muss über das Gespräch mit ihrer Tochter nachdenken, Pepitas Worte lassen ihr keine Ruhe. Sollte sie die Initiative bei einem Mann übernehmen und den nächstbesten entscheiden, nur damit Pepita einen Papa bekommt? Nein, das ist der falsche Weg, sie wischt den Gedanken aus ihrem Kopf. Ihr fällt keine Lösung ein, sie bekommt langsam ein schlechtes Gewissen, hätte sie damals aufgepasst, dann wäre heute dieses Kind, ihre Pepita nicht da. Nein, der Gedanke allein bringt sie zum Kopfschütteln, ich liebe mein Kind noch stärker als meine Eltern, für nichts auf der Welt würde ich auf sie verzichten. Für sie würde ich mein Leben geben. Nun, die Zeit verging, alles ging seinen Gang. Pepita besuchte die Grundschule und Felicia arbeitete in der Firma ihrer Eltern, ihr Papa leitete das Unternehmen, inoffiziell war sie bereits die Chefin, die Firma florierte, der Umsatz stieg. Mit ihren Bauschäumen belieferten sie den mitteleuropäischen Markt. Täglich standen Lkws auf dem Firmengelände, die Rohwaren lieferten und fertige Produkte, wie die

Spraydosen mit dem Schaum luden. Ihre neu auf den Markt gebrachter Bauschaum wurde zum Renner im Baugewerbe, sie kamen mit der Herstellung kaum nach. Es stand eine Produktionserweiterung an. Die Grundstücke rund um das bestehende Werk hatte Pablo in weißer Voraussicht schon vor Jahren aufgekauft, sodass einer Erweiterung nichts im Wege stand. Produktionshalle und ein neues Bürogebäude standen inzwischen, die Zahl ihrer Mitarbeiter stieg von zuletzt 180 auf mittlerweile 250. Für Felicia wurde ein eigenes Büro vorgesehen, ihre Eltern wollten sich einen Raum teilen. Beide bekamen eine Verbindungstüre, sie stand die meiste Zeit offen. Da Feli die Leitung der Firma faktisch bereits von ihrem Papa übertragen bekam, wurde Felis Büro von vornherein entsprechend ausgestattet. Im hinteren Teil des Raumes wurde eine Besprechungsecke eingerichtet. Die Einrichtung bestand aus einer großen, schweren Ledergarnitur mit Walnusskorso und einem niedrigen Massivholz Designertisch, gefertigt aus dem Längsquerschnitt eines Walnussbaumes. Die Garnitur bestand aus einem schweren Viersitzer, gegenüberstand ein kleinerer Zweisitzer und die Stirnseiten wurden mit zwei Einsitzer Sesseln abgeschlossen. Opa plante für seine Enkeltochter eine Spielecke mit eigenem Schreibtisch und Bürostuhl ein, so konnte sich die Mama, während sie arbeitet, nebenbei um ihren Sonnenschein Pepi kümmern. Nicht selten setzte sich Feli zu ihrer Tochter und verschob ihre Arbeit auf später. Pablo und Maria wussten um Felicias

Gemütszustand, wie sehr sie einen Mann für sich und Papa für Pepi wünschte. Sie kannten ihre Tochter nur zu gut, sie wussten um ihre Sehnsucht nach einem Mann. Ihre Tochter benötigte Nähe, Wärme, einen Mann für ihr Herz und für ein erfülltes Sexualleben und einen Mann, der Pepi wie seine eigene Tochter annahm. Sie wünschten ihr von ganzem Herzen den Mann ihrer Träume. Beide waren sich einig, dass sie sich zurückziehen würden, um dem Glück ihrer Tochter nicht im Weg zu stehen. Sie würden ihn ohne Vorbehalte in ihre Familienbande aufnehmen. Pepita malt gerade ein Bild, als sich die Türe zum Büro öffnete. Herein fiel ein Mann, er landete auf dem Boden.

Grau in Grau

Er spult Kilometer für Kilometer ab, sein Ziel Salamanca unweit der Grenze zu Portugal ist noch lange nicht in Sicht. Seine Stimmung geht in Richtung absoluter Tiefpunkt. Mit jedem Kilometer, den er sich von seiner Heimat entfernt, nimmt seine Melancholie zu, wird belastender, zieht ihn weiter und weiter nach unten. Alexander fühlt sich einsam und möchte sich am liebsten unter einer Decke verkriechen, so depressiv macht ihn das Wetter, die Entfernung zur Heimat und das Alleinsein. Er sehnt sich so sehr nach Konversation und Wärme, nach körperlicher Nähe, nach Geborgenheit an der Seite einer liebevollen Frau. Er ist im Geiste zu Hause bei seiner nicht vorhandenen Familie, seiner liebevollen Ehefrau mit beiden Kindern. Bereits von Weitem sieht er seinen rettenden Anker, ein in lila Licht getauchtes Gemäuer.

Das muss jetzt sein, bevor ich vollends in eine Depression falle, aus der ich ohne Hilfe nicht mehr herauskomme, spricht er zu sich selbst. Er entscheidet sich dort eine Ruhezeit einzulegen. Er betritt den Club, ein paar Mädels sind präsent, eine der Damen versucht mit ihm anzubandeln. Sie ist klein und zierlich, ihre piepsige Stimme wirkt auf Alexander abturnend. Im Hintergrund der Bar steht eine weitere Frau, Alexander zeigt sich interessiert, beide lächeln einander an. Elenora, wie sie sich nennt und Alexander beginnen eine aufmunternde Unterhaltung. Beide befinden sich noch am Tresen der Bar. Alexander erzählt von seinem Stimmungstief, worauf sich Elenora besonders um ihn kümmert, sie streichelt seine Hand, was Alexander sehr guttut. Nachdem sie sich auf eine Stunde des Zusammenseins geeinigt hatten, nimmt sie Alexander an die Hand und beide begeben sich nach hinten in Elenoras Vergnügungszimmer. Elenora versteht ihren Job und weiß genau, wie sie Alexanders Stimmung anheben kann. Er lässt es gerne mit sich geschehen. Beide kuscheln erst mal auf ihrer breiten Spielwiese, um ihn anschließend zu entkleiden. Alexanders Laune wird von Minute zu Minute besser. Seine Erregung ist inzwischen sichtbar, Elenora bekommt große Augen, als sie Alexanders Freund in voller Pracht erblickt. Sie ist hin und weg von seinem Anblick. Nicht dass es die Größe ist, die sie fasziniert, nein es sein Umfang, der sie entzückt. Alexander war es bisher nicht bewusst, dass seine Männlichkeit etwas Besonderes an sich hatte. Er blickt sie fragend an und Elenora erklärt ihm, weshalb sie sich bereits auf den Geschlechtsverkehr mit ihm freut. Bei den meisten Männern mit einem dicken Penis ist die Länge entsprechend, was die Frauen gut ausfüllt. Sie erteilte ihm Nachhilfe in weiblicher Anatomie. »Der Gebärmutterkanal ist in der Regel zwischen elf und fünfzehn Zentimeter lang, wenn nun ein längerer Penis eindringt, dann kann er auf die Gebärmutter stoßen, was sehr schmerzhaft sein kann. Männer mit kürzeren

Freudenspendern können dagegen die Frauen wild und hemmungslos nehmen. Wenn er dann noch, wie dein Lümmel, kräftig gebaut ist, dann steht beider Vergnügen nichts mehr im Wege«.

Seit diesem Abend hat Alexander nur noch Bedauern für die Männer mit langem Schniedel übrig. Nachdem sie sich ausgetobt hatten, wollte er noch ein wenig mit ihr kuscheln, sie ist dazu bereit und empfand es sogar als angenehm. Alexander benötigte heute die Nähe, die Behaglichkeit eines Menschen, sie gibt ihm das, wonach er sucht, als die abgemachte Stunde langsam ausklingt, legt er erneut nach und beide liegen eine weitere Stunde zusammen auf ihrem Bett. Sie kuscheln und reden miteinander. Später, als Alexander wieder in seiner Koje liegt, geht es ihm gut, er kann einschlafen, um am nächsten Tag wieder auf Tour zu gehen, denn ein Sonntagsfahrverbot wie in Deutschland gab es in España nicht.

∞

Während des Winterhalbjahres bestanden Alexanders Rückladungen nach Deutschland fast ausschließlich aus Zitrusfrüchten, aus Orangen und Mandarinen für Deutschland. Es war die Zeit, währenddessen er nur alle drei Wochen nach Hause kommen sollte. Für Transporte von verderblichen Lebensmitteln bestand kein Sonntagsfahrverbot. Da Orangen und Mandarinen nicht gekühlt transportiert werden müssen, konnte Alexander und viele andere Kollegen, mit ihren Planenzügen, dabei handelt es sich um Lastkraftwagen mit einer Plane über der Ladefläche, diese anständig bezahlten Fuhren übernehmen. Nicht selten mussten die Fahrer mit ihren Lastzügen durch die Plantagen fahren. Alexander fuhr dann gerne mal bis ganz an den linken Rand der Wege und pflückte sich, aus seinem Seitenfenster heraus, die frischen Orangen direkt vom Baum. Das hatte schon etwas für sich, so frisch bekam niemand in Europa seine Südfrüchte. Es sollten die kleinen Höhepunkte im Leben der Fahrer sein.

Eine Stammstrecke war die Autobahn in Richtung Valencia, der Metropole für ›Navalinas und Clementinas, Orangen und Mandarinen‹. Die Fahrer kamen hier regelmäßig an einer brennenden Mülldeponie vorbei, deren giftige und stinkenden Rauchschwaden je nach Windrichtung über die Autobahn zogen oder direkt hinein in die angrenzenden Orangenplantagen, ›Mahlzeit‹. Wenn die warmen und zugleich starken Winde vom afrikanischen Kontinent, aus der Sahara herüber auf das spanische Festland wehten, dann lodernden die Flammen besonders hoch, man konnte sie in der Nacht bereits von Weitem sehen.

∞

Während eines solchen Transportes ergab sich für Alexander die Gelegenheit, an einem Sonntag zu Hause vorbeizufahren und seine Ruhepause von neun Stunden in seinem eigenen Bett zu schlafen. Es war 20 Uhr, als er die Maschine startete, um seine

Fahrt fortzusetzen. Er kam nur einige wenige Kilometer weit, als bereits eine Polizeistreife auf ihn wartete. Die Uniformierten glaubten, der Fahrer des Lastzuges würde gegen das Sonntagsfahrverbot verstoßen, und mutmaßten, Alexander dürfe erst um 22 Uhr weiterfahren. Alexander wollte die beiden Beamten aufklären, dass er mit verderblichen Lebensmitteln fahren dürfte, dazu übergab er den Beamten die internationalen Frachtpapiere. Alexander zeigte sich auf seine angenehme Art, höflich und bereit zur Mitarbeit. Auf sachlicher Ebene widerlegte er sämtliche Verdachtsmomente und Anschuldigungen, was die Zwei zu vergrämen schien. Offensichtlich waren beide der englischen Sprache nicht mächtig oder vermuteten, sie hätten eine Fälschung in ihren Händen, was absoluter Unsinn war. Sie zweifelten an der Ladung und wollten, dass Alexander die Ladefläche öffnet. Alexander wies die Zwei darauf hin, dass sie vorher den Zoll kommen lassen müssten, da die Ladung mit einer Plombe versehen war. Das trauten sich die beiden nun doch nicht. Jedoch ging die Suche nach einem eventuellen Vergehen weiter. Die Tachoscheiben der vergangenen zwei Wochen wurden auf Ordnungswidrigkeiten kontrolliert. An den Lenk und Ruhezeiten konnten sie nichts aussetzen, die waren durchweg in Ordnung. Doch sie hatten einige vermeintliche Geschwindigkeitsüberschreitungen festgestellt, welche sie indessen zur Anzeige bringen wollten, nur Pech für die beiden Raubritter, dass die beanstandeten Geschwindigkeitsverstöße in Frankreich und Spanien stattfanden, für die, die deutschen Behörden nicht zuständig sind. Obendrein waren damals in Spanien 100 km/h und in Frankreich 90 km/h zulässig. Die zwei erweckten den Eindruck, sich mehr und mehr zu ärgern, dass sie keine Ordnungswidrigkeiten feststellen konnten. Zu guter Letzt hatten sie es auf Alexanders Funkgerät abgesehen, auch hierfür konnte er die geforderten Papiere vorzeigen. Sie unterstellten völlig verdachtsfrei, das Gerät könnte manipuliert sein, daher kam es zur Beschlagnahme. Wenigstens hatten diese beiden Negativvertreter der Polizei, für ihre Schicht ein Erfolgserlebnis. Es wurde 22:30 Uhr, bis Alexander seine Fahrt fortsetzen konnte. Nach einigen Wochen der Geräteprüfung konnte er sein Funkgerät wieder auf der Polizeistation abholen. Ergebnis der Überprüfung: ohne Befund, alles rechtskonform. Wenn auch Alexander im Normalfall ein gutes bis sehr gutes Verhältnis mit den meisten Beamten der Exekutive pflegte, so kamen ihm doch mitunter Grantler und Miesepeter unter den Behördenvertretern unter. Einen solchen durfte Alexander in Regensburg kennenlernen.

∞

Es war die Nacht, in der Alexander Erste Hilfe bei einem schweren Auffahrunfall geleistet hatte und erst nach Stunden weiterfahren konnte. Alexander kam gegen 2 Uhr nachts, bei stürmischem Schneetreiben im Regensburger Hafen an. Er musste am nächsten Morgen zu Rolf, seinem

Disponenten. Da er davon ausging, dass, das Tor in die Spedition offen war, fuhr er bis direkt vor das Firmengelände. Zu seinem Leidwesen war die Einfahrt verschlossen. Nun stand Alexander gegenüber dem Tor am Straßenrand, genau dort, wo es ein Parkverbot gab, es handelte sich um eine Stichstraße ohne Wendemöglichkeit. Während des nächtlichen Schneetreibens entschloss er, sich nicht einige hundert Meter rückwärts zustoßen, da die Gefahr eines Schadens aus seiner Sicht zu hoch war. Alexander wusste, auf dieser Straße war nicht viel los und er somit niemanden behindern würde, wenn er hier in der Verbotszone seine Nachtruhe einlegen würde. 20 Meter weiter befand sich die Station der Hafenpolizei. Alexander zog die Vorhänge zu und legte sich zum Schlafen nieder. Er befindet sich in seinem tiefen Schlaf, als wild an seiner Seitenscheibe geklopft wurde, verschlafen, schiebt er den Vorhang auf Seite und blickt in das Gesicht eines zornigen Polizisten. Alexander zieht den Vorhang wieder zu und möchte weiterschlafen. Jetzt erst wurde der Uniformierte richtig wild, er steigt am Lkw hoch und schüttelt und rüttelt wie ein wild gewordener Keiler an der Fahrerkabine. Jetzt wird auch Alexander sauer, es ergibt sich ein Wortgefecht zwischen den beiden. Als Alexander ihn darauf hinweist, dass sich seine Kollegen der Nachtschicht und den ankommenden von der Frühschicht ebenfalls nicht störten, sichtlich erregt, meinte dieser, »das ist mir egal, ich störe mich daran.«

Beide peitschen einander in die Höhe, der Ton wird aggressiver, kurzum zieht Alexander die Vorhänge auf, startet die Maschine und fährt in das inzwischen geöffnete Gelände der Spedition, dort geht der Streit zwischen beiden weiter. Als der Schupo endlich abzieht, ruft ihm Alexander noch hinterher: »Wissen Sie, was sie sind?«

Der Angesprochene dreht sich blitzschnell wieder zu ihm um und schreit ebenfalls, »los, sagen Sie schon, was ich bin!«,

Alexander hat auf diese Frage bereits gewartet, er zeigt grinsend mit dem Zeigefinger auf seinen Kontrahenten und meint, »das überlasse ich ihrer Fantasie!«

Sein Kollege, der zweite Polizist, muss sich das Lachen verkneifen, der Streithammel platzt vor Wut und zieht ab.

Alexander hatte nie mehr etwas von dem Vorfall gehört, auch nicht wegen des Parkverbotes. Offensichtlich hatte sein Vorgesetzter ihm die Kappe richtig herum aufgesetzt.

Bei einer anderen Gelegenheit fuhr er eine Cooperative am Vortag an. Links neben ihm auf dem Firmenhof befand sich ein größerer Müllhaufen. Einer der vielen wilden Hunde, die es in Spanien zur Hauf gibt, streunte auf dem Platz herum und suchte offenbar Kontakt zu ihm. Der saß bei geöffneter Fahrertür auf seinem Sitz und hatte sich zum Abendbrot eine Dose Wurst geöffnet und ließ es sich mit seinem würzigen fränkischen Brot, dass er noch von zu Hause hatte, schmecken. Offensichtlich bekam der kleine Hund ebenfalls Appetit, denn er begann zu betteln. Zuerst wollte Alexander ihm nichts geben, denn hierdurch werden die Hunde erst recht angelockt. Doch wer konnte diesen Blicken widerstehen, Alexander jedenfalls nicht! Er ließ noch einen Rest in seiner Dose, damit sich der Kleine nicht an der Dose verletzen konnte, leerte er sie auf ein Stück Papier und reichte es ihm. Der Schwanz wedelte ganz aufgeregt hin und her, schmatzend verschlang er die Köstlichkeit, es hatte ihm offenbar geschmeckt. Wie er begriff, dass es nicht mehr geben würde, wackelte der Fressfreund wieder davon. Später kamen noch zwei weitere deutsche Kollegen an. Sie unterhielten sich über Dies und das, bis es an der Zeit war zu schlafen. Der nächste Morgen, es war Oktober, die Sonne schien, blauer Himmel und keine Wolken ließen sich sehen. Die drei Fahrer hatten ausgeschlafen und machten sich in kurzen Hosen und Shirts draußen im Freien fertig. Für die Mitteleuropäer war es ein milder Morgen. Schräg gegenüberstanden einige Arbeiterinnen und Arbeiter, die noch schnell vor Arbeitsbeginn ihre Zigaretten rauchten. Sie standen da, dick in Pullovern und Jacken eingemummt und konnten es nicht begreifen, wie die Deutschen in kurzen Klamotten herumliefen. Eine junge Beschäftigte fragte die Drei, ob sie nicht frieren würden, diese meinten, es sei warm und sie verständen nicht, warum sie alle frieren. Beide Seiten lachten anschließend während der gemeinsamen Gespräche viel. Was ist die Lehre aus der Geschichte: Temperaturempfindungen sind relativ!

∞

Die Fahrer kamen in viele Städte und Gegenden Europas, dorthin, wofür zahlreiche Menschen viel Geld bezahlen, doch ist dies nur die halbe Wahrheit. Zur Wahrheit gehört auch gesagt, die Fahrer kommen zwar in Städte wie Barcelona, Madrid, Prag, Berlin, Hamburg, Mailand oder Paris, doch haben sie in den seltensten Fällen die Gelegenheit, sich die Sehenswürdigkeiten anzusehen. Im Normalfall sehen die Kollegen nur die Industriegebiete, in den seltensten Fällen bieten sich Gelegenheiten auf den Spuren der Touristik zu wandeln. Was allerdings von Vorteil ist, die Chauffeure lernen Land und Leute kennen, haben Kontakte zu zahlreichen Menschen, lernen die regionalen Mentalitäten zu erkennen und erlernen nicht zuletzt die jeweiligen Sprachen. Alexander lernte seine ersten Worte auf Spanisch in dem Jahr 1990. Bereits drei Jahre später beherrschte er die Sprache so gut, dass er sich frei unterhalten konnte. Dies hat er allerdings der Hartnäckigkeit, ihrem Nationalstolz und nicht zuletzt der Hilfsbereitschaft der Spanier zu verdanken. Dazu Alexanders persönliche Geschichte. Er fuhr bisher nur einige wenige Male nach Spanien, die Ladung war für eine Firma in einem der zahlreichen Küstenstädtchen in der Nähe von Girona bestimmt. Nur wenige Meter vor der Entladestelle hatte sein

IVECO einen Kupplungsschaden. Die Zugmaschine musste nach Girona in die Werkstatt abge-
schleppt werden. Es war ein Freitag. Die neue
Kupplung wurde am nächsten Tag, einem Samstag
im 100 km entfernten Barcelona geholt. Somit war
die Reparatur erst am Montag möglich. Die IVECO-
Vertretung organisierte für Alexander ein Hotel-
zimmer in der Stadt. Am nächsten Morgen holte
Juan, er war das Mädchen für alles, die schwere
Kupplung im Zentrallager in Barcelona. Anschließend holt er Alexander im Hotel ab, das Kuriose
war, Juan sprach außer seiner Muttersprache spanisch kein Wort Deutsch, noch englisch, Alexander
konnte dagegen Englisch sprechen, kannte allerdings erst ein paar einzelne Worte spanisch, zu einer Unterhaltung viel zu wenig. Beide verstanden
es, sich per Zeichensprache und vielen Wortum-
schreibungen zu verständigen. Beide Unternehmen
so einiges an diesem Tag. Juan geht mit ihm in das
›Art Museum‹ von Girona, dort staunt Alexander
über die zahlreichen Artefakte. Er sieht zum ersten
Mal in Gläsern eingelegte Föten und Embryos, ein
erschaudernder Anblick. Am nächsten Morgen holt
er Alexander erneut ab, diesmal bereits am Vormittag. Juan nimmt ihn mit zu seinem Stammtisch.
Seine Freunde und er treffen sich jeden Sonntag
zum Grillen in einem Gasthaus in der Nähe. Für
Alexander ein einzigartiges Erlebnis. Gegrillt werden dort in einem offenen Kamin Würstchen und
Baguette, als Aufstrich gibt es eine selbst gemachte
Paste aus Tomaten und zahlreichen typisch

spanischen Gewürzen. Am Nachmittag nahm Juan seinen Schützling mit auf das Stadtfest, es wurde ein kurzweiliger Tag. Allein die Gastfreundschaft, die er hier erleben durfte, war der Beginn einer großen Liebe. Einer Liebe zwischen Alexander und den Spaniern und Spanierinnen. Bis Alexanders Lkw am Montagnachmittag flott war, hatte er bereits einiges an der spanischen Sprache gelernt, was er noch am selben Tag einsetzen sollte. Nun, nachdem er seinen Auflieger in dem Küstenort angekoppelt und die Ladung abgeliefert hatte, musste er zu seiner nächsten Ladestelle vorbei an Barcelona in Richtung Süden fahren. Er lässt es laufen, wie sich die Fernfahrer ausdrücken, Alexander fuhr bei erlaubten 100 km/h flotte 120 Sachen. Er hat eben die Mautstelle vor Barcelona passiert, als er von einem Polizisten angehalten wird. »Oh, Mist, das wird teuer, hoffentlich sperren die mich nicht ein«, geht es ihm durch seinen Kopf. Er hält an, öffnet die Fahrertür und begrüßt auf seine höfliche Art den Polizisten. Dieser meint ebenso höflich, er wolle seine ›Disko‹ sehen und beschreibt dabei mit seinen Händen einen Kreis. Alexander weiß sofort, was er von ihm will, stellt sich allerdings ahnungslos. Alexander antwortet mit den Worten, »bitte sprechen Sie langsam, ich lerne Spanisch«.

Sowie der Polizist diesen Satz hört, werden seine Augen groß, er drückt seine Brust heraus und beginnt zu strahlen. Selten hat er so viel Achtung und Respekt gegenüber Spanien erlebt wie eben. Er erklärt Alexander, er dürfe nur 100 fahren und solle etwas langsamer machen, er gibt ihm seine Tachoscheibe zurück und wünscht ihm noch eine gute Fahrt. Sprache verbindet, hatten doch beide ihr ganz persönliches freudiges Erlebnis. Alexander nimmt sich die Maßregelung zu Herzen und hält sich in Zukunft an die Regeln.

Ein weiteres Spracherlebnis hatte er einige Monate später, wieder war er in der Gegend um Alicante unterwegs und war auf der Suche nach einer Adresse. Er hält vor einem Handwerksbetrieb an, steigt mit seinen Papieren aus und begibt sich in die besagte Firma. Dort fragt er den erstbesten Arbeiter und zeigt ihm die Papiere mit der Adresse. Er kennt die Straße nicht, weitere Angestellte kommen gelaufen, um dem Camionero zu helfen. Einer kennt die Abladestelle und versucht, Alexander den Weg dort hin zu erklären. Doch Alexander versteht ihn nicht und zeigt sich hilflos, er wollte schon weiter und woanders fragen, nichts da, der freundliche Mann erklärt es ihm so lange, bis Alexander es verstanden hat. Alexander hört immer »semaforo«, den Begriff kennt er nicht. Sein Helfer gibt nicht auf, er erklärt es ihm immer und immer wieder, solange bis ihm die rettende Idee kommt. Er malt die semaforo auf, jetzt hat es bei Alexander klick gemacht, es die Ampel gemeint, an der er links abbiegen soll. Den Rest hatte er verstanden, sodass er direkt zum Kunden fand. Diese Hartnäckigkeit und der Wille zu helfen, zeichnet die spanische Mentalität aus.

Was es in jedem Land als Ausländer benötigt, ist der respektvolle Umgang mit den Einheimischen. Was Alexander bei seinen Besuchen in zahlreichen Ländern gelernt hat, ist ›Integration gelingt ausschließlich über die Sprache‹, man muss diese nicht perfekt können, es reicht der Wille dazu.

∞

Eine weitere Episode durfte Alexander im August 1992 in Alicante erleben. Sie fuhren mit zwei Lastkraftwägen von Deutschland hinunter in das spanische Alicante, einer Küstenstadt am Mittelmeer. Es war in Deutschland Ferienzeit, Manfred hatte seinen 13-jährigen Sohn Markus auf Europatour mitgenommen. Sein Sprössling war voller Begeisterung, mit seinem Vati unterwegs sein zu dürfen. Zu dritt legten sie ihre Pause in Deutschland auf einem einsamen Parkplatz entlang der Autobahn A5 ein. Beide Zugmaschinen standen im Schatten, die Temperaturen konnten alle drei gut aushalten. Just in diesem Moment beobachten sie, wie auf der Gegenfahrbahn ein qualmender Pkw auf dem Seitenstreifen anhielt und die Insassen in Panik ihr Fahrzeug verließen. Manfred und Alexander fackelten nicht lange, mit je einem 10 kg Feuerlöscher bewaffnet, die sie aus den Halterungen ihrer Fahrzeuge entnahmen, rannten sie kurzerhand über beide Fahrbahnen, hinüber zu dem vermeintlich brennenden Pkw. Markus erhielt von seinem Vati die Anweisung, auf dem Parkplatz zu warten, was dieser auch tat. Es herrschte zu dieser Tageszeit nur wenig Verkehr auf beiden Richtungsfahrbahnen, sodass beide unbeschadet hinüber, über die Leitplanken kletternd, gelangten. Am Fahrzeug angekommen stellten alle Beteiligten fest, dass es sich nicht um einen Vollbrand handelte und der Qualm bereits nachließ. Beide konnten den Rückweg antreten, nicht ohne sich genau umzusehen, dass keine Gefahr des Verunglückens bestand. Anschließend fragte Markus, ob er bei Alexander mitfahren dürfte. Alexander war einverstanden und auch Manfred hatte nichts einzuwenden, sodass der Junge die Fahrzeuge wechselte. Die beiden verstanden sich auf Anhieb gut, Alexander empfand die Fahrt mit Markus als bereichernd, er erfuhr viel über die damalige heranwachsende Generation. Für die beiden war es ein ›Win-Win‹ Erlebnis, denn Markus konnte differenziertere Ansichten über den Beruf des Truckers erfahren. Weiter ging die Fahrt in den Süden. Es war bereits Freitag, bis sie an der gemeinsamen Abladestelle entladen hatten. Rückladungen würden beide nicht vor Montag erhalten, sodass sie sich ein geeignetes Plätzchen in einer ›Zona Industrial‹ suchten, um dort ihre Zelte aufzuschlagen. Zu dritt machten sie sich bereit für ein Wochenende abseits der Heimat. Es war Sonntagnachmittag, alle saßen gemütlich bei einer Tasse Kaffee in ihren Campingstühlen und genossen die Sonne. Es kommen einige Sonntagsspaziergänger und bleiben auf der Höhe der deutschen Lastzüge stehen. Sie schienen auf etwas zu warten, nur worauf wussten die Drei nicht. Inzwischen trafen

Polizei und einige Menschen mit professionellen Kameras ein, ein Team des spanischen Fernsehsenders ›RTVE‹ wartete ebenfalls vor Ort. Just in dem Moment, als Alexander eine der anwesenden Reporterinnen nach dem Grund ihres Wartens fragen wollte, löste sich das Rätsel von allein auf. Es kamen einige Pkws langsam gefahren und zwischen ihnen einige Sportler, die einen Dauerlauf absolvierten. Jetzt erkannten Alexander und die anderen Zwei, worum es sich hier handelte. Es waren die Träger des ›Olympischen Feuers‹ auf dem Weg nach Barcelona zu den Olympischen Spielen 1992.

∞

Alexander hatte eine neue Ladung aufgenommen. Es handelte sich um Teile, die zum Bau einer neuen Brauerei unverzichtbar waren. Mit ihrer Entfernung von mehr als 2.000 Kilometern sollte sich diese Tour von Neutraubling in der Oberpfalz bis nach Madrid wieder einmal in die Liste seiner Lieblingsfahrten einreihen. Er erreicht die Baustelle nach 60 Stunden. Die Sonne knallte auf der iberischen Halbinsel herunter, Alexander kam sich am Abladeort vor, wie in einem Backofen sitzend. So wie er bereits vom Disponenten des Brauereiausstatters an der Ladestelle erfuhr, bestand der Transport aus fünfzehn Lastzügen und zusätzlich einem Schwertransporter. Als Alexander auf das Gelände der Baustelle einfährt, sieht er bereits die ersten zehn Lastzüge, die auf die Entladung warteten. Da es sich bei den Fahrern ausschließlich um deutschsprachige Fahrzeuglenker handelte, wurde die Wartezeit sehr kurzweilig. Sie hatten alle zusammen viel Spaß, es wurde viel gelacht, noch mehr Blödsinn veranstaltet. Für die ›Kapitäne der Landstraße‹, standen ausreichend gekühlte Getränke bereit, die obendrein kostenfrei angeboten wurden. Wie überall gab, es unter diesen Fernfahrern Subjekte vom ›Stamme nimm‹, die sich über Gebühr und auf eine unverschämte Art und Weise an den Getränken bedienten, während die Übrigen nur so viel Flaschen entnahmen, wie sie vor Ort tranken. Die meisten der Anwesenden missbilligten das Verhalten dieses Schmarotzers und sprachen ihn darauf an. Inzwischen war ebenfalls der Schwertransporter mit dem vorgeschriebenen Begleitfahrzeug eingetroffen. Sie, Alexander und die zwei Fahrer des Schwertransportes konnten sich, wie man so schön sagt, gut riechen und schlossen sich daher für die Zeit, bis alle eine Rückladung erhielten, zusammen. Alexander hatte schon seit jeher allergrößtem Respekt vor den Chauffeuren der Schwertransporte, schließlich mussten sie sich bei jeder neuen Tour auf veränderte Gegebenheiten einstellen. Mal war es die Breite der Ladung, die durch enge Ortschaften bugsiert werden mussten, ein andermal das Gewicht, oder die Höhe und nicht zuletzt die Länge. Mit allen Herausforderungen mussten sie klarkommen. Wenn Alexander die beiden Arbeitsplatzbeschreibungen miteinander verglich, kam ihm sein Job leicht und bedeutungslos vor.

Es war ein heißer Freitagnachmittag im Juli. Alexander wartete schon seit zwei zermürbenden Tagen auf die Rückladung nach Alemania. Am ärgerlichsten empfanden die meisten Fahrer die Wartezeiten, besonders dann, wenn man nicht wusste, wann es weitergehen sollte. Running Gag hierfür, ›Die meiste Zeit seines Lebens wartet der Fahrer vergebens‹. Sein Lager hatte er für seinen 420 PS starken Sattelzug und für sich selbst im Zollhof von Alicante aufgeschlagen. Dort konnte er Duschen, Essen und mit seiner Spedition telefonieren.

Mit Handys und Autotelefonen hatte man nur vereinzelt Empfang. Funktelefonnetze waren höchstens in großen Ballungsräumen anzutreffen. Entlang der europäischen Autobahnen war das Netz nur rudimentär ausgebaut, weshalb sich der Einbau von teuren Funktelefonen nicht rentierte.

Als er dann so gegen 16 Uhr erneut seinen Disponenten in Deutschland anrief, hatte dieser es doch noch geschafft eine Komplettladung zurück, in die Heimat zu organisieren, allerdings konnte er die Ladung erst am Montagnachmittag aufnehmen. Die Ladestelle befand sich nördlich von Madrid, sodass er drei Tage Zeit hatte, um die 600 km bis Valladolid zurückzulegen. Nach dem Duschen ging er in das nebenan liegende Restaurant. Dort angekommen, wurde ihm als Tagesmenü eine geschmackvolle Mahlzeit angeboten. Es gab leckeres ›Cordero asado‹, ein vorzüglich gegrillter Lammbraten,

Alexander mischte sich vorab noch einen ›Ensalada mixta‹ dazu, einen kräftigen Schuss Olivenöl und Essig, etwas Salz und Pfeffer und fertig war sein Salat als Vorspeise. Zum Abschluss wurde noch die berühmte ›Crème Brûlée‹ eine Art Pudding mit ›Zuckerguss‹ serviert. Wie im ganzen Land üblich, gab es eine obligatorische Karaffe ›Vino Tinto‹, welche überall in Spanien zum Menü gereicht wurde, es handelt sich dabei um einen meist trockenen roten Hauswein. Zum Verdünnen oder pur trinken konnte er unter einem Wasser, mit oder ohne Kohlensäure wählen. Zum Abrunden gönnte er sich zur Verdauung einen in Spanien üblichen Espresso. Während Alexander genüsslich speist, fallen ihm zwei junge Damen an einem der Nachbartische auf. Beide scheinen Alexander zu beobachten und mustern ihn. Als sich die Blicke kreuzen, nicken beide ihm freundlich entgegen, wobei eine von den Zweien, Alexander etwas intensiver betrachten zu scheint. Sie legt ein Lächeln auf, dass er als Interesse an ihm interpretiert. Sie hat schwarze kurze Haare, zeigt ein sympathisches Lächeln und sieht recht adrett aus.

Alexander fragt sich, »sollte sie die Frau sein, auf die ich warte?«

Er entscheidet nicht weiter auf ihre Versuche ihn kennenzulernen, zu reagieren. Wie sollte es funktionieren, ich bin auf dem Sprung und es besteht keinerlei Möglichkeit eine Beziehung aufzubauen.

Bevor es losgehen sollte, kochte Alexander sich mit der im Laster befindlichen 24 Volt Kaffeemaschine eine Kanne Kaffee, welche er in seine Thermoskanne abfüllte. Den Rest goss er wie jedes Mal in seine Thermotasse und trank diesen während seiner Fahrt. Frisch geduscht, gut gespeist, und obendrein noch gute Musik aufgelegt, diesmal Country Musik, stand der Abfahrt über endlose, nicht enden wollende Fernstraßen, hier in España sind es, die ›Carretera Nacionales‹ nichts mehr im Wege. Alexander freute sich auf diese Tour, während er, bei geöffneten Seitenfenster, den warmen Wind um seine Nase blasen ließ und über die nicht enden wollenden, schnurgeraden, bis zum Horizont reichenden Asphaltpisten fuhr, versetzte es ihn in einen emotionalen Höhenflug. Die riesigen Werbetafeln, wie man sie aus amerikanischen Roadmovies kennt, huschten an ihm vorbei. Alexander begann zu seiner gewählten Musik zu singen. Kurz um, er war ausgesprochen gut gelaunt. Zwischenzeitlich muss er wieder an die hübsche Lady im Restaurant denken, hätte ich doch bleiben sollen, um sie näher kennenzulernen? Alexander ärgert sich über seine Unentschlossenheit, Zeit hätte ich im Überfluss gehabt. Wenn ich am Sonntag gestartet wäre, hätte es genauso gut gelangt, dann wüsste ich, ob sie es gewesen wäre.

Nach endlosen Stunden der Fahrt, die Nacht war bereits hereingebrochen, sah er schon von Weitem das typische lila beleuchtete Gebäude kurz vor dem Städtchen La Roda.

Oh, da könnte ich über Nacht stehen bleiben, sprach Alexander mit sich selbst, allerdings nicht ohne das Lokal, das da so im typisch lila Schein getaucht war, einen Besuch abzustatten. Ein paar hundert Meter vor der Lichtquelle begann Alexander, ein paar Gänge herunterzuschalten und seinen leeren 40 Tonner mit seinen 15 Tonnen Leergewicht abzubremsen. An der Einfahrt angelangt, sah er zu seiner Freude, dass er weit und breit der einzige ›Camionero, Lkw-Fahrer‹ sein sollte, der die Nacht hier verbrachte. Gut, es war Wochenende und somit die allermeisten Fahrer zu Hause bei ihren Familien. Es standen zahlreiche Pkws, davon einige aus dem oberen Preissegment, mit spanischen Kennzeichen vor dem Eingang, was auf einen anspruchsvollen Club schließen ließ. Nachdem der Fernfahrer seinen Sattelzug geparkt hatte, machte er sich noch zurecht für den Besuch dieses Lokals. Schon von außen konnte er die stimmungsvolle spanische Musik hören. Innen waren zahlreiche Gäste anwesend, unter ihnen viele Männer mit ihren Frauen und ebenso zahlreiche Solomänner. Schon allein die Vielfalt der Gäste zeigte, welchen Status das horizontale Gewerbe in der spanischen Gesellschaft besitzt, dass Prostitution auf der iberischen Halbinsel nichts Verwerfliches ist. Dazu bedarf es einer Erklärung, welche den damaligen Status der Señoritas im Gewerbe erläutert. In den 1990er-Jahren gab es in Spanien keine Zuhälter, die Damen arbeiteten auf eigene Rechnung, den einzigen Obolus bekam der Wirt, einen festen Betrag für die Nutzung der Zimmer. Sie suchten sich die betreffende Kundschaft selbst, entsprechend der Zuneigung aus. So konnte es passieren, dass die Chicas, Männer, die ihnen suspekt oder anders unangenehm auffielen, ablehnten. Das Stimmengewirr machte es schwierig, auf einzelne Gespräche zu achten. Alexander gesellte sich zu einigen Gästen an die Bar, es dauerte nicht lange, bis eine kleine, blonde Spanierin, ihr Alter schätzte, Alexander auf Ende zwanzig, sich zu ihm stellte und eine Konversation mit ihm begann. Auf Alexander wirkte sie ungemein herzerfrischend, ihr Lachen begeisterte ihn. Gab es etwas Attraktiveres als das charmante Lächeln einer Frau? Nein, für Alexander erwies sich eine gut gelaunte Frau reizvoller als ihr Busen, Po oder sonstige Sexualmerkmale. Diese Eigenschaften traten in den Hintergrund. Alexander hatte in seinem bisherigen Leben mit zahlreichen Frauen geschlafen, für Geld oder ohne. Damen, mit zarten, kleinen Wölbungen, mit großen Nippeln, über große, feste Brüste, über Hängebrüste, die bis zum Bauchnabel reichten, hin zu breiten, erschlafften Taschen, es war alles dabei. Eines hatten die Damen alle gemein, ihre Gesichtsausdrücke waren das alles Entscheidende. Jede Frau besitzt ihre ureigene Oberweite, jeglicher Form und Beschaffenheit, ob klein oder sehr groß, mit allen kann ein Mann glücklich und zufrieden sein, was zwischen beiden stimmen muss, ist ausschließlich die Chemie. Als einziges Kriterium zählte für ihn Sympathie, Zuneigung erzeugt durch das Lächeln einer Frau. Es folgte eine angeregte und spaßige Plauderei zwischen den beiden. Sie stellte sich ihm als Ramona vor, während beide miteinander herum blödelten und Spaß hatten, nahmen sie sich wie zwei alte Freunde in die Arme. Als Kenner, spürte Alex sofort, dass ihr Oberkörper von der Natur nicht besonders verwöhnt worden war, was ihn allerdings nicht störte. Wichtig war für ihn der Mensch Ramona, beide flirteten miteinander um die Wette, was das Zeug hielt. Es schien, als seien sie in einem Wettkampf, in einem Wettbewerb um die charmantesten Worte. Er hatte eine Liebesdienerin vor sich, darüber war er sich im Klaren. Jedenfalls lachten beide viel, unterhielten sich über dies und das. Das dauerte, solange, bis Alexander nach ihrem Preis fragt, worauf sie meinte, sie verlange 10.000 Pesetas, umgerechnet in Mark waren dies zum damaligen Zeitpunkt 80 DM. Für diesen Betrag konnten beide eine Stunde lang intim werden, es war alles erlaubt, was beiden gefiel. So kam es, dass Ramona, Alexander gut gelaunt an die Hand nahm und mit ihm das angrenzende Zimmer ansteuerte. Dort angekommen übergab Alexander den vereinbarten Betrag und sofort begann die Hübsche ihren Gast zu entkleiden. Er saß nackt vor ihr auf dem Gitterrostbett, während sie begann, sich für ihn auf eine erotische Art zu Entkleiden. Ihr Freier durfte ihr beim erotischen Ausziehen zusehen, was die Wirkung auf ihn nicht verfehlte.

Während Sie verführerisch ihre Bluse besonders langsam Knopf für Knopf durch die Knopflöcher gleiten, lies, erwachte sein Freund zum Leben. Unter ihrer weiten Bluse trug sie nichts anderes als ihre nackte Haut. Was jetzt zum Vorschein kam, raubte ihm beinahe den Verstand, noch niemals hatte er etwas vergleichbares gesehen, er juchzte vor Begeisterung, er sprang auf, er berührte ihre Brüste, er liebkoste sie, nuckelte an ihren Nippeln, wollte nicht mehr von ihr lassen. Ramona zeigte sich begeistert, wie ihre Brüste auf Alex wirkten, wie seine Augen größer wurden und ihm sein Kinn herunterviel. Für sie war seine Reaktion, die sie in dieser Art, bisher bei noch keinem Mann erlebt hatte, unfassbar. War es Wirklichkeit oder träumte sie? In der Regel bekamen die Männer große Augen um sich anschließend nur mit ihrem Unterkörper zu beschäftigen. Der obere Bereich schien nicht zu ihr zu gehören, oft genug machte sie ihre fehlende Oberweite traurig. Dagegen löste seine Reaktion bei ihr ein bis dahin für sie unbekanntes Gefühl der Freude aus. Was Alexander zu sehen bekam, war ein bis dato für ihn noch nie dagewesener Augenschmaus. Was ihm Ramona anbot, war eine bis dahin, für ihn unbekannte Form der weiblichen Brust. Ihm streckten sich zwei lange und zudem feste weibliche Nippel entgegen, die perfekt im Zentrum ihrer Vorhöfe platziert schienen. Während ihre beiden Brüste faktisch nicht existierten, wölbten sich lediglich ihre Warzenhöfe in der Größe eines Fünfmarkstücks um zwei Zentimeter nach vorne. Ein seltener, einmaliger, Anblick, der Alexander beinahe um seinen Verstand bringen sollte.

Sie konnte nichts gegen ihre momentane Gefühlsregung tun, ihre Tränen der Freude nicht unterdrücken, sie konnte nichts anderes tun, als ihn, ihren Kunden zu sich zu ziehen, ihre Arme um seinen Hals legen und sich mit einem dicken intensiven Kuss bedanken. Vergessen war, dass sie sich für Geld anbot und er ihr Freier war, der hierfür bezahlte. Beide begegneten sich in diesem Moment im hier und da, sie überglücklich, er scharf wie Nachbars Lumpi. Robert, der sich schon seit je her in die Gefühlswelt Anderer hineinversetzen könnte, machte Ramonas Gefühlsregung glücklich. Am liebsten hätte er sie nie mehr losgelassen, allerdings wurde ihm sogleich klar, er war nur ihr Kunde. Nachdem sich seine Liebesdienerin wieder gefasst hatte, gingen beide dem eigentlichen Zweck seines Besuchs nach. Ramona betrachtet Alexanders pralle Männlichkeit und schien nun völlig aus dem Häuschen zu geraden, ihre größer werdenden Augen verrieten ihm, dass dieser Abend nicht wie üblich enden würde. Ramona schickte sich an, eine Presrevativo aus der bereitstehenden Schale zu entnehmen, als Alex etwas kleinlaut auf seinen Liebesdolch deutete und meint, »Du Ramona, ich habe da ein Problem mit einem Kondom. Die Dinger schnüren mir meinen ›kleinen Freund‹ ab, so sehr, dass es für mich unmöglich ist zum Höhepunkt zu kommen. Wir müssen es anders Praktizieren. Mir ist egal wie du es mir besorgst, Hauptsache ohne Gummi. Wäre das in Ordnung für dich?«

Ramona muss nicht lange überlegen und hat sofort die Lösung parat. »Normerweise würde ich dich jetzt mit meiner Hand befriedigen, ich will deinen geilen Schniedel unbedingt in mir spüren. Ich möchte Dich in mir wissen. Eines müsstest Du mir allerdings versprechen, du musst dich vor Deinem Höhepunkt zurückziehen, spritze mir ruhig Deine Ladung auf meinen Bauch.«

Sehr gerne verspricht er es ihr, sie verlässt sich auf ihn.

Ramona hat jetzt einen anderen Gesichtsausdruck als noch vor einigen Minuten draußen an der Bar. Es spiegelt sich in ihrem Gesicht eine tiefe Zufriedenheit, ein Gefühl des glücklich seins, schließlich hatte sie bis vor wenigen Minuten ein Gefühl der Unzufriedenheit mit ihren Brüsten, Brüste, die sie nicht wirklich waren. Die Natur hatte sie benachteiligt. Und dann kommt dieser Typ aus Alemania und wirft ihre Selbstzweifel mit seinen Blicken einfach so über Bord. Sie legt sich rücklings auf das Gitterbett, welches zu Fesselspielen einlädt. Doch heute ist den Beiden nicht danach. Mit gespreizten Beinen lockt sie ihn, sie ist bereit ihn den dicken Liebesspender in sich aufzunehmen, sie führt ihn zwischen ihre feuchten Schamlippen in ihre Lustgrotte, die jetzt richtig in Fahrt ist. Alexander füllt sie perfekt aus, während ihre Bewegungen mit jedem Stoß, mit den Alexander in sie eindringt, wilder und stürmischer werden. Sie ist so heiß, wie sie es noch nie bei einem Kunden erlebte. Es ist nicht nur das wie er sie nimmt, nein da scheint noch mehr zu sein als pure Lust auf ihn, den Camionero. Es ist die Verbindung, die in den vergangenen Minuten zwischen den Beiden entstanden ist. Es ist so weit, Alex muss sich jetzt zurückziehen, ihr seinen Penis auf ihren Bauch drücken, bevor er sich nicht mehr beherrschen kann und in ihr kommt. Kaum, dass er seinen Dolch aus ihr herauszog, forderte, nein es war eher ein Bitten und Betteln, sie ihn auf wieder in sie einzudringen, sie fordert Alexander auf seine Ladung in ihrer Lustgrotte zu spritzen. Sie wünschte sich in diesem Moment nichts sehnlicher, als mit ihm zusammen den Höhepunkt zu erreichen. Alexander erfüllte ihr diesen Wunsch. Beide kamen beinahe zeitgleich mit einem alles übertönenden Aufschrei der Lust, mit einem Höhepunkt wie sie ihn in ihrem bisherigen Leben nicht erlebt hatte. Überglücklich und der totalen Erschöpfung nahe, liegen beide für einen Moment nebeneinander. Seine Reaktion auf ihre Brüste, ihre kleinen Knospen löste bei ihr ein bisher unbekanntes Gefühl von Glückseligkeit aus. »Das war richtig geiler Sex mit ihm, was ist er jetzt, Lover, Kunde, Freier, Gespiele, Vertrauter, Freund oder was auch immer, egal, er tut mir jedenfalls gut«, geht es ihr durch den Kopf. Zu einer klaren Zuordnung ist sie in diesem Augenblick nicht fähig, zu sehr spielen ihre Gefühle verrückt. Sie fasst sich und besteigt ihn, um sich auf seinen gutaussehenden Körper zu legen. Sie macht jetzt das, was sie nie mit einem Freier tun würde, sie küsst ihn leidenschaftlich ab, ihre beider Zungen beginnen einen Tanz der Gefühle.

Es neigt sich die vereinbarte Stunde dem Ende, Ramona bittet ihren Alejandro nicht zu gehen, noch bei ihr zu bleiben.

»Alejandro, möchtest Du noch eine weiter Stunde mit mir verbringen? Du musst nicht dafür bezahlen!«

Er sieht sie fragend an um ihr begeistert zu zunicken,

»Si, si, sehr gerne möchte ich Zeit mit dir verbringen«.

Etwas verlegen fügt er an, »gerne auch mehr Zeit«, worauf sie ihm die Frage stellt, »an welchen Zeitraum denkst Du?«

Leise flüstert er ihr ins Ohr, »solange du magst«.

Jetzt muss Ramona erneut schlucken, von so einen Mann hatte sie bisher nicht zu träumen gewagt. Sie legt ihren Zeigefinger auf seine Lippen und erwidert mit einem gedrungener Ton, »Si, auch ich mag dich sehr, vielleicht etwas zu sehr. Leider müssen sich unsere Wege wieder trennen, frag mich bitte nicht warum?« Ihre Tränen, die ihr jetzt hemmungslos über ihre Wangen rollen, ihr schluchzen wird lauter, sie lässt sich in seine Armen fallen, während er sie zärtlich, streichelnd mit seinen starken Armen festhält.

»Wie gerne möchte ich das alles hier hinter mir lassen, mit dir einen Neuanfang wagen, leider ist es unmöglich«, lehnt sie sein Angebot auf einen Neuanfang mit ihm zusammen ab.

Irgendeinen triftigen Grund muss sie daran hintern ihren ureigenen Weg zu gehen.

Einige Minuten später hat sie sich wieder gefangen, sie denkt an das hier und jetzt.

Sie beginnt ihren Unterkörper auf Alexanders Schoß zu reiben, sie will es erneut mit ihm treiben, so hemmungslos wie beim ersten Mal.

»Entspanne Dich, überlasse mir den Rest«, fordert sie ihren Alex zum nächsten Akt. Während sie ihn mit ihrem Becken beinahe in den Wahnsinn treibt, beschäftigen sich seine Finger mit ihren kleinen Törtchen, wie er sie liebevoll nennt. Nachdem beide erneut auf ihre Kosten gekommen sind, flüstert sie zufrieden in sein Ohr, «so zärtlich, leidenschaftlich und zugleich wild wie du, hat noch kein Mann mich hier oben verwöhnt. Ausnahmslos alle beschäftigten sich nur mit meinem Becken«.

Wieder rollen ihr die Tränen über ihre Backen, Alex küsst sie weg. Es wird Zeit für Alex sich schweren Herzen von Ramona zu verabschieden, vorher verwöhnen sich beide noch ein letztes Mal gegenseitig unter der warmen Dusche.

Ramona begleitet Alexander zu seinem Camion, beide nehmen sich noch einmal gegenseitig in die Arme, um sich ein letztes Mal zu spüren.

Alexander verbringt den Rest der Nacht mit grübeln, er bringt kein Auge zu, zu sehr beschäftigt ihn Ramona. Was ist der Grund warum sie kein neues Leben beginnen kann, er hätte sie sofort genommen. Er wird es nie erfahren.

Weiße Elefanten

Müdigkeit war schon immer ein Dauerthema unter den Kollegen und Kolleginnen, auch hierzu kursieren die entsprechenden Witze. Einer geht so, »solange die weißen Elefanten von rechts nach links die Fahrbahn überqueren, ist noch alles in Ordnung. Gefährlich wird es erst, wenn sie von links kommen«.

Oder der, »wer von den Kollegen hat Streichhölzer dabei?«

»Wofür benötigst du die?«

»Um sie mir unter die Augenlider zu stecken«.

Man könnte sie, die Witze, unendlich weiterführen. Genauer betrachtet steckt hinter der Ironie todernste Realität. Alexander hatte in seinem Leben schon so manche eigenen Erfahrungen sammeln müssen.

Es war die Zeit als die BRD und die DDR sich wiedervereinigt hatten, aktuelles Kartenmaterial war kaum bis überhaupt nicht zu bekommen, wenn doch waren sie bereits kurz darauf wieder veraltet, es wurden in dieser Zeit viele Straßen umbenannt, besonders solche, die nach Kommunisten und Russen benannt waren, deren Zeit war mit der Wende abgelaufen. Es konnte passieren, man stand in der gesuchten Straße, nur sie hatte einen anderen Namen, Verwirrung pur. Noch extremer für viele

Fahrer wurde es, wenn auf den Frachtpapieren als Zielort Hof ohne die dazu gehörige Postleitzahl stand. Nicht wenige, auch Alexander passierte es, fuhren nach Hof in Bayern und suchten dort verzweifelt die Adresse des Kunden. Erst als ihm ein Kollege per CB-Funk mitteilte, dass es sich bei Hof um einen kleinen Weiler inmitten des sächsischen Nirgendwo handelte, konnte die Angelegenheit aufgeklärt werden. Es war an einem sonnigen Morgen in Leipzig, Alexander hat keinen Plan in welche Richtung er an der Kreuzung vor ihm abbiegen sollte. Er schaut sich um und siehe da, die Rettung nahte in Form eines vielleicht dreizehn bis vierzehnjährigen jungen Mannes, er stand gegenüber auf der anderen Straßenseite. Alexander raus aus seinem Laster und hinüber zu dem Knaben mit Schulranzen auf dem Rücken. Er wünschte einen schönen guten Morgen und zeigte dem Jungen seine Frachtpapiere mit der Entladeadresse. Der junge Mann hat keinen Schimmer, wo das sein sollte. Alexander steht mit dem Rücken zu seinem Lastzug als die Augen des Jungen immer größer werden und sein Kinn herunterfiel, er blickt über Alexanders rechte Schulter auf die gegenüberliegende Straßenseite. Alexander dreht sich um, er ahnt das Schlimmste. Und tatsächlich, er muss mit ansehen, wie sich sein Vierzigtonner in Bewegung setzt. Jetzt aber schnell, Alexander nimmt seine Beine in die Hand und rennt los in Richtung des führerlosen Kolosses. Obwohl das Fahrzeug an Geschwindigkeit zunimmt, wird der Abstand zwischen ihm und dem Laster geringer. Im allerletzten Moment bekommt er den Türgriff der Fahrertür zu greifen, reißt sie auf, hangelt sich hoch und beugt sich nach vorn in den Fußraum der Kabine und bekommt das Bremspedal mit seiner Hand nach unten gedrückt. Mit einem Ruck bleibt das Fahrzeug knapp vor der Einfahrt in die Kreuzung stehen. Er schafft es anschließend bei gedrücktem Bremspedal, die Luftdruck-Feststellbremse zu betätigen. Mit einem lauten Zischen wurde die Bremsleitung drucklos, sodass die Bremsen auf alle Räder des Zuges griffen. Alexander ist jetzt zunächst mit seinen Nerven ganz unten. Mit zittrigen Knien klettert der Glückspilz aus seinem Fahrzeug, geht auf den Jungen zu, der immer noch wie versteinert dasteht. Alexander bedankt sich aufs Herzlichste. Hätte der Junge nicht so entsetzt geschaut, wäre ein Desaster geschehen. Wie war es möglich, dass Alexander die Feststellbremse nicht bedient hatte? Ganz einfach, Alexander war wie so oft übermüdet, der Druck des Disponenten war enorm. Genau dann passieren solche folgenschwere Fehler. Wie oft kam Alexander in seiner Zeit auf den Straßen Europas zu schweren Unfällen, bei den übermüdete Kollegen eingeschlafen waren und ungebremst in Stauenden donnerten, oder Mittelleitplanken durchbrachen, was dann zu Toten und schwer verletzten Menschen, zu unermesslichem Leid führte. Dieser Fehler der nicht betätigten Handbremse sollte nicht Alexanders Letzter gewesen sein.

Alexander musste nach Italien, genauer gesagt nach Mailand in Oberitalien. Die Entladeadresse war in einer Zona Industrial wenige Kilometer hinter Mailand in Fahrtrichtung Turin. Er kannte die Strecke, bis auf den Abladekunden. Um direkt von Schweinfurt nach Mailand zu fahren, benötigte Alexander ca. elf Stunden Fahrtzeit, der Gesetzgeber ließ zu, dass an zwei Tagen in der Arbeitswoche zehn Stunden gefahren werden darf. Alexander startete am Sonntagabend pünktlich um zweiundzwanzig Uhr. Bis auf seine vorgeschriebenen Pausen fuhr er diese Strecke regelmäßig durch, überzog seine Lenkzeit um eine Stunde. Er hatte keine Lust sich bei Trentino am Tag seine Schlafpause einzulegen. Das Industriegebiet war rasch erreicht, nur die Abladestelle musste gefunden werden. Zu der damaligen Zeit, es waren die beginnenden 1990er-Jahre, gab es weder Smartphone noch Navigationsgeräte. Alexander hielt an, stieg aus, um eine Passantin am Wegesrand nach der Adresse zu fragen. Er steht ungefähr 50 Meter hinter seinem Lkw, als dieser sich wieder in Bewegung setzt. Alexander nimmt abermals die Beine in die Hand, um den Zug noch zu stoppen. Zu seinem Entsetzen sieht er ein kleines aus Bruchsteinen gemauertes Wohnhaus, auf das die vierzig Tonnen zurollen. Zu allem Unglück wird das Fahrzeug schneller, der Abstand zwischen ihm und dem Laster vergrößerte sich, während der Abstand zwischen Fahrzeug und dem beschriebenen Häuschen sich zunehmend verringert. Alexander sieht schon, wie der Zug in das Gebäude knallt und alles niederwalzt. Es ist Mittagszeit, ein paar Autos kommen ihm entgegen. Der vorderste Fahrer erkennt die dramatische Situation, hält an, raus aus seinem Wagen, rüber zum Lkw, Türe aufgerissen und das Bremspedal gedrückt. Inzwischen hat auch Alexander seinen Lastzug erreicht, klettert an seinem Helden vorbei in die Kabine, um den Hebel für die Handbremse, der sich zwischen den beiden Sitzen befindet, zu ziehen. Erst jetzt wird ihm bewusst, wie knapp sein Lkw vor dem Häuschen zum Stehen kam, keine 20 Meter waren es. Wenn es zu Toten und Verletzten gekommen wäre, die Carabinieri hätten ihn berechtigterweise ins Gefängnis gesteckt. Wieder einmal war es die Übermüdung, die beinahe zu einem Unglück geführt hatte. Diesmal trug kein Disponent eine Mitschuld, der einzige Schuldige war Alexander und sein verfluchter Ehrgeiz.

∞

Ein weiteres entsprechendes Erlebnis sollte sich auf der Strecke in die Bretagne in Richtung Brest ereignen. Alexander hatte eine leichte Ladung aufgenommen. Es handelte sich um Blechschränke, Umkleidespinde für Arbeitnehmer. Direkt an der österreichischen Grenze, in der Nähe von Passau, begann seine Tour. Es war Donnerstagvormittag, als er loskam, die Schränke waren für Paris, der französischen Hauptstadt.

Rolf, sein Disponent aus Regensburg übte wieder einmal Druck aus, »du musst unbedingt bis Mittag um zwölf Uhr beim Kunden abladen, die warten auf die Ladung. Es ist dringend!«

Alexander dachte sich, also gut, wenn ich morgen Nachmittag noch laden könnte, würde ich es wenigstens bis Samstagabend nach Hause schaffen.

Für die beinahe eintausend Kilometer lange Strecke war die Zeitvorgabe sehr sportlich. Es würde nicht viel Zeit zum Schlafen bleiben. Mit vier Stunden Schlaf kam er übermüdet bei seinem Kunden an. Kurz vor zwölf Uhr konnte er die Lieferpapiere der zuständigen Sachbearbeiterin übergeben. Alexander wartete und wartete darauf, dass seine Ladung abgeladen würde. Vergebens, so langsam kriecht in ihm Wut und Verzweiflung hoch, er ist müde, hat Hunger und fühlt sich dreckig, ungewaschen und ungeduscht. Es wird dreizehn Uhr, es wird vierzehn Uhr, endlich kommt die Dame mit seinen Papieren und reicht ihm noch eine Adresse.

»Was soll ich damit, die Ladung muss hier abgeladen werden«, Alexanders Geduld scheint am Ende.

Die Adresse, so stellt sich heraus, war in der Normandie, es ist die Baustelle des Kernkraftwerks Cherbourg, weitere dreihundertsechzig Kilometer. Alexander ist nahe der Verzweiflung, findet keine passenden Worte und muss sich beherrschen, seinem Gegenüber nicht unrecht zu tun. Sie konnte am allerwenigsten für die entstandene Situation. Er telefoniert mit Rolf, dieser holt ihn zunächst wieder runter und diktiert ihm die anschließende Ladestelle.

Er meint noch, »die Ladung besteht aus zwei Granitblöcken für ›Kirchenlamitz‹ unweit der Grenze zu Tschechien«.

Alexander weist Rolf darauf hin, dass morgen Samstag ist und es unwahrscheinlich sei, dass er morgen dort laden könne. »nein, nein, die warten dort auf dich, du sollst pünktlich um acht im Steinbruch sein«.

»Dein Wort in meinen Ohren«, erwidert ein langsam sich beruhigender Alexander.

Wie er die dreihundertsechzig Kilometer lange Strecke, bis Cherbourg gemeistert hat, weiß er heute nicht mehr, jedenfalls kommt er erschöpft, übermüdet, hungrig und nahe dem Wahnsinn auf der Baustelle an.

Das Sicherheitspersonal empfängt ihn mit den Worten, »es sind schon alle im Wochenende, das werde vor Montag nichts mit der Entladung«.

Jetzt reicht es Alexander, der sonst so umgängliche Mensch flippt jetzt komplett aus und versucht seinem Gegenüber zu erläutern, dass er nun seit einundeinhalb Tagen kaum geschlafen und kaum gegessen hat. Zudem müsse er morgen früh in Brest stehen. Die Wachleute verstanden, sie informierten den Direktor der Anlage. Man einigte sich gemeinsam, die Ladung per Hand zu entladen. Neben dem Chef der Anlage luden einige Sicherheitskräfte und natürlich Alexander die Ladung ab. Als er seinen Zug abfahrbereit hat, nimmt er sich die Zeit, sich aus den Bordvorräten satt zu essen. Gegen zweiundzwanzig Uhr konnte Alexander, völlig übermüdet, aber satt in die Nacht starten. Für die kommenden 450 Kilometer benötigte er mit Pausen noch einmal neun Stunden. Die Strecke führte für zweihundert Kilometer quer durch die Provence über enge und kurvenreiche Straßen. Es ist mitten in der Nacht, halb Drei auf der vierspurigen Nationalen entlang der Bretagne beginnen nun die berühmten weißen Elefanten von rechts nach links die Fahrbahn zu überqueren. Zwei Uhr Fünfunddreißig Allmählich wechselten sie die Richtung, jetzt wird es gefährlich, jetzt laufen sie von links nach rechts vor ihm über die Straße. Alexander hat mit dem Schlaf zu kämpfen, wie selten zuvor. Er erinnert sich noch heute mit Schrecken an den Moment, als seine Augen beginnen immer wieder zuzufallen. Das geht so lange, bis seine Augenlider etwas länger bei 100 km/h zufallen, als er sie wieder öffnet, befindet sich der leere Vierzigtonner auf der linken Spur. Das war knapp, sehr knapp! Alexander hatte noch Glück im Unglück, seine Zugmaschine zog leicht nach links, hätte sie nach rechts gezogen, wäre er im Graben aufgewacht. Der Termin sitzt ihm trotz alledem weiterhin im Nacken. Es hat zu regnen begonnen, was die ganze Situation noch verschärft. Gegen

Halbsieben erreicht Alexander die Zielortschaft, es ist noch dunkel. In der Ortsmitte sieht er auf der rechten Seite zwei beleuchtete Fenster. Alexander haut, die Bremse rein, steigt aus, um in dem Wohnhaus nach dem Weg in den Steinbruch zu fragen. Zu seiner Überraschung wird er hineingebeten, es ist der Arbeiter vom Steinbruch, welcher ihn beladen soll. Er frühstückt noch zu Ende, auch Alexander hätte ein Kaffee gutgetan, doch angeboten bekommt er keinen. Anschließend brechen beide zusammen auf, Alexander mit seinem IVECO hinterher, dem Arbeiter folgend. Die Strecke hoch zum Steinbruch ist glitschig und verschmiert vom braunen Schlamm, der vom vielen Regen heruntergespült wird. Die Antriebsräder bekommen Schlupf, Alexander spielt mit dem Gas und der Kupplung, um wieder Traktion der Räder zu bekommen. Hilfsmittel wie ASR, Antischlupfregelung wurde von der Fahrzeug-Industrie nur als Sonderausstattung angeboten. Für ein paar hundert Meter funktioniert es, doch dann ist es vorbei, er kommt keinen Meter mehr voran. Inzwischen hat der Arbeiter den riesigen Radlader geholt, der anschließend Alexander mit seinem Lkw hochzieht. Dort oben im Steinbruch findet Alexander eine Schlammlandschaft vor, es hilft nichts, er muss raus in den strömenden Regen. Seinen Arbeitsoverall und die Windjacke zieht er sich noch in der Kabine an. Nachdem er die trockene und gut temperierte Kabine verlassen hat, watet er mit seinem ungeeigneten Schuhwerk im Morast. Es zieht ihm nicht nur einmal die Schuhe von den Füßen, sodass er anschließend mit den Strümpfen knöcheltief im Morast versinkt. Es kommt wieder einmal alles zusammen, Übermüdung, Nässe, Kälte, widrige Verhältnisse. Zu guter Letzt, als er die Plane des Aufliegers vom Dach herunterzieht, um sein Fahrzeug für die Abfahrt vorzubereiten, kommt ihm ein mächtiger Schwall Wasser von oben entgegen. Der Versuch der drohenden Dusche entgehen zu können scheitert. Alexander steckt im Schlamm fest, sodass vielleicht 100 Liter Regenwasser auf ihn niedergehen, was letztlich nichts an seinem bis auf die Haut durchnässten Zustand ändert. Bis er wieder zur Abfahrt bereit ist, vergehen drei Stunden. Drei Stunden mit durchnässten Klamotten, drei Stunden im Schlamm. Er fährt in entgegengesetzter Richtung aus dem Örtchen heraus, nimmt die erste Parkbucht, in die sein Lastzug gerade so reinpasst. Die Klamotten sind pitschnass, die Fahrerkabine ist voller Schlamm, ein richtiger ekliger Scheiß. Alexander hatte seine Kabine eingeheizt, die Standheizung auf maximale Temperatur eingestellt. Er zieht sich aus, die nassen Kleider muss er vom Leib bringen. Nachdem er sich mit seinen Handtüchern trocken gerubbelt hat, zieht er seinen Jogginganzug an. Anschließend wärmt er sich auf seinem Gaskocher eine Dose Ravioli, löffelt sie aus der Blechbüchse. Mit vollem Magen und aufgewärmt legt er sich anschließend nach hinten in seine Koje und fällt in einen tiefen und langen Schlaf. Seinen Wecker hat er bewusst nicht gestellt. Nach seiner Grenzerfahrung der vergangenen Nacht beschloss er, sich von niemandem mehr treiben zu lassen.

∞

Alexander fuhr mit leerem Lastzug von Norddeutschland, genauer gesagt vom Lübecker Überseehafen, entlang der A7 in Richtung Süden. Nach etlichen Stunden der gemütlichen Fahrt mit wenigen Schaltvorgängen, noch vor Hannover, entscheidet er sich auf dem Autohof ›Truckstop Schwarmstedt‹ eine Pause einzulegen. Der Autohof befindet sich in der Nähe des Städtchens Soltau in der Lüneburger Heide. Alexander machte es wie immer in dieser Zeit, er las die Speisekarte nicht wie ein normaler Mensch von links nach rechts, nein er beginnt mit der Wahl des Essens auf der rechten Seite der Karte. Dort stehen die Preise, er entschied sich für das teuerste Gericht. Geld spielte, wie bereits erwähnt, damals im internationalen Fernverkehr keine Rolle, konnte er doch sein Verpflegungsgeld niemals unter die Leute bringen. Von daher gesehen war es eine tolle Zeit. Allerdings wurde einem sehr viel abverlangt, viele Arbeitsstunden, ständige Aufmerksamkeit, körperlich schwere Arbeit, lange Abwesenheit von zuhause, man könnte die Liste unendlich weiterführen. Es braucht Menschen für diesen Beruf, die ihn aus Leidenschaft ausüben. Wer sich des Geldes wegen dafür entscheidet, wird kurzfristig den Beruf an den Nagel hängen.

Während im Norden noch die norddeutsche Tiefebene vorherrschte, begannen einige Kilometer vor Kassel, die berüchtigten ›Kassler Berge‹ mit ihren steilen Bergstrecken und den zahlreichen Gefällen. Es war die Zeit, als die ersten Zugmaschinen mit hydraulischen verschleißfreien Zusatzbremsen, den Retardern ausgestattet wurden. Die restlichen Lkws mussten weiterhin mit ihren schwächeren Motorbremsen zurechtkommen. Es lag ständig ein Geruch von heißen und verbrannten Bremsbelägen in der Luft. So mancher Lkw zog eine stinkende und grau, bläulich gefärbte Wolke aus verbrannten Bremsbelägen hinter sich her. Dies kam immer dann vor, wenn die Kollegen und die vereinzelten Kolleginnen zu schnell talwärts in die Senken hinein donnerten. Das war dann für die Fahrer Stress pur, mit heißen Bremsen lassen sich die Vierzigtonner nur schlecht beherrschen. Nicht umsonst sah man bei ›Hannoversch Münden‹ immer wieder 40 Tonner im Sand der Notfallspur stecken.

Es war bereits gegen 19 Uhr, als Alexander mit seinem leichten Zug durch die Kassler Berge fährt. Die Fahrbahn ist dreispurig ausgebaut, das Lkw Überholverbot war aufgehoben, Alexander zog an den meisten Lastern auf der Mittelspur vorbei. Langsam fahrende Kollegen blockierten die rechte und mittlere Spur auf der Bergstrecke. Alexander war nicht aufmerksam genug in diesem Moment, als nach einer Rechtskurve das Stauende vor ihm auftauchte. Sein Abstand zu dem vor ihn fahrenden Kippsattel wurde rasch geringer.

Der nächste Gedanke, der ihm durch den Kopf schoss, schaffe ich es noch am Vordermann vorbeizuziehen? Alexander sieht sich bereits auf den Kippauflieger seines Vordermanns auffahren. Der Abstand zum vorausfahrenden Sattelkipper mit seiner stabilen Ladekante verringert sich rasend schnell. Er erwartete bereits den Aufprall, das werde ich nicht überleben, die stabile Ladekante wird meinen Oberkörper in zwei Stücke reißen!

Durch seinen Kopf rasen die Bilder seines Lebens, er sieht zum ersten Mal sein komplettes Leben innerhalb einer Sekunde vor seinem inneren Auge vorbeiziehen. Alexander schafft es gerade noch rechtzeitig, seinen Sattelzug auf die linke Spur zu ziehen. Während des Hinüberziehens auf die dritte Spur ereilt ihm das nächste Horrorszenario, hoffentlich ist kein Pkw auf der dritten Spur, Zeit, um in den Spiegel zu sehen, geschweige denn aus dem linken Seitenfenster hat er nicht mehr. Gerade noch geschafft, alles gut gegangen.

Alexander benötigte eine ganze Weile bis er sich wieder gefasst hatte, er war dem Tod von der Schippe gesprungen.

∞

Wieder war es so weit, Sonntagabend, Februar, es ist Schnee gemeldet, Alexander durfte wieder auf Tour. Diesmal musste er mit dem leeren Zug nach Regensburg. Nach einer knappen halben Stunde über Land fuhr er an der Anschlussstelle

Wiesentheid auf die A3 in Richtung Nürnberg. Er fuhr an der Abfahrt Geiselwind vorbei. Kaum hatte er die Ausfahrt hinter sich gelassen, krachte es direkt vor ihm, Alexander schaltete den Warnblinker ein und bremste langsam seinen Lkw bis ungefähr 10 Meter vor der Unfallstelle ab. Hinter ihm bildete sich sofort ein Stau, weshalb er auf eine Absicherung der Unfallstelle verzichtete. Er raus aus der Kabine und vor zum Verunglückten. Ein Mercedes Transporter war auf einen langsam fahrenden Sattelzug aufgefahren, der Fahrer war bei Bewusstsein, aber eingeklemmt und stand unter Schock. Bei allem Unglück hatte er noch Glück. Im letzten Moment schaffte es der Fahrer noch den Transporter nach links zuzihen, gerade mal so weit, dass die Fahrerkabine bis zum Fahrersitz verschont blieb und alles daneben faktisch nicht mehr existierte. In diesem Bereich war das Blech bis hin zur Trennwand eingedrückt. Trotz aller Versuche hatten es die Helfer nicht zustande gebracht, den Verunglückten aus dem Fahrzeug zu bergen. Zu den vier bereits helfenden Fernfahrern hatte eine Frau angehalten, um Este Hilfe zu leisten. Sie sprach beruhigend auf den Verletzten ein. Alexander rannte zurück und kletterte an seinem Führerhaus hoch, langte nach hinten in die Koje, zog seinen Schlafsack hervor, mit dem anschließend das Unfallopfer gewärmt wurde. Die Fahrertür war derart deformiert, dass ein Öffnen durch die Ersthelfer nicht möglich war.

Ein Helfer rief, »wir benötigen eine Brechstange, hat jemand eine dabei?« Alexander sprang erneut zu seinem Brummi und holte sein Brecheisen aus dem Staufach. Mit ihm bekamen die vier die Türe nicht auf, sie versuchten ihr Glück von der Ladefläche aus, die Trennwand hielt zur Verzweiflung aller, dem Brecheisen stand. Jetzt blieb nur noch auf das Eintreffen der Feuerwehr zu warten, es fühlte sich wie eine Ewigkeit an, bis sie von hinten die ersten Blaulichter kommen sahen. Diese Machtlosigkeit, nicht helfen zu können, lässt die Retter verzweifeln. Die Männer der Feuerwehr schafften es, mithilfe ihrer Rettungsschere den Verletzten zu bergen, um den Rest kümmerten sich die Sanitäter zusammen mit dem anwesenden Notarzt. Circa zwei Stunden nach dem Unfall konnte Alexander die Fahrt in die Nacht fortsetzen. Wie gut, dass es die unzähligen Freiwilligen bei Feuerwehr und Rettungsdienst gibt. Was wären wir als Gesellschaft ohne Euch!

An einen weiteren schweren Verkehrsunfall kann sich Alexander noch gut erinnern. Er war auf der A61 bei Bedburg in Nordrhein-Westfalen unterwegs, als sich ein erneuter Auffahrunfall mit drei beteiligten Fahrzeugen ereignete, darunter ein Fernverkehrs-Lkw, ein Nahverkehrslaster und als Letztes ein Pkw. Alexander sah, nachdem er ausgestiegen war, dass der Kollege in dem Auslieferungsfahrzeug in seiner Kabine eingeklemmt war. Er befand sich im Schockzustand, aber bei Bewusstsein.

Hier konnte er zunächst nichts machen, weshalb er zu dem beteiligten Pkw spurtete. Dort saß der, ebenfalls unter Schock stehende Fahrer auf seinem Sitz, schaut Alexander mit geweiteten Augen an, gerade so, als wolle er fragen, was los sei. In der Hand hielt er einige Geldscheine. Auf dem Beifahrersitz und im Fußraum sah Alexander unzählige 500 und 1000 DM-Scheine, es müssen bestimmt einige Hunderttausend Mark gewesen sein. Ob es sich dabei um ehrliches Geld handelte, bezweifelte Alexander, weder Fahrzeugtyp noch Alter des Autos noch der Verunfallte passten zu dem Geldbetrag. Alexander gab dies bei der eingetroffenen Polizeistreife bekannt.

Dann gab es noch den schweren Lkw-Unfall in Oberitalien, dessen Überreste er im Vorbeifahren auf der Gegenfahrbahn sah. Alexander sah die Überreste einer Sattelzugmaschine. Am Fahrgestell konnte man den Haufen Schrott als Lkw erkennen. Die komplette Fahrerkabine war abgerissen und in hunderten teils kleineren und größeren Teilen auf der Autobahn in Richtung Venedig verstreut. Diesen Unfall, da war er sich sicher, konnte niemand überlebt haben. Der Anblick versetzte Alexander in eine große Demut und Dankbarkeit, dass er bisher selbst verschont wurde.

Mit zu den heikelsten Transporten gehören die Ladungen von Papierrollen für Großdruckereien oder der Wellpappenindustrie. Gerade wenn diese stehend transportiert werden müssen, bedarf es besondere Anforderungen und Fingerspitzengefühl der Fahrer. Die stehenden Rollen sind schlecht zu sichern, daher besteht eine besondere Gefahr bei Kurvenfahrten und Vollbremsungen. Alexander hatte eine solche Ladung in einer der großen Papierfabriken, im fränkischen Eltmann geladen und befand sich auf dem Weg nach München zu dem Druckhaus des größten Münchner Verlagshauses. Er befuhr die Autobahn 3 auf der Höhe von Nürnberg, in einem Bereich mit fünfspuriger Fahrbahn, dort verbanden sich zwei Autobahnen zu einer. Alexander befand sich auf der mittleren der fünf Spuren, es herrschte wenig Verkehr, da bereits 19:30 Uhr und der Feierabendverkehr längst abgeebbt war. Ein Pkw überholt ihn, bis hier her nicht außergewöhnliches. Er zieht auf Alexanders Spur und legt ohne ersichtlichen Grund eine Vollbremsung hin. Alexanders Adrenalinspiegel schießt in die Höhe, um den Pkw nicht zu treffen, ist er gezwungen ebenfalls eine Notbremsung einzuleiten. Alexander muss seinen Lastzug bis zum Stillstand abbremsen, um kein Unglück auszulösen. Er erwartet das Schlimmste, es gibt einen lauten Knall hinter ihm, die Papierrollen setzen sich in Bewegung. Kaum dass Alexander die 40 Tonnen zum Stehen brachte, gab der Pkw-Fahrer wieder Gas und fuhr davon. Beim Blick in den Spiegel kann Alexander die Bescherung sehen, sein Auflieger hat Überbreite bekommen, die Bordwände haben zum Glück gehalten, allerdings wurden sie jeweils ca. drei Zentimeter nach Außen gedrückt. Sein Lastzug stand nun mit eingeschaltetem Warnblinker mitten auf der Autobahn, Alexander musste sehen, dass er wieder auf Tour kam, bevor ihm ein anderes Fahrzeug von hinten in seinen Auflieger krachte. Ob der Fahrer des Pkws mit Alexander ein Spiel spielen wollte oder lebensmüde war, wer weiß das schon. Jedenfalls musste er auf den nächstbesten Parkplatz herausfahren, um sich zu beruhigen und den Schaden zu begutachten. Er setzte die Fahrt fort, allerdings musste der Auflieger anschließend in die Werkstatt, damit der Schaden behoben werden konnte.

Ein anderer Fall ereignete sich in Brandenburg. Alexander kam von der Papierfabrik in Schwedt an der Oder, in der Uckermark, dem äußersten Osten Deutschlands. Er hatte glücklicherweise diesmal die Rollen liegend transportiert, was eine sichere Ladung bedeutete. Er befand sich auf der A 11, im Baustellenbereich ging es einspurig in Richtung Berliner Ring. An der Auffahrt Werbelin mussten die Fahrzeuge zum Auffahren auf die Bahn anhalten, es stand dort ein STOP-Schild. Als Alexander sich der Auffahrt nähert, bemerkt er einen Lkw mit Anhänger, der ebenfalls auf die A11 auffahren möchte. Wenige Meter vor dem Zusammentreffen der Spuren bemerkt Alexander, dass der Fahrer des Zuges das Stoppschild überfährt, ein Zusammenprall schien unausweichlich. Alexander steigt in die Eisen, doch es langt nicht, das Ende des Anhängers

knallt gegen Alexanders Fahrerkabine. Der Unfall-
verursacher setzt seine Fahrt fort.

Alexander schreit in sein Funkgerät, »du hast
mich gerammt, bleib stehen«. Unter Schock und
Herzrasen lenkt Alexander seinen Zug durch die
Baustellenabsperrung in die Baustelle, um nicht
auch noch für einen Megastau zu sorgen.

Der nachfolgende Kollege antwortet Alexander,
»ich verständige die Polizei und verfolge ihn«.

Alexander steigt mit zittrigen Knien aus und betrachtet den Schaden. Der rechte Spiegel ist noch
dran, er hatte sich nur eingeklappt, dafür war der
rechte Holm der Fahrerkabine deformiert, der seit-
liche Windabweiser lag in der Baustelle. Er konnte
nach der Unfallaufnahme seine Fahrt fortsetzen. Es
sollte 20 Minuten dauern, bis eine Polizeistreife ein-
traf. Die beiden Beamten kamen freudestrahlend
auf Alexander zu und meinten, die Kollegen haben
den Verursacher bereits gestellt.

»Das ist eine freudige Nachricht«, erwiderte Alexander.

Nach der Unfallaufnahme fuhr die Polizeistreife
hinter Alexander durch die Baustelle, an deren
Ende konnte, Alexander den Unfallflüchtigen bereits auf dem Standstreifen sehen, vor ihm mit eingeschaltetem Blaulicht die Streife, die ihn gestellt
hatte. Alexander hielt ebenfalls, zusammen mit der
Streife hinter den Fahrzeugen an, er stieg aus und
rannte nach vorn zu dem Unfallfahrer.

Die ersten Worte Alexanders waren, »wo hast du denn deinen Führerschein gewonnen, dir gehört doch höchstens eine Schubkarre in die Hand gedrückt, aber kein Lkw«.

Der Angesprochene gab keinen Laut von sich und die vier Polizisten grinsten sich einen. Angeblich hatte er den Unfall nicht bemerkt, so seine Ausrede, Alexander hatte dies augenblicklich widerlegt, da sich der Knall generell über die Metallverbindung zum Zugfahrzeug überträgt.

Frankreichblockade

Alexander fährt auf seiner Stammstrecke in Richtung Südeuropa, als er sich auf der Höhe von Karlsruhe befindet, hört er in den Nachrichten von SWR 3, dass die französischen Lkw-Fahrer in den Ausstand gedrehten seien. Es gäbe Autobahnblockaden. Zudem wurde gemeldet, dass rund um die Millionenstadt Lyon bereits alle Autobahnen blockiert seien. Wer in Richtung Spanien müsse, solle die Metropole weiträumig umfahren. Er entschied sich zunächst Rolf anzurufen, um zu hören, ob es nicht besser sei, die Blockade abzuwarten. Die nächste Rastanlage gehörte Alexander, Lastzug abstellen und rein in die Telefonzelle. Rolf meinte, er solle mal weiterfahren, es werde bestimmt nicht so schlimm, »versuche Lyon zu umfahren«, war seine Anweisung.

Gut, Alexander legt den großen ›Michelin Atlas Routier‹ auf sein Lenkrad und schreibt sich eine weiträumige Umfahrung zusammen. Er hat eben die Grenze nach Frankreich überquert, als ein richtiger Landregen begann. Alexander stellt wie so oft während solcher widrigen Witterungsbedingungen seine Heizung auf Maximum, bei 27 bis 28 Grad Innentemperatur fühlte er sich dann am wohlsten. Mit diesen Temperaturen im Fahrerhaus verbrachte er im Winterhalbjahr die meiste Zeit. Manchmal schaltete er seine Standheizung dazu, um es mollig warm in die Hütte zu bekommen. Es waren hunderte Kilometer über Landstraßen, durch unzählige Ortschaften, hinüber in den Osten Frankreichs bis in die Nähe des ›Massif du Mont-Blanc‹. Es war inzwischen früher Abend geworden, als Alexander eine Rastanlage ansteuert, um dort etwas zu Essen und seine Nachtpause einzulegen. Die Kurverei durch den Osten Frankreichs erwies sich, als kräftezehrend und ermüdend. Er kam immerhin bis in die südliche Region von Lyon, ohne auf eine Blockade zu treffen. Er hatte für den nächsten Tag, gute Hoffnung durchzukommen. Alexander ist bereits 60 Kilometer südlich von Lyon, als ihn ein deutscher Kollege über Funk, im tiefsten bayrischen Akzent anspricht, »hi Kollege, hast du eine Ahnung, wie wir weiterkommen?«

Alexander meint, »ich fahre immer der Nase lang, wir werden schon durchkommen«.

Der Kollege fährt direkt hinter ihm und fragt, ob er sich an Alexander dranhängen darf.

»Ja, klar«, antwortet der.

»Übrigens, ich bin der Norbert«, kommt es von seinem Hintermann.

Die Durchschnittsgeschwindigkeit wird langsamer. Es geht ab einem gewissen Punkt nur noch im Schritttempo voran.

»Ich glaube, das war es jetzt«, meint Alexander zu Norbert, kaum ausgesprochen, leitet die Gendarmerie die Lkws von der Nationalstraße herunter in den Hafen der Stadt ›Portes-lès-Valence‹ einem Städtchen mit zehntausend Einwohner. Beide parken nebeneinander und begrüßten sich, immerhin sind beide bis einhundert Kilometer südlich von Lyon gekommen. Wie lange das Ganze andauern wird, weiß niemand. Was Alexander sieht, als sein Kollege Norbert aus seinem blauen SCANIA ausstieg, es war ein Urbayer aus dem ›Bayerischen Oberland‹, mit wenigstens einhundertfünfzig Kilo Lebendgewicht, eins neunzig groß, Vollbart und einem weichen Herz, ein knuddeliger Bär von einem Mann. Die beiden Männer blieben während der gesamten Blockade zusammen, sie unternehmen alles gemeinsam, sie verstehen sich auf Anhieb sehr gut. Diese Freundschaft hielt über die gemeinsame Zeit in Frankreich hinaus. Beide erkundeten zunächst die Gegend, wo gibt es etwas zu essen, wo kann man einkaufen, wo duschen? Das sind die elementaren Grundbedürfnisse, nach denen sich alles Weitere richten soll. Die beiden treffen auf zahllose weitere deutsche Fahrer und Fahrerinnen. Gemeinsam wurde die Umgebung erkundet. Schnell hatten sie ein Restaurant mit sehr freundlichen Wirtsleuten und einer vorzüglichen Küche ausfindig gemacht, es wurde zu deren Stammlokal. Die Flics, die Polizisten, hatten die französischen Routiers von den Ausländern getrennt, in dem sie diese in verschiedene Bereiche lotsten. Um das Gefühl, der Geiselnahme perfekt zu inszenieren, wurden die Zufahrten während des Ausstandes rund um die Uhr von der Gendarmerie bewacht. Alexander und auch

Norbert hatten genügend Bares einstecken, sodass sie sich keine finanziellen Sorgen machen brauchten. Im Gegenteil, beide lebten wie ›Gott in Frankreich‹. Dagegen hatten es nicht wenige der Kollegen und Kolleginnen härter getroffen. Um sich etwas zu Essen kaufen zu können, versuchten sie die Ersatzräder und Radios usw. ihrer Lastzüge zu verkaufen. Richtig schlimm erging es denjenigen, die auf einem Autobahnabschnitt, weit entfernt von jeglicher Infrastruktur und Ortschaft ausharren mussten. Während der ersten Tage herrschte noch eine allgemeine Hochstimmung, es wurde vorzüglich gespeist, es gab Einkaufsmöglichkeiten und Bars. Je länger der Streik anhielt, umso mehr solidarisierte sich die Bevölkerung mit den Aufständischen. Gegen Wochenende wurden infolge des fehlenden Nachschubes die Regale der Händler leerer, das Benzin wurde rationiert. Obendrein schlossen sich die Landwirte den Streiks an und blockierten teilweise mit brennenden Anhängern die Bahnstrecken. Es kamen Gerüchte auf, wonach die Regierung die Aufstände vom Militär zerschlagen lassen wollte. Die ausländischen Fahrer erhielten die meisten Nachrichten in Bezug auf die Blockade von ihren Angehörigen zu Hause, entsprechend ungenau und vage waren die Informationen über die Lage in Frankreich. Der Streik fand genau in der Zeit statt, als viele Urlauber in den Süden unterwegs waren. Wenn die Fahrer sich am Kreisverkehr neben dem Hafengelände aufhielten, konnten sie die Verzweiflung der Reisenden live miterleben. Norbert und

Alexander wollten ihnen bei der Orientierung behilflich sein und sie auf die einzig mögliche Ausfahrt lotsen, was den rund um die Uhr anwesenden Polizeibeamten aus irgendwelchen unerfindlichen Gründen nicht gefiel. Sie untersagten diese Art der Hilfsbereitschaft den beiden. Es ging dann so weit, dass Alexander beinahe verhaftet worden wäre. Nur das Engagement eines französischen Kollegen aus dem Elsass vereitelte die Festnahme. Viele deutsche Familien mussten durch diesen betreffenden Kreisverkehr fahren. Nur allzu oft konnten die Anwesenden die Verzweiflung in den Pkws miterleben. Ein Fahrzeug mit vier Personen, Vater, Mutter und die beiden Töchter, beide unter zehn Jahren passierten den Kreisel. Die Kinder weinten, der Vater explodierte und die Mutter befand sich auf den besten Weg zu einem Nervenzusammenbruch. Sie berichteten, sie befänden sich schon seit mehreren Tagen auf Irrfahrt durch Frankreich. Gerade für diese Familien wurde der Urlaub zum absoluten Fiasko, am Rande des Nervenzusammenbruches. Je länger der Zustand des nicht Wissens, wann es denn weitergehen und ob es zum Einsatz des Militärs kommen würde, anhielt, zermürbte viele Fahrer. Als dann am Abend des neunten Tages Hubschrauber an Hubschrauber die Lastkraftwägen im Tiefflug überflogen, wurde es selbst Alexander in seiner Koje mehr als mulmig zumute. Schließlich wäre er und viele andere dem Militär hoffnungslos ausgeliefert gewesen. Er musste in diesen Momenten um seine Unversehrtheit bangen, die Angst stieg in ihm empor. Dass dieses Gefühl der Macht- und Hilflosigkeit nicht unbegründet war, zeigte sich in Lyon und im Großraum Paris. Dort wurden Militär und Polizei zur Räumung eingesetzt. Dabei kam es teils zu Straßenkämpfen mit den Routiers, die von Teilen der Bevölkerung unterstützt wurden. Gerade wenn man als Unbeteiligter hineingezogen wird und das Wissen nur auf rudimentären Quellen stammt, wird aus anfänglichem Spaß schnell reale Angst. Wusste man nicht, ob und wo nun die Räumungen begannen und ob das Militär und die Routiers die Situation eskalieren lassen würden. Am nächsten Morgen suchte Alexander seine ersten grauen Haare. Ein paar Stunden später, nachdem die Blockade nach endlosen zehn Tagen für beendet erklärt wurde, traten Norbert und Alexander ihre letzte Etappe nach Spanien an. Beide wurden unfreiwillig ein Teil der französischen Geschichte, live und mittendrin.

Toledo

Alexander war mit dem alten IVECO Hängerzug mit lediglich 320 PS unterwegs. Seine Ladung führte ihn nach Madrid, in die spanische Hauptstadt, hinein in den Kessel. Jetzt im Hochsommer stand dort die Luft und ließ die Menschen in dem Talkessel unter der Gluthitze stöhnen. Alexander lief das Wasser in einem gefühlten Bach am Körper herunter. Eine Klimaanlage hatte der alte Laster keine, sodass er gezwungen war, mit geöffnetem Fenster durch die Rushhour mit dem permanenten Smog seinen Weg zu finden. Das Frotteehandtuch, das er sich um den Hals legte, war vom Schweiß bereits tropfnass. Sein Stirnschweiß lief ihm wie ein kleines Rinnsal in seine Augen, sodass er seine Umgebung mehr verschwommen wahrnahm als klar. Am allerschlimmsten empfand er die Haltepunkte der roten Ampeln. Während selbst bei langsamer Fahrt ein Hauch von Fahrtwind die Kabine durchströmte, stand die Luft beim Stehen, was die Fahrt durch die Innenstadt von Madrid einer Sauna gleich, zur Tortur werden ließ. Endlich, nach einer Stunde Stop-and-Go hatte er sein Ziel, eine kleine Schlosserei im Stadtzentrum erreicht. Nachdem er seine Planen seitlich hoch geschmissen hatte, luden die Arbeiter die Ware ab. Alexander nutzte die Zeit, seinen Kopf unter einen Wasserstrahl zu halten, um sich ein wenig abzukühlen. Nachdem sein Camion leer war und die Planen wieder verschlossen waren, ließ er sich wie üblich per Telefon die neue Ladeadresse geben. Das Ziel sollte die Hochebene von Toledo sein, dort warteten 25 Tonnen Natursteinplatten auf die Verladung nach Deutschland. Bei sengender Hitze bahnte sich Alexander seinen Weg raus aus der Stadt, hoch auf die umliegenden Hügel, welche die Stadt umgeben. Oben im Umland wird die Luft etwas erträglicher. Es ist 14 Uhr geworden bis Alexander sein Ziel, einen Steinbruch oberhalb der Stadt Toledo erreicht hatte. Hier oben ist die Luft noch heißer als im Kessel von Madrid, die heißen Winde, die von Süden her über das Plateau wehen, machen die Situation nicht erträglicher. Um die Kisten mit den verpackten Steinplatten verladen zu können, mussten die Planen nach vorn geschoben und die Alugestelle über den Ladeflächen abgebaut werden. Bei dieser Temperatur von mehr als 35° Celsius mit der staubtrockenen Luft sollte der Abbau kein Zuckerschlecken werden. Noch bevor die Kisten verladen waren, sah Alexander bereits von Kopf bis Fuß wie ein Dreckbär aus. Anschließend konnten die Arbeiter vor Ort, die Kisten mit ihrem großen Verladekran auf den beiden Ladeflächen verladen. Den Anhänger hatte er bereits verschlossen, die Plane der Zugmaschine sollte als Nächstes drankommen. Vorher mussten die langen Alurohre des Plangestells wieder zusammengesteckt werden. Alexander ist eben dabei, die zusammen geschobene Plane mit aller Kraft nach hinten zu ziehen, als eine der heißen Windböen die Plane erfasst, sie aufbläht und in Richtung Fahrerhaus treibt. Mit aller ihm zur Verfügung stehende Kraft versucht Alexander ein Abheben der Plane zu verhindern. Die Ösen der Plane, durch die Alexander seine Finger gesteckt hatte, schienen ihm beinahe seine Finger abzureißen, die Schmerzen wurden unerträglich. Der Windstoß zog ihn mit nach vorn, der Wind übernahm die Herrschaft über das Geschehen. Ihm blieb keine andere Möglichkeit als die Plane frei zugeben. Sie wehte hoch in die Luft, ein Davonfliegen verhinderte die Befestigung im vorderen Bereich der Ladefläche. Sie legte sich zu Alexanders Entsetzen über die Fahrerkabine, sodass das eigentlich hintere Ende vor dem Laster lag. Wie sollte Alexander ohne Hilfe die Plane wieder hoch auf das Gestell bekommen? Den Arbeitern schien das am Arsch vorbeizugehen, Alexander musste sehen, wie er allein zurechtkam. Nach kräftezehrenden zwei Stunden und unter Einsatz all seiner Kräfte, schaffte er es, die große Plane zurück über seine Fahrerkabine zuziehen und die Ladefläche zu verschließen. Zu allem Übel bestand hier oben im Steinbruch keine Möglichkeit zum Waschen, geschweige denn zum Duschen. Alexander war von Kopf bis Fuß schwarz vom Dreck der Plane und den Alurohren. Sich unter solchen Bedingungen nicht waschen zu können, war für ihn das Horrorszenario schlechthin. Da es zur damaligen Zeit in Spanien eine Seltenheit war, eine Duschmöglichkeit ausfindig zu machen, verschlechterte sich seine Stimmung nochmals. Egal, was er in seinem rollenden Zuhause anpackte, hinterließ er den schwarzgrauen Dreck. Erst am nächsten Tag, als er sich bereits wieder auf der Rückfahrt befand, fuhr er die erste Rastanlage in Frankreich an, um sich zu duschen und seiner Kabine eine Grundreinigung zu verpassen.

Ähnlich erging es ihm im Stammwerk des französischen Reifenherstellers Michelin in Clermont-Ferrand, im Zentralmassiv, 150 Kilometer westlich der Metropole Lyon. Hierhin fuhr Alexander eine Ladung schwarzen Pulvers, es handelte sich um Ruß, welches für die Produktion der Reifen benötigt wurde. Es herrschte wieder eine sengende Hitze, als Alexander im Werk an der Rampe stand und auf die Entladung wartete. Er hatte mit dem Pulver und der hiesigen Abladestelle keine Erfahrung, sodass er beide Seitenscheiben offenließ. Erst als nach zwei Stunden der Zug entladen war und er sich wieder in seine Kabine setzte, bemerkte er die Folgen seines Handelns. Egal, wohin Alexander langte, seine Finger wurden schwarz. Der Ruß hatte sich in jede noch so kleine Ecke und Nische festgesetzt, Alexander war der Verzweiflung nahe, gerade er, der auf Sauberkeit im Lkw, seinem Zuhause auf Rädern achtete, musste jetzt in diesem Dreck ausharren. Es sind genau diese Situationen und Umstände, die diesen Beruf als ›Scheiß Job‹ bezeichnen lassen. Glück im Unglück war, dass er auf direktem Weg nach Hause fahren konnte. Er war gezwungen, sämtliches Inventar mit Seifenwasser und Schwamm auszuwaschen, die gesamte Kleidung,

Schlafsack, Kissen und was sich sonst noch in seiner Kabine befand, musste einer Grundreinigung unterzogen werden. Er war den gesamten Sonntagvormittag mit der Innenreinigung beschäftigt. Umso wohler fühlte er sich dann am Abend, als er in seine von Grund auf gereinigte Kabine einsteigen konnte.

∞

Im November 1992 verschwanden in der Region Valencia drei jugendliche Mädchen spurlos. Eine ganze Nation sorgte sich um die drei, sie waren auf dem Weg zu einer Diskothek und machten das, was zu dieser Zeit viele spanische Jugendliche taten, sie trampten dorthin. Angekommen sind sie nie. Über Wochen hinweg war die Suche nach den Mädchen Thema Nummer Eins in den spanischen Medien. Die spanischen Lkw-Fahrer begannen ebenfalls die Suche nach ihnen. Sie legten hinter ihren Windschutzscheiben die Suchaufrufe mit den Fotos der drei verschwundenen Mädchen aus. Kein Laster, ob international oder national fahrend, fuhr ohne diese Suchplakate. Auch an die ausländischen Fahrer wurden die Plakate und zusätzlich Aufrufe im Format von Visitenkarten verteilt. Alexander beteiligte sich selbstredend daran und hielt wir so viele andere auch, europaweit Ausschau. Es war das dominierende Thema in den Nachrichten Spaniens und zum Teil ganz Europas. Ab dem Zeitpunkt des Verschwindens im November 1992 ließen keine Eltern, keine Gemeinden ihre Kids in die Diskotheken trampen. Es wurden landauf und landab Shuttle-busse oder Fahrgemeinschaften eingerichtet, kein Jugendlicher, keine Jugendliche sollte nachts auf den Straßen unterwegs sein, sie wurden soweit möglich direkt von zuhause abgeholt und wieder abgeliefert. Alexander legte seine Nachtpause an einem der zahlreichen Restaurants entlang seiner spanischen Stammstrecke, der Nationalstraße N-340 in der Nähe von Tarragona ein. Er betrat das Lokal, der Fernseher lief. Es herrschte ein Klima des Entsetzens, niemand sprach ein Wort, alle schauten fassungslos auf den Nachrichtensprecher und die Bilder, die eingeblendet wurden. Alexander setzte sich dazu, er wusste, was los war. Auch ihn nahmen die Nachrichten mit, in ihm stieg die Ohnmacht und die Verzweiflung hoch, die Fassungslosigkeit und das blanke Entsetzen, er war wie einige andere der Anwesenden den Tränen nah. Hatten in ganz Spanien die Menschen auf ein glückliches Ende gehofft, Nein, die verstümmelten Leichen der drei Jugendlichen wurden zum Entsetzen vieler in der Nähe eines Staudamms gefunden. Die Ungewissheit wurde zur Gewissheit, die Mädchen lebten nicht mehr. Sie wurden bestialisch verstümmelt, vergewaltigt und gequält. Eine achtwöchige Hängepartie der Ungewissheit, des bangen und hoffen endete mit einem entsetzlichen Ende. Eine Nation stand unter Schock und Trauer.

∞

Alexander hatte wieder eine Ladung runter nach Spanien, diesmal durfte er direkt in das Ebro Delta. Sie waren mit drei Lastzügen auf dem Weg dorthin und hatten sich zusammengeschlossen zu einem kleinen Fahrzeugkonvoi, schließlich fährt es sich in der Gruppe angenehmer als einzeln. Alle drei hatten dieselbe Ladung, es handelte sich um große Papierrollen. Jeder dieser schweren Rollen hatte eine Höhe von 2,40 Metern und passte geradeso auf die Auflieger. Mit einem Durchmesser von 1,8 Metern, konnten nur wenige geladen werden. Eine Ladungssicherung war nur rudimentär möglich. Um die Ware sicher durch halb Europa zubewegen, bedarf es eine defensive und vorausschauende Fahrweise. Seine Freude war riesig über diese Gelegenheit mitten hinein ins Delta zu kommen, wenn er doch sonst nur vorbeifuhr. Gespannt war er, was er dort alles sehen und erleben würde. Das Delta des Flusses Ebro befindet sich südlich der Metropole Barcelona. Der Ebro, mit seinen unzähligen Verästelungen, seiner Abläufe ist ein besonderes Erlebnis, welches unter den Kraftfahrern selten ist. Unzählige Wasserflächen, die riesigen Schilfflächen können begeistern. Zahllose Biotope und Wasserläufe, nicht zuletzt die überwältigte Artenvielfalt lassen das Delta zu einem einzigartigen Erlebnis werden. Die drei Fahrer sollten sich am meisten über den Anblick einer riesigen Flamingo-Kolonie freuen. Auf einer endlos erscheinenden Fläche konnten sie Tausende Flamingos beobachten, die nach Nahrung suchten. Ein einmaliges Erlebnis, dass sie sehen durften. Sie fuhren in einem Abstand von vielleicht einhundert Metern an den majestätisch anmutenden, rosa gefiederten Tieren vorbei. Was für ein grandioser Anblick, welcher sich den drei Fahrern bot. Sie hatten bereits das Ziel vor Augen, sie fuhren nach Karte. »Da vorn geht es links ab«, hörten Alexander und Manuel über Funk von ihrem Kollegen Thomas, der vornweg fuhr. Die beiden waren ihrem Vordermann gefolgt, als die Wege schmäler wurden und nicht mehr den Eindruck einer Straße boten. Nachdem Thomas, der vorweg gefahren war, angehalten hatte, berieten sich die drei. Laut Kartenmaterial befanden sie sich auf der korrekten Route. Ein paar Reisbauern, die ihre Arbeit in den Feldern verrichteten, zeigten ihnen den Weg, es war die Strecke, die sie mit ihren Traktoren nutzten. Hoffentlich würde sie, die schmale Brücke halten, die über den Kanal führte, wenn nacheinander die drei Vierzigtonner darüber rollten. Nicht nur das Gewicht machte den Fahrern Sorgen, die Brücken waren zudem recht schmal, sie waren nicht für den Schwerverkehr geeignet. Gleichwohl gab es keine Möglichkeit, die Laster dort draußen zu wenden. Es bestand nur die eine Möglichkeit. Sie gingen zu Fuß die Strecke ab, um abschätzen zu können, ob sie eine Möglichkeit hatten, unbeschadet, aus den Reisfeldern herauszukommen. Wenn die, sich vor ihnen befindliche Brücke, die Last der Fernverkehrszüge standhalten würde und nicht eines der Räder abrutschen sollte, dann hätten sie eine reale Chance. So fuhr Thomas als Erster vor den Steg,

Alexander schaute von vorn, Manuel beobachtete von hinten, dass alle Räder auf der Brücke blieben, ein Absturz in den Wasserlauf hätte fatale Folgen nach sich gezogen. Alexanders Blick galt der Stabilität der schmalen Betonbrücke und den Rädern. Noch bevor jeder Einzelne den Steg überqueren konnte, musste jeder Zug genau und kerzengerade ausgerichtet werden, andernfalls würden nicht alle Räder auf festem Untergrund bleiben. Im Schritttempo überquerte der erste Zug vorsichtig den Übergang, Gott sei Dank, sie hielt. Nun das Gleiche noch einmal mit dem zweiten Lkw, auch hier schafften es die Drei im Teamwork die vierzig Tonnen sicher auf die andere Seite des Kanals zu bewegen. Jetzt war Alexander als Letzter an der Reihe. Auch hier hielt der Steg dem Gewicht stand. Nicht auszudenken, wenn einer der Lkws in den Graben gefallen wäre. Der restliche Weg, der letzten dreihundert Meter, sollte ein Klacks sein. Bei der Überprüfung der Strecke stellten alle drei fest, dass nicht sie den Fehler begangen hatten, nein es lag am Kartenmaterial, welches hier nicht stimmte. Da die Beschäftigten der Firma bereits Feierabend hatten, mussten die Chauffeure bis zum nächsten Morgen mit dem Entladen warten. Alle Drei ließen es sich noch gut gehen, waren sie doch während der vergangenen zwei Tage zusammengewachsen.

Er ist da

Alexander telefonierte mit Rolf, der hatte eine neue Ladung für ihn organisiert. »Ich habe eine Tour nach Albacete für dich, du lädst in Ludwigshafen eine Ladung Chemikalien«.

Er lud noch am selben Tag, es handelte sich um stapelbare Großtanks mit je 3500 Liter Inhalt. Für diese 1800 Kilometer lange Strecke benötigte Alexander unter den Bedingungen der Gefahrgutverordnung drei Tage. Es war bereits Dienstagvormittag, als er startklar zur Abfahrt war. Die Ladung hatte er mit seinen schweren Zurrgurten gesichert, die vorschriftsmäßige Kennzeichnung seines Lasters hatte er ebenfalls durchgeführt. Geduscht und in der werkseigenen Kantine ausgiebig und in aller Ruhe gegessen, da es noch vormittags war, gab es noch kein reguläres Mittagessen. Er wählte stattdessen eine Gulaschsuppe mit Brötchen, außerdem 1 Pärchen heiße Debreziner, zudem ließ er seine Thermoskanne mit frischem Kaffee füllen. Als Wegzehrung nahm er sich 2 kalte Bockwürste und 2 belegte Brötchen. Die nette und zudem hübsche Kantinenbedienstete, sie hieß Heike, packte es ihm ein. Beide schäkerten ein wenig miteinander, bis Alexander zu seinem startbereiten Fahrzeug ging. Die Sonne scheint, die Temperaturen sind mild, so um die zwanzig Grad Celsius, ideale Bedingungen, um die dreitägige Reise anzutreten. Diese Tour ist ganz

nach seinem Geschmack. Niemand kann ihn hetzen, die Entfernung passt für sein Gemüt, die Sonne
strahlt, das Wetter passt grandios zu seiner Stimmung. Es ist für ihn wieder ein Tag der Fröhlichkeit,
alles stimmt, alles passt, was will man mehr vom
Leben erwarten. Zu seinem Glück fehlt nur noch die
richtige Partnerin, die wird ihm sicherlich eines Tages begegnen, Er glaubt fest daran. Er ist aufs Neue
voller Zuversicht und Lebensfreude. Alexander
startet den Diesel, legt den Gang ein und fährt los.
Die Fahrt verläuft reibungslos und ohne besondere
Vorfälle.

Es ist die Nacht von Donnerstag auf Freitag, es
ist noch vor Sonnenaufgang als er den Diesel, wie
schon unzählige Male vorher, erneut zum Leben er-
weckt. Mit einem lauten Brummen und Wimmern
beginnen die riesigen Kolben in ihren großen Zylin-
dern der Maschine die Arbeit. Er startet seine letzte
Teilstrecke entlang der spanischen Mittelmeer-Au-
tobahn, seinem Ziel, Albacete entgegen. Hinter ihm
beginnt der rote Feuerball sich über dem Meer zu
erheben. Die Landschaft wird vom Strahlen der
Sonne in ein rot-orangenes Licht getaucht, ein gran-
dioses Farbenspiel der Natur beginnt. Er scheint um
diese Uhrzeit der einzige Fahrer hier entlang dieses
Küstenabschnittes zu sein. Vor ihm sieht er, wie die
Autopista einen Rechtsbogen beschreibt, unmittel-
bar nach der Biegung wird Alexander Zeuge eines
famosen Naturschauspiels. Vor ihm erhebt sich aus
dem Meer eine Felsformation mit einem grandiosen

offenen Felsbogen. Zusammen mit dem früh morgendlichen Strahlen der Sonne ergibt sich ein unbeschreibliches Naturerlebnis aus orangen Farbtönen, wie er es bisher noch nicht erleben durfte.

Es ist Freitagvormittag, als er in die ›Zona Industrial‹ von Albacete einbiegt. Die Wegweiser weisen ihm den Weg zur Firma ›Sanchez Químico S.L.‹. Er hält vor dem Firmentor an, geht mit seinen Papieren hinein zum Lageristen, der ist genauso wie Alexander gut gelaunt, beide begrüßen sich mit einem kräftigen Handschlag und einem freundlichen Lächeln. Er übergibt ihm seine Unterlagen. Nach einem kurzen Blick auf die Lieferpapiere, weißt er ihn an, an die Rampe zu fahren, er werde ihn gleich abladen.

Alexander freut sich, keine Wartezeit, kein Stress, genau so müsste es hier unten in Spanien immer laufen.

Er denkt sich, vielleicht schaffe ich es noch heute Nachmittag eine Rückladung aufzunehmen, dann kann ich über das Wochenende fahren und müsste nicht hier unten herumstehen. Er steht draußen in der Halle und beaufsichtigt den Gabelstaplerfahrer, wie er mit aller Vorsicht in den Auflieger hineinfährt und die großen Behälter mit den giftigen Chemikalien herausfährt. Zwischendurch sieht er hinaus auf den Firmenhof und entdeckt durch ein geöffnetes Bürofenster eine Angestellte an ihrem Schreibtisch sitzend, es handelt sich um eine außergewöhnlich hübsche Frau mit pechschwarzem, natürlich gekräuseltem Haar, das sie nach hinten zu einem lockeren Pferdeschwanz gebunden hat, sie scheint groß gewachsen zu sein, genau das, worauf Alexander abfährt. Die Schöne weckt sofort sein Interesse. Sie schaut auf und ihre Blicke treffen sich für einen kurzen Moment. Sie lächelt ihn mit großen Augen an, nein es ist kein normales Lächeln, es ist anders, ihre Augen beginnen zu glänzen und zu funkeln. Ihre Blicke treffen ihn genau in sein Herz. Sein Herz schlägt schneller. Er erwidert ihr Lächeln mit einem freundlichen nicken und strahlt sie dabei an.

»Nicht zu lange anschauen, schnell woanders hinsehen, sonst glaubt sie noch ich würde sie anstarren«, schießt es ihm durch den Kopf.

Felicia erwidert das Lächeln des Camioneros.

Ihr Magen scheint sich zu drehen, sie hat ein Kribbeln in ihrem Bauch, was ist los mit mir? Ist er es, ist es der, auf den ich gewartet habe? Feli hat das Gefühl ihren Verstand zu verlieren, das Herz schlägt bis hinauf in ihren Hals, sie blickt erneut nach draußen, er unterhält sich mit Pedro, dem Lageristen, los, schau bitte noch einmal zu mir, bitte, bitte! Als er sich wieder zu ihr hingewendet hat, hatte sie ihren Kopf bereits erneut auf ihren Schreibtisch gerichtet. Sofort springt sein Kopfkino an, es sind Bilder rund um ein Familienleben, er sieht sich, die wunderschöne Lady und eine kleine Horde Kinder, genau wie in seinen zahllosen Träumen. Alexander fängt sich wieder und wischt die Bilder so schnell weg, wie sie aufgekommen sind. Hör auf zu träumen, ruft er sich zur Besinnung, in einer halben Stunde bist du hier weg und wirst nie mehr zurückkommen. Er dreht sich erneut zu ihr, sie blickt ihm freudig in seine klaren Augen, er lächelt zurück, es ist ein Lächeln, das Felis Herz schmelzen lässt. Sie kann keinen klaren Gedanken fassen. Sie steht auf und läuft schnell nach nebenan in Mamas Büro, sie hat es eilig. »Mama, Mama, ich glaube, er ist da, er steht an der Rampe«. Maria hat sofort verstanden, lässt ihre Arbeit, Arbeit sein und läuft mit ihrer Tochter in deren Büro, jetzt stehen beide am Schreibtisch und blicken gespannt hinüber, sie sehen, wie er die Entladung seines Aufliegers beobachtet. Jedes Mal, wenn Pedro mit seinem großen Stapler in den Auflieger fährt, senkt sich dieser nach unten. Maria nimmt den Hörer vom Telefon und wählt die Kurzwahl des Lagerleiters, ihre Tochter ist nicht fähig einen klaren Gedanken zu fassen, sie scheint wie unter Drogen zu stehen.

Pedro unterbricht die Entladung, klettert vom Gabelstapler und nimmt das Telefonat in seinem Büro an, er meldet sich mit einem, »si«. Maria fragt, ob der Camionero ein Deutscher sei, dass die Ladung aus Alemania kommt, hat sie bereits an den Behältern gesehen, ihr Lagerist meint, »ich glaube schon«. Jetzt erhält er von seiner Chefin folgende Anweisung: »Nachdem er seinen Camion verschlossen hat, soll er draußen auf der Straße parken und mit den Papieren zu meiner Tochter kommen, sie wird sie dann abzeichnen.«

Pedro wundert sich über diese Anweisung seiner Chefin, zeichnet er doch üblicherweise die Papiere ab.

Beide, Maria und Feli sitzen inzwischen an Felis Schreibtisch und tun so, als würden sie arbeiten. Pepi hat die Unruhe ebenfalls bemerkt und steht mit ihrer Oma und der Mama am Schreibtisch und sie beobachtet mit ihnen die Szene, je mehr die beiden Frauen von ihm sehen, umso überzeugter sind beide. Zwischenzeitlich ist die Entladung seines Zuges beendet, er verschließt die Bordwand und die Plane seines Aufliegers, fährt den Anweisungen entsprechend den Lkw von der Rampe und parkt erst mal außerhalb des Firmengeländes am Straßenrand. Die Spanierin geht ihm nicht aus dem Kopf, etwas hat sie an sich, was ihn an ihr fasziniert, zum Glück muss er mit seinen Papieren in ihr Büro, oder irrt er sich wieder? Ein Gefühl sagt ihm, alles wird gut.

Er kontrolliert seine Frisur im Außenspiegel seines Lasters, schaut, dass sein Gesicht sauber ist, halt, die Hände muss ich mir noch waschen.

Beide, Felicia und ihre Mutter werden ungeduldig, »warum kommt er nicht, wo bleibt er so lange?« Felicia gerät langsam in Panik, »habe ich mich getäuscht, will er doch nichts von mir?«. Zu viel Hoffnung hat sie innerhalb der letzten 10 Minuten auf ihn gesetzt.

Ihre Mama versucht sie zu beruhigen, »er macht sich bestimmt für Dich noch zurecht!«

Alexander zieht sein Hemd aus, steigt aus der Kabine, öffnet den Kanister mit dem Waschwasser, seift sich ein, und beginnt seinen Oberkörper, Gesicht und Hände zu waschen. Noch schnell ein frisches Hemd anziehen und die Kleidung kontrollieren, alles okay, halt nein, sein Aftershave auftragen. Was mache ich da eigentlich, fragte er sich, während sein Herz verrücktspielt.

Ach was soll es, Augen zu und durch, halt, sind meine Fingernägel sauber, sicherheitshalber noch einmal mit der Nagelfeile darüber, das kann nicht schaden. Warum er plötzlich Herzklopfen hat, wundert ihn, es fühlt sich an wie Lampenfieber vor einem Auftritt. Was ist denn los mit mir, dass muss ein Zeichen sein, hoffentlich ist sie es, die Frau, auf die ich mein Leben lang gewartet habe. Er geht auf das Büro zu.

Die zwei Frauen sind erleichtert, als sie ihn kommen sehen.

»Siehst du, er hat ein anderes Hemd an! Er hat Interesse an dir, warum sonst hätte er sich umziehen sollen.«

Alexander geht mit großen Schritten und aufrechter Körperhaltung auf den ebenerdigen

Eingang zu. Er öffnet die Gebäudetür und klopft an ihrem Büro an. Nachdem er eine Stimme hört, die hereinruft, öffnet er die Türe und dann passiert es, er stolpert über seine eigenen Füße und fällt mit lautem Gepolter auf den Boden. Auch das noch. Schnell springt die vermeintliche Angestellte von ihrem Stuhl auf, um sich um den Verunglückten zu kümmern. Alexander blickt in die entsetzten Gesichter zweier Frauen und eines Mädchens, er hört ihre Stimme und etwas Sonderbares spielt sich in ihm ab. Es ist ihre sanfte Stimme, mit einem Mal fühlt er sich geborgen wie nie zuvor in seinem Leben, er versteht gerade nicht, was in ihm vorgeht. Es fühlt sich an, als würde die Señorita ihn in ein Tuch der Geborgenheit hüllen. Sie möchten ihm aufhelfen und sorgen sich, er könnte sich verletzt haben.

»Nein, nein«, wehrt der Verunglückte ab und gesteht, dass ihm das sehr peinlich sei.

Feli nimmt seine rechte Hand, die Berührung löst bei ihr ein Gefühl nicht enden wollender Zufriedenheit und Glückseligkeit aus. Er spürt ihre Hand auf der Seinen, er wird von einem Gefühl der inneren Ausgeglichenheit durchflutet. Mit der Linken greift sie ihm unter seine Schulter, um ihm aufzuhelfen, die beiden Erwachsenen stützen ihn, das Mädchen will ebenfalls mit anpacken. Alexander kommt mit schmerzverzerrtem Gesicht hoch und will wieder laufen, doch ihm schmerzt sein rechtes Knie. Die drei Helferinnen, klein und groß, sorgen

sich um ihn und bringen ihn erst mal zur weich ge-
polsterten Couch, die im hinteren Teil des Büros
Teil einer Sitzgruppe ist.

Alexander winkt ab und meint, »alles nicht so
schlimm, ich war einfach nur ungeschickt«.

Die Anwesenden sind froh, dass es dem Fahrer
wieder besser zugehen scheint. Für einen kurzen
Moment stehen sich beide, Feli und er aufrecht gegenüber. Seine Seele beginnt innerlich zu jubeln,
sieht er sie zum ersten Mal in voller Größe, sie
dürfte ebenfalls so um die einen Meter und Achtzig
groß sein, eher noch etwas mehr. Alexander findet
große Frauen seit je her faszinierend, ist er doch
selbst, mit 1 Meter 80, nicht gerade klein.

Ihr Lächeln begeistert ihn, Erotik pur, es kommt
ihm nur ein, »ich bin begeistert« über seine trockenen Lippen.

Sie sieht ihn verwundert mit großen Augen an,
denn so etwas hat noch kein Mann zu ihr gesagt.
Die erste Hemmschwelle haben beide soeben überschritten.

Es beginnt das Spiel des Flirtens.

»Mein Name ist Felicia«,

»Und ich bin der Alexander«.

»Was hat dich so an mir begeistert?«, will sie wissen.

Er wird etwas verlegen, er antwortet, »mich begeistern große Frauen, es bedeutet für mich eine Begegnung auf Augenhöhe«.

»Da haben wir beide ja die besten Voraussetzungen«, rutscht es ihr heraus. Oh, was habe ich da wieder losgelassen, schießt es ihr durch den Kopf.

Es ist ihr peinlich, sie fragt sich, hoffentlich war ich nicht zu forsch? Inzwischen stellt Maria, dem Fahrer ein Glas Wasser hin, was dieser gerne annimmt. Er setzt an, um einen Schluck zu trinken.

Oh verdammt, geht es ihm durch den Kopf, seine Hand beginnt unkontrolliert zu zittern, er verschüttet sein Glas. So jetzt haben sie es alle gesehen, wie nervös ich bin. Am liebsten würde er jetzt im Erdboden versinken, es ist ihm mega-peinlich. Felicia springt hoch, holt einen Lappen und beseitigt das Malheur. Alexander entschuldigt sich und schaut dabei sehr verlegen drein.

Jetzt setzt er das Gespräch fort, »mich hat dein Lächeln fasziniert«.

Nun wurde sein Gegenüber rot, es gelang ihr nicht, es vor ihm zu verbergen. Es ist seine Stimme, das Sanfte, das bei jedem Wort mitschwingt, das er über seine Lippen bringt. Es ist der Blick seiner Augen, in dem sich seine Sehnsucht nach Wärme widerzuspiegeln scheint. Wie sie ihn mit ihren braunen Augen anblickt, wie sie jedem seiner Worte interessiert folgt. Er hat das Gefühl, als legte sie einen Mantel der Heimat, des angekommen seins über seine brennende, umherirrende Seele. Wie war das nur möglich, noch nie hatte Alexander solche Gefühle, Empfindungen der Wärme in seinem Inneren gespürt. Empfand sie ebenso, oder hatte er nur seine rosarote Brille auf, gaukelte sein Unterbewusstsein ihm etwas vor? Am liebsten würde er ihr sofort um den Hals fallen, um sie ganz festzudrücken, um sie niemals mehr loszulassen. Nein mach das nicht, du hast dich schon öfter getäuscht und Freundlichkeit mit Zuneigung verwechselt.

Felicia beginnt neugierig Alexander, der ihr so vertraut scheint, auszufragen, hat doch auch sie Interesse an ihm gefunden, nein es ist mehr als Interesse muss sie sich eingestehen. Ihr Herz schlägt bei jedem Wort, das der Chauffeur über seine Lippen bringt, schneller, sie beginnt sich mit ihren Worten zu verhaspeln, was ist bloß los mit mir? Sie wird erneut rot und versucht sich für ihre Wortfindungsstörungen mit einem überspielten Lächeln zu entschuldigen. Feli mustert den Mann, der sie so sehr aus der Fassung gebracht hat. Sie betrachtet sein Gesicht, seine Nase, die Augen, wie er gekleidet ist, seine Brille, die ihm hervorragend steht, alles fasziniert sie an ihm.

Kann das sein, fragt sie sich. Gibt es tatsächlich Liebe auf den ersten Blick? Ja, sie gibt es wirklich, oder spielt mir gerade mein Unterbewusstsein einen Streich?

Beide wissen, dass sich gleich für immer ihre Wege trennen werden. Alexander fährt nach

Alemania und Feli wird weiterhin in der Firma ihrer Eltern arbeiten und hoffen eines Tages den Richtigen zu finden, der sie und ihr uneheliches Kind nimmt. Jetzt kommt ihr noch eine rettende Idee. Am liebsten wäre sie ihm bereits jetzt um den Hals gefallen, nur traute sie sich noch nicht offen, ihre Gefühle ihm gegenüber zu zeigen. Es musste funktionieren, sie musste diesen Traum von einem Mann für sich und ihrer kleinen Pepi gewinnen, das war jetzt wichtiger als alles andere, nur wie? Sie trat einen Schritt näher an ihn heran, sodass sie sein Aftershave mit ihrer Nase aufnehmen konnte, reinlich und gepflegt ist er auch noch, sie schnaufte für einen Moment tief durch.

Feli zwinkert ihrer Mama zu, die hat sofort verstanden und Mama nickt ihr fast unmerklich zurück, beide sind sich einig, der Zeitpunkt ist gekommen.

Mama Maria hatte recht behalten, als sie damals sagte, »Kind, eines Tages wird der Richtige vor dir stehen«. Wie hatte sie noch angemerkt? »Du wirst ihn erkennen und dann lauf, lass alles stehen und liegen, halte ihn fest und lasse ihn nicht mehr los, denn vielleicht traut auch er seinen Gefühlen nicht und das wäre mehr als schade«.

Nun setzt Maria das Gespräch fort. Sie führt die Unterhaltung genau dorthin, wo sie es haben möchte. Pepi ist nicht entgangen, dass beide Mama und Oma diesen Alexander mögen, sie denkt sich, wenn Mama und Omi ihn mögen, dann mag ich ihn auch und klettert auf seinen Schoß des ihr so vertrauten Mannes. Er nimmt sie wie selbstverständlich in seine Arme und streichelt sie so zärtlich, wie es nur ein liebender Vater tun kann. Auch Alexander zielt auf ein näher kennenlernen hin, hat doch auch er das Gefühl sich auf dem richtigen Weg zu befinden. Er ist sich sicher, dass auch sie ihn näher kennenlernen möchte, und nicht nur auf eine schnelle Nummer aus ist, oder täuscht er sich wieder einmal, wie schon so oft in seinem Leben.

Es schwirren die Gedanken durch seinen Kopf, ach wie soll das Gehen, ob ich hierher noch einmal kommen werde, ist so unrealistisch. Nein, ich muss sie näher kennenlernen, das ist sie, ich weiß es. Alexanders Gedanken springen wirr in seinem Kopf hin und her. Feli und Alexander sehen sich in die Augen, beide beginnen wohlwollend zu lächeln.

Das wird noch spannend, denkt er und freut sich dabei wie Polle. Während beide immer mehr Gemeinsamkeiten entdecken und Mama Maria geschickt das Gespräch in die richtige Richtung zu lenken scheint, wird es ihrer Tochter wärmer und wärmer um ihr Herz. Sie fragt sich berechtigterweise, ob jetzt ihr Lebenstraum in Erfüllung gehen wird. Sie hat noch Zweifel, ob sie in die Vertrautheit, die sie empfindet, eventuell zu viel hineininterpretiert. Sie hat sich vorgenommen, ihn den Deutschen an sich zu binden, egal, was es kostet, jetzt oder nie, geht es ihr durch ihren Kopf. Wenn sie sich etwas vornimmt, dann erreicht sie es. In ihrem bisherigen Leben war es ihr fast immer gelungen, warum sollte es diesmal nicht funktionieren?

»Alexander, hast du Familie?«, fragte Felicia, wie beiläufig. Er versteht sofort, kannte er doch die Sprache der Frauen. Er will ihr ein Zeichen geben und antwortet wahrheitsgemäß, »nein, weder Kind noch Kegel«, beide Frauen schauen ihn fragend an, diesen Ausdruck kennen sie nicht. Er übersetzt es und setzt aufs Ganze, »nein, ich bin ungebunden. Eine Familie hätte ich schon gerne, ich träume oft von einer warmherzigen Frau, mit der ich eine Ehe auf Augenhöhe und gegenseitigen Respekt führen kann, ein Leben, in dem wir gemeinsam lachen und zusammen weinen, ein Leben mit Kindern, welche wir gemeinsam erziehen«.

Feli rutscht eine Bemerkung mit einem Zwinkern heraus, »d a bist du ja noch zu haben! Mhh, und Kinder willst du auch.«

»Ja, am liebsten drei Mädchen«.

»Puh, da hast du dir einiges vorgenommen und wie machst du es mit deinem Beruf bei drei Kindern?«

Alexander denkt nach und meint aus voller Überzeugung, »Familie ist das Wichtigste auf der Welt, da muss sich alles andere unterordnen«. Eine solche Definition für Familie und Verantwortung hatte Felicia in ihrem bisherigen Leben noch nicht gehört, er beeindruckt sie erneut. Zwischenzeitlich macht sich wieder ihre Tochter bemerkbar und will Alexanders Aufmerksamkeit zum wiederholten Mal gewinnen, dazu schnappt sie ihr gemaltes Bild und kletterte auf seinen Schoß.

Mama und Oma wollen sie maßregeln, doch Alexander meint,

»Das ist schon gut, ich liebe Kinder«.

»Wie heißt du, kleine Señorita? Ich bin Alexander und du?«

»Ich bin die Pepi, willst du mein Bild sehen?«, fragt sie ihn.

»Ja, auf alle Fälle, das ist ein wunderschönes Bild, hast du es selbst gemalt, oder hat die Mama dabei geholfen?«

»Nein«, lacht Pepi, »ich bin doch schon groß, das habe ich selbst gemalt!«.

Alexander fragt, wer die einzelnen Menschen seien.

»Das bin ich, da ist Mama«, sie deutet weiter auf Oma und Opa.

»Das Haus, ist das deines?«

»Neiiiin, ich bin doch noch ein Kind, das gehört Opa und Oma«.

Beide schäkern miteinander und machen viel Blödsinn zusammen. Er schneidet Grimassen und Pepi macht sie nach. Die Kleine lacht und kugelt sich auf seinem Schoß, während er sie zärtlich streichelt.

»So«, meint Maria, »jetzt geh mal runter von dem Mann, du erdrückst ihn ja sonst noch«.

Mama Maria bemerkt, dass sie sich noch nicht bekannt gemacht hatten. Sie meinte, »wir haben uns noch nicht vorgestellt«.

»Diese junge Dame an ihrer Seite ist meine wunderbare Tochter Felicia, aber das wissen sie ja bereits, Pepi hat sich ihnen ebenfalls vorgestellt und ich bin die Maria«.

»Und ich bin der Alexander«, erwidert er mit einem freudigen Lächeln im Gesicht.

Feli fügt noch an, »du kannst gerne Feli sagen«. Sie ging bewusst zum Du über. Beide geben sich wie automatisch die Hand, ohne ihre Blicke voneinander zu lassen. Beide blicken sich tief in die Augen. So wie sich beide Hände berühren, durchzieht es Sie mit einer Woge voller Gefühle.

Maria streckt ihm ihre Hand hin, »ich mag dich, lass uns duzen«, worauf er mit einem herzlichen Tonfall antwortet, »ich mag Euch drei auch.«

Mit einem Mal hat sich die Vertrautheit zwischen ihnen gefestigt. Könnte sie sich täuschen? Nein, es war alles real.

Er sieht verdammt gut aus, hat ein breites Allgemeinwissen und kann offenbar gut mit Kindern umgehen. Bei jedem seiner Worte durchzieht sie eine Welle der inneren Zufriedenheit, ein Gefühl von unendlicher Liebe und Geborgenheit, von Sehnsucht und Erotik. Was, wenn er nicht genauso fühlt, was dann, platzt ihr Traum wie eine Seifenblase? Diesen Gedanken schiebt sie rasch auf die Seite. Sie muss ihn festhalten, bevor er wieder in seinen Camion steigt und für immer verschwindet. Sie muss herausfinden, wie und was er fühlt, ob es ihm genauso ergeht wie ihr. Mama lächelt verständnisvoll, Maria ist sich bereits sicher, dass die beiden ab hier keine Unterstützung mehr benötigen, um den Weg zueinanderzufinden.

Sie nimmt die Hand ihrer Enkeltochter und meint zu ihr,

»Pepi komm, wir lassen jetzt die beiden etwas allein«.

Pepi will nicht so wie ihre Oma und quengelt, »ich will aber noch bei Alexander bleiben«.

Maria ist manchmal sehr direkt und fragt ihre Enkelin, »stimmt es, du magst Alexander?«

Pepi nickt fest. Alexander kann nun nicht mehr anders, er zieht die Kleine auf seinen Schoß, beide schauen sich tief in die Augen. Er meint auf seine sanfte Art, »Pepi, ich habe dich auch von ganzem Herzen lieb«, dabei drückt er das Kind fest an sich. »Solch ein Mädchen wie du es bist, ja, die würde ich auch sehr gerne als Tochter haben. Ich würde gaaanz viel mit dir unternehmen«, Alexander ersetzt ›mit ihr unternehmen‹ mit einem ›mit dir unternehmen‹ ganz bewusst.

Jetzt ist es Pepi, die ihn festdrückt und ihm einen Kuss auf seine Wange gibt.

Maria nimmt ihre Enkeltochter an die Hand und sagt zu ihr,

»Jetzt ist es an der Zeit, die beiden allein zu lassen, ich glaube, sie haben sich noch viel zu erzählen«.

Feli und Alexander strahlen wie zwei Honigkuchenpferde. Wie es ab hier weitergehen soll, dazu hat Feli keinen Einfall. Sie muss ihn, ihren Alexander, hier bei sich halten. Am liebsten würde sie ihm sofort um den Hals fallen und nie mehr loslassen, wenn da nicht das Bürofenster wäre, durch das ihre Mitarbeiter von der Lagerhalle aus hineinsehen können. Eine Peepshow will und kann sie ihren Angestellten nicht bieten. An die Jalousien, die sich herunterziehen lassen, denkt sie in diesem entscheidenden Moment nicht. Feli fühlt sich wie unter Drogen. Nachdem sich beide etwas gefasst haben und den anderen mit einem offenen, herzlichen Lächeln betrachten, bringt sie den ersten richtigen Satz über ihre Lippen. »Du möchtest bestimmt einen Kaffee«

»Ja sehr gerne«, antwortete er.

Feli wird mutiger, sie legt ihre Hand auf seine Schulter und schiebt ihn sanft durch ihre Bürotür, sie gehen hinüber in die kleine Küche gegenüber, sie will mit ihm allein sein und sich nicht den Blicken aus der Halle gegenüber ausgesetzt sein. Feli atmet tief durch, sie genießt den Moment.

Während sie den hochwertigen Kaffeevollautomaten bedient, steht er mit einem Schritt Abstand hinter ihr. Wow, sie hat einen erregenden weiblichen Hintern, diese Taille und Ihr langer Pferdeschwanz, er sieht sie wieder in ihrer wunderbaren gesamten Größe, sie ist ein Stück größer als ich, geht es ihm durch seinen Kopf. In seinen Augen ist sie eine absolute Wucht, ein Haupttreffer, ein Supergewinn!

Wie sie wohl mit offenen Haaren aussieht? Kaum, dass er den Gedanken zu Ende gedacht hat, langt sie hinter ihren Kopf und löst die Haarspange.

»Kannst Du meine Gedanken lesen?«, fragt er sie in diesem Moment. Ihre naturgelockte Haarpracht fällt nach unten, sie reicht bis unter ihrem BH-Verschluss. Seine Anspannung wächst und wächst, trotzdem weiß er nicht, wie ihm geschieht, er fühlt sich pudelwohl in ihrer Nähe.

»Zucker?«, fragt sie mit ihrer sanften Stimme und schaut ihn mit ihren großen braunen Augen liebevoll an.

Alexander erwidert, »ja gerne einen Löffel bitte«.

Sie nimmt einen Löffel voll und da passiert es, sie zittert und verstreut die Körner auf dem Tisch, beide fangen herzhaft an zu lachen, aus der

Bewegung heraus, berührt sie sein Gesicht. »Oh, Entschuldigung, das wollte ich nicht«.

Alexander kennt sich mit der Psyche der Frauen aus und weiß, dass eine Frau niemals unabsichtlich einen Mann berühren würde. Er ergreift ihre Hand mit den zarten Fingern und streichelt sie zärtlich, sein Puls schlägt hoch bis in den Hals. Beide setzten zum Trinken ihres Espressos an, Alexander hat seine Hand zum wiederholten Mal nicht mehr unter Kontrolle, er zittert, so sehr bringt ihn die Spanierin aus der Fassung.

Er verschüttet seine Tasse, jetzt lachen beide erneut und nehmen sich glücklich, zum ersten Mal in die Arme. Der Damm zwischen Ihnen ist gebrochen, ihre Lippen treffen sich zu einem Festival der Liebe, sie vergessen Zeit und Raum und lassen erst nach einer gefühlten Ewigkeit voneinander. Beide lachen nun noch mehr, es haben sich zwei fröhliche Menschen gefunden.

»Du Alexander«, flüstert sie in sein Ohr, »vielleicht möchtest Du vor Deiner großen Fahrt noch duschen?«

»Rieche ich schon unangenehm?«, fragt er zurück und roch an seinem Hemd, beide lachen herzhaft dabei.

Was für ein angenehmer, lustiger Typ! Ein Leben mit ihm, kann nur fantastisch werden, da ist sie sich sicher.

»Ja gerne und wer wäscht mir den Rücken?«

»Oh, Du gehst richtig los«, kommt prompt Felicias Antwort mit einem vielsagendem Lächeln im Gesicht.

»Schlimm«, fragt er.

»Nein überhaupt nicht, es gefällt mir, ich glaube, wir beide werden noch viel Freude miteinander haben.«

Felicia war inzwischen so begeistert von dem Deutschen, dass sie sich ihm so rasch wie möglich hingeben wollte, sie hielt die Spannung kaum noch aus. Sie würde ihn am liebsten ihn hier an Ort und Stelle nehmen, dass das nicht ginge, war ihr klar. Zeit für ein langwieriges Kennenlernen hatten sie nicht. Wenn nicht heute, wann dann?

«Ja, das glaube ich auch«, erwidert er.

Alexander trifft fast der Schlag, plötzlich fällt ihm wieder ein, dass er sich noch bei Rolf in Regensburg melden muss. Sein Unterbewusstsein hatte ihn in die Realität zurückgeholt. Feli sieht ihn mit aufgerissenen Augen an, »was ist los?«, fragt sie ihn sorgenvoll und drückt seine Hände noch ein wenig fester, als wolle sie ihn vor etwas Schlimmen beschützen. Während sie einander an ihren Händen halten, blickt er tief in ihre Augen und meint zu ihr, »mir ist mit Schrecken eingefallen, dass ich noch telefonieren muss. Mir schaudert vor diesem Gespräch. Nur weiß ich nicht, wie ich mich verhalten soll, ich stecke in einer Zwickmühle. Sehr gerne würde ich für immer hier bei Dir bleiben. Ich will nicht mehr fort von euch!«

Jetzt ist es um Feli geschehen, »er will nicht mehr von mir fort, er will bei mir bleiben!«, sie umarmt und küsst ihn, als gäbe es kein Morgen mehr. Ihre Lippen vereinigen sich und führen erneut einen Freudentanz der Gefühle auf. Sie ist überglücklich. Alexander erwidert ihre Gefühle, auch er ist in diesem Moment der festen Überzeugung, der glücklichste Mensch auf Erden zu sein. Während sich beide so nahe sind, spürt Feli zu ihrer Freude, an ihrem Becken, seine Erregung. Ihre Hemmungen fallen, sie ist jetzt sie selbst und streichelt mit ihrer Rechten ganz sanft an seiner Wölbung. Alexander durchzieht ein Zucken in seinem Unterleib, jetzt lässt er alle seine Hemmungen fallen und streichelt ebenso sanft mit seiner unruhigen Hand ihren Venushügel. Ein leichter, lang gezogener Seufzer kommt über ihre zarten Lippen, sie flüstert sehnsuchtsvoll, mit großen Augen und ihrem wunderbaren spitzbübischen Lächeln in sein linkes Ohr, »oh, du gehst genauso los wie ich, wir beide werden noch sehr viel Spaß miteinander haben, oder was meinst du?«

»Das glaube ich auch, ich liebe es, wenn du so direkt bist, ohne Umschweife und hemmungslos von mir einforderst, wonach du dich sehnst«.

Beide lächeln sich vielsagend an. Feli scheint an ihrem Etappenziel angelangt zu sein. Es dauert mehrere Minuten, bis beide wieder halbwegs normal denken können. Alexander kommt auf ihr Gespräch zurück, »ich habe ein Problem mit dem Lügen, aber das müsste ich«.

»Mhh«, Feli überlegt und findet in ihrer momentanen Erregung ebenfalls keine Lösung. »Komm mit«, sie nimmt seine Hand und zieht ihn hinter sich her.

In Mamas Büro sitzt inzwischen auch ihr Vater Pablo, der bereits über alles informiert ist und freut sich, Alexander kennenzulernen. Felis Papa steht von seinem Stuhl auf und geht auf den jungen Mann zu, der seine drei Frauen so begeistert, um ihn herzlich zu begrüßen. Er umfasst dazu seine Rechte mit beiden Händen zu einem festen Händedruck und mit einem freudigen Lächeln im Gesicht. Er will Alexander zeigen, dass sie bereit waren, ihn in ihrer Familie herzlich aufzunehmen. Wünschten sich die Eltern nichts sehnlicher, als dass ihre Tochter einen passenden Mann für sich und einen Papa für Pepi finden würde. Offensichtlich ist es so weit, dafür sprach schon Marias ausgeprägte Menschenkenntnis, auf die sie sich immer verlassen konnten. Er empfindet genauso und erwidert diese Gefühle seinen zukünftigen Schwiegereltern gegenüber. Dass sie es in absehbarer Zeit werden würden, daran zweifelte er inzwischen keinen Moment. Feli beginnt, erzählt ihren Eltern, was los ist und Alexander fügt noch hinzu, »ich habe ein Problem, wenn ich lügen soll, es geht mir gegen mein Gewissen.«

Papa denkt kurz nach und meint, »es ist ein feiner Zug von dir, doch in diesem Fall wird es ohne eine Notlüge nicht gehen«.

Mama mischt sich ein, sie lässt sich von ihm die Telefonnummer seines Disponenten geben, »halt«, auf ihre direkte Art fragt sie, »bevor ich Anrufe, müsst ihr euch beide überlegen, wo ihr Leben wollt?«, darüber hatte sich bisher noch niemand Gedanken gemacht.

Wie aus der Pistole geschossen sagt Alexander, »na ist doch klar, wenn schon dann hier, wenn ihr mich haben möchtet?«

»Was ist das für eine Frage?«, erwidert Maria.

Feli fällt ihm vor Freude um den Hals, Papa und Mama drücken ihr neuestes Familienmitglied und heißen ihn herzlich willkommen in ihrer Familiengemeinschaft. Die kleine Pepi schließt sich dem an. Die Gefühle überschlagen sich, wie es keiner der Anwesenden je erlebt hat. Maria übernimmt den Anruf nach Alemania. Im Hörer tutet es zweimal, dann meldet sich ein Mann am anderen Ende, es ist Rolf. Maria stellt sich vor und beginnt sofort das Gespräch, sie erzählt ihm, dass sein Chauffeur bei ihnen abgeladen hatte und dann in der Halle zusammengebrochen sei, Entsetzen am anderen Ende der Leitung. Maria kann Rolf beruhigen und meint, der ›Medico‹ sei schon hier gewesen und habe den Fahrer untersucht, dieser habe Fieber und sei sehr geschwächt. Rolf unterbricht und fragt, ob sie Alexander holen sollen.

»no, no«, antwortet Maria und meint, »er braucht jetzt viel Ruhe und ist nicht transportfähig«. Sie würden ihn versorgen und pflegen, es sei für sie eine Selbstverständlichkeit. Sie würden seinen Camion in ihr Firmengelände fahren, dort sei er sicher. Um Alexander würden sie sich kümmern, er könne bei ihnen im Haus bleiben, bis er wieder gesund sei und wieder fahren könne. »Ich werde sie am Montag anrufen und ihnen sagen, wie es um seine Genesung steht.«

Das Wochenende war gerettet. Alle sind überglücklich, dass Alexander bleiben kann. Beide geben sich einen herzhaft langen Kuss vor den anderen Dreien. Diese freuen sich sichtlich für die beiden. Was Pepi macht, sie umarmt beide an den Beinen. Wieder zupft sie an Alexanders Hosenbein, er beugt sich hinunter zu der Kleinen, sie fragt ihn ganz unverhohlen, »wirst du jetzt mein Papa?«

Die beiden Verliebten sehen einander in die Augen und wissen nicht, was sie antworten sollen. Feli fasst sich als Erste und sagt in Richtung ihrer Tochter, »vielleicht, wer weiß, wenn Alexander uns als Familie haben möchte?«

Feli ist von den beiden begeistert, obwohl sie sich nicht erklären kann, wie ihre Tochter so schnell ihren Traumtypen in ihr Herz schließen konnte. Noch mehr erstaunt es sie, wie schnell ihr Kind die

Situation begriffen hat und in Gedanken Alexander als ihren Papa annimmt. Ein Rätsel. Alexander spürte auf einmal ihre kleine Kinderhand auf seiner, sie streichelte ihn.

Er reagiert mit den in die Länge gezogenen Worten, »ich habe dich auch ganz lieb!«

Ein strahlendes Kindergesicht sieht ihm in die Augen, »sie mag mich, das ist ein weiteres Zeichen«, geht es ihm durch den Kopf. Sein Motto bestätigt sich auf neue, ›Der Weg zur Mutter führt über ihre Kinder‹. Alexander hatte des Öfteren die Gastfreundschaft und Herzlichkeit, mit den die meisten Spanier ihre Gäste entgegentraten kennengelernt, doch was er hier erlebt, stellt alles bisher Dagewesene in den Schatten. Diese Zuneigung, wie er sie hier in dieser Familie vorfand, hatte er noch nie erlebt. Er freut sich auf ein gemeinsames Leben mit ihnen allen. Er kann es immer noch nicht fassen, was da heute passiert ist. Offensichtlich gibt es tatsächlich die Liebe auf den ersten Blick. Das alles ist so surreal, dass er es kaum glauben kann.

Oma meint zu ihrer Enkeltochter, »Pepi, du schläfst heute bei uns, du darfst auch zu Opa und Oma ins Bett«.

Pepita freut sich, doch dann überlegt sie und meint an Alexander gerichtet,» bist du morgen früh noch da?«, sie hat Angst, ihren Papa wieder zu verlieren.

»Ja selbstverständlich, das verspreche ich dir, du weißt ja, ein Versprechen muss gehalten werden!«.

Eifrig nickt die Kleine mit ihrem Kopf und zieht den neuen Mann im Haus zu sich herunter, um ihm einen dicken Kuss auf seine Wange zu geben. Die beiden drücken sich abermals fest. Die Eltern, Maria und Pablo sind sich bewusst, dass Felis Geheimnis noch eine Hürde darstellt, umso wichtiger ist es ihnen, Alexander zu zeigen, wie sehr sie ihn in ihrer Familie aufnehmen möchten. Die beiden lassen es sich nicht nehmen, beide erneut aufs Herzlichste zu umarmen, endet doch offensichtlich eine sorgenvolle Zeit. Alle hoffen auf ein glückliches Ende. Feli nimmt mit einem breiten Lächeln im Gesicht ihren Mann, so fühlt es sich für sie bereits an, in den Arm und geht mit ihm ungeniert über das Firmengelände hinüber zum Wohnhaus. Sie hat Schmetterlinge im Bauch, sie könnte die ganze Welt umarmen. Sie möchte am liebsten ihr Glück laut hinausschreien, damit es die ganze Welt hören kann. Ihre Lippen reichen von einem Ohr zum anderen. Ihnen kommt eine Arbeiterin mit offenem Mund entgegen, beide grüßen sie freundlich.

»Jetzt weiß es gleich, die ganze Firma!«, freut sich Feli. Alexander bewegt sich wie im Taumel, wie unter Drogen, er kann sein Glück ebenfalls kaum fassen.

Kaum dass beide die Wohnungstüre hinter sich verschlossen haben, beginnen sie sich ihre Kleider vom Leib zu reißen. wie großartig sie doch mit ihren langen bis zu ihrer Brust reichenden offenen Haaren aussieht, sie sind so wild aufeinander, wie sie es beide noch nie erlebt hatten. Beide umarmen und knuddeln sich, sie küssen und liebkosen. Feli lässt sich, ohne von ihrem Alexander abzulassen, auf ihr großes französisches Bett fallen und zieht dabei ihren Schatz mit sich. Alexanders unruhige Hände erkunden Felis wunderschönen nackten Körper. Sie genießt seine wilden Zärtlichkeiten. Feli dreht sich auf ihren Rücken und zieht ihn dabei auf sich, sie will es jetzt wissen. Alexanders Freund findet seinen Weg von allein zwischen ihren weit geöffneten Schenkeln. Er dringt mit einem Ruck in ihre vor Erregung feuchte Grotte ein. Ab jetzt sind beide nicht mehr zu halten, sie geben alles, immer wilder werden ihre Hüftbewegungen, beide sind wie ausgebrannt. Wie lange hatte Feli keinen Mann mehr in sich gespürt? Sie sollte auf einer Welle von Orgasmen dahinschweben. Er weiß nicht, ob er sich bei dieser Frau würde lange beherrschen können, so sehr erregt sie ihn. Bei jedem seiner sanften Stöße, den er ausführt, drückt er sein Becken leicht nach oben, sodass Felis Klitorisperle stimuliert wird, den Erfolg spürt er rasch, Felis Höhepunkt will nicht mehr enden. Alexander kommt mit einem lauten, befreienden Schrei der Erlösung. Beide liegen noch nebeneinander und kuscheln sich ganz eng aneinander. Er umfasst dabei ihren geilen Hintern, seine Hände lassen keinen Zentimeter ihrer weichen Haut aus. Beide sind in diesem Moment der Zweisamkeit die glücklichsten Menschen. Feli ist angekommen, angekommen bei einem Mann, der sie hoffentlich nie mehr allein lassen wird. Alexander, der Genießer, kniet sich vor Feli, er betrachtet ihren wunderschönen Körper, ihre frauliche Hüfte, ihr gleichmäßig behaartes Dreieck zwischen ihren weichen und einladenden Schenkeln, ihre Taille, die schönen mittelgroßen Brüste mit den dunklen Vorhöfen, ihr dunkler Teint mit ihrer naturgelockten, schwarzen Haarpracht und nicht zuletzt ihr mitreisendes Lächeln, er ist begeistert. Dass dieser Mann, ein guter Vater ihrer Tochter sein würde, das weiß sie bereits jetzt. Ihr Glück scheint vollkommen. Halt, da ist noch das Geheimnis, sie muss es ihm beichten. Alexander erzählt sehr viel von sich, gibt auch intimstes preis, es ist das erste Mal, dass er so frei wie nie zuvor über sein innerstes, seiner Gefühlswelt reden kann, das Vertrauen zu ihr ist grenzenlos. Eine völlig neue Erfahrung. Beide haben sich ein wenig erholt, Feli bringt etwas zu trinken. Nachdem sie beide ihre Gläser abgestellt haben, setzt sie sich im Bett auf.

Jetzt wird Feli etwas ruhiger und nachdenklicher, wie sollte sie es ihrem Geliebten beibringen, wird er es missbilligen oder noch schlimmer die Liebesbeziehung beenden, bevor sie überhaupt begonnen hat? Feli wird jetzt kleinlaut, so sehr plagt sie ihr Gewissen. Was damals geschah, war aus heutiger Sicht für sie kein Ruhmesblatt. Würde ihr Alexander Verständnis zeigen, oder würde er sie vor Entsetzen allein lassen? Schon einmal hatte ein

Mann mit ihr die Beziehung beendet, nachdem er die Wahrheit erfahren hatte. Verheimlichen konnte sie es vor Alexander nicht, eines Tages würde er es herausbekommen, was dann? Es musste jetzt sein, auch wenn sie eine Höllenangst vor Alexanders Reaktion hat. Ihr Gesichtsausdruck wechselt von überwältigtem Glück hin zu Verlustangst. Alexander wäre nicht Alexander, würde er diese Gefühlsänderung nicht bemerken. Er setzt sich ebenfalls auf, legt seinen Arm um Felis warme Hüfte, er hält sie ganz fest, sie soll spüren, dass er zu ihr hielt, egal, was kommen würde. Jetzt führt kein Weg mehr vorbei, sie musste sich ihm offenbaren.

Sie schluckt noch einmal, sieht ihm ganz tief in seine grünen Augen und beginnt. »Du Alexander, da gibt es etwas, was ich dir erzählen muss, auch wenn ich Angst vor deiner Reaktion habe«.

Alexander unterbrach sie und versicherte ihr, »nichts kann so schlimm sein, dass ich dich aufgeben würde, das verspreche ich dir!«.

Feli fast neuen Mut, »unsere Liebe ist mir so wichtig, ich habe das Gefühl, wir seien bereits seit einer gefühlten Ewigkeit ein Paar, so vertraut kommst du mir vor. Wie lange kennen wir uns jetzt? Eine Stunde oder sind es 10 Jahre, denn so fühlt es sich für mich an!«

»Lass mich noch mal beginnen, vor einem Jahr hatte ich schon einmal eine Beziehung, als ich ihm mein Geheimnis beichtete, hat er mich verlassen.

Du bist bestimmt anders, stimmts?«, fragte sie ihn hoffnungsvoll. »Ich habe Angst, dass du mich verstößt, dass wir keine gemeinsame Familie gründen, dass ich nie mehr einen Mann so wie dich haben werde!«

Alexander nimmt sie in seine starken Arme und blickt Feli mit verständnisvollen Augen an. Er schaut tief in ihre hübschen braunen Augen mit ihren herrlich ausgeprägten Augenbrauen, die ihr Gesicht besonders schön wirken lassen.

»Zum Glück hat er dich damals verlassen« und lächelte seine Liebe an. »So schlimm kann es nicht sein, dass ich dich dafür aufgeben würde, auch ich habe eine Vergangenheit, haben wir nicht alle dunkle Flecken in unserer Biografie? Ich interessiere mich für die Zukunft, die Vergangenheit ist Vergangenheit!«.

Feli muss bei diesen so zuversichtlichen Worten schlucken. Sie schmiegt sich noch ein wenig mehr an ihn. Sie hat noch einen großen Wunsch.

»Ich möchte nie mehr mit einem Geheimnis leben müssen, ich will, dass du alles über mich erfährst!«

Alexander schnauft tief durch, »Das will auch ich, auch du sollst alles über mich wissen! Wir wollen keine Geheimnisse voreinander haben«.

Beide setzen sich auf und geben einander das Versprechen, immer aufrichtig zueinander zu sein.

Alexander hält seine Liebe fest, seine warmen Worte tun ihr gut.

»Gut, ich versuche es mal«. Sie fängt so an, »du hast bestimmt gemerkt, dass ich großen Spaß am Sex habe.«

»Ja und wie ich das gemerkt habe!«, Alexander strahlt.

Feli beginnt erneut, »ich hatte noch nie in meinem Leben ein solches Gefühl, ein befreites und glückliches Gefühl beim Liebesspiel, wie mit dir. Vielleicht erahnst du es bereits, ich liebe Sex in allen möglichen Varianten«, sie legt eine kurze Kunstpause ein, »den will ich nur noch mit dir ausleben. Wie mache ich weiter? Also gut, die Lust auf Intimitäten habe ich von meiner Mama geerbt. Vor acht Jahren war ich auf einer Party«.

Alexander unterbricht sie erneut, »Gang-Bang?«, fragte er.

Mit aufgerissenen fragenden Augen blickte sie in sein Gesicht, »woher weißt du das?«. Ihr Gesichtsausdruck entsprach einem Fragezeichen. Es lag so viel Normalität in dem einzelnen Wort, niemals hätte sie mit einer solchen Reaktion gerechnet.

»Du kannst mir in den Kopf schauen, meine Gedanken lesen?«, meinte sie ungläubig und verstand für einen Augenblick die Welt nicht mehr.

Alexander erklärt ihr, dass auch er eine sexuelle Vergangenheit hat, bei der ebenfalls nicht alles rühmlich war, »aber erzähle weiter.«

»Ja, wie du erkannt hast, war ich auf so einer Party und dabei wurde Pepi gezeugt.«

»Und du hast keine Ahnung, wer der Erzeuger ist?«

»Ja leider ist das so. Mir ist klar, dass ich damit nicht hausieren kann, aber was geschehen ist, ist geschehen.«

Alexander nimmt seine Feli erneut in seine Arme und drückt sie so fest, als wolle er sie nie mehr loslassen, jetzt ist es mit ihrer Beherrschung endgültig vorbei.

»Dir macht das nichts aus?«,

fragt sie mit einem hoffnungsvollen Blick, ihre Augen sind jetzt ganz weit aufgerissen.

Alexander fügt noch hinzu, »Wenn es Dich nicht stört, dass ich mit Männern Sex hatte?«

»Nein, nein auch ich habe mit Frauen geschlafen«

»Wir haben uns gegenseitig nichts vorzuwerfen«, erwidert er.

Ihre Gefühle fahren Achterbahn, rauf, runter, rauf und runter, sie weiß nicht soll sie vor Glück losheulen oder sein gesamtes Gesicht abküssen, sie entscheidet sich für das Abküssen, den Tränenfluss kann sie trotzdem nicht unterdrücken. Alexander glaubt, einen schweren Stein zu Boden fallen zu hören. Konnte das sein, oder träumte sie, auf solch einen Mann zu treffen, grenzte beinahe an ein Wunder, nein, für Feli ist es ein Wunder. Alexander erzählte seinerseits von seinen Eskapaden, dass er nichts, rein überhaupt nichts ausgelassen hatte. Nun erschien ihr an ihren sexuellen Affären nichts Verwerfliches mehr. Der Gruppensex mit dem Gang-Bang-Erlebnis und all den anderen Spielarten, für die sie sich bis jetzt schämte, waren mit ein paar Silben et acta gelegt. Was ihre Psychologin in unzähligen Sitzungen nicht schaffte, hatte ihr Alexander mit einem kurzen Satz erreicht, es hatte sich ihre Betrachtungsweise radikal geändert. Mit Alexanders Offenbarung hat Ihr jahrelanges schlechtes Gewissen für immer die Macht über sie verloren. Es schien wie ein Befreiungsschlag nach jahrelanger Gefangenschaft ihrer Seele zu sein.

Beide hatten sich dem anderen gegenüber geöffnet, beide fühlten sich befreit, befreit von ihren Schuldgefühlen. Sie hatten sich nichts, absolut nichts gegenseitig vorzuwerfen. Die besten Voraussetzungen für ein glückliches Leben zu zweit. Sie fallen jetzt noch hemmungsloser übereinander her als beim ersten Mal. Feli möchte nur noch von ihm genommen werden, will sich ihm vollends hingeben. Mit gespreizten Beinen sehnt sie sich nach seinem fülligen Penis, nach ihm, seinem Körper, nach seiner Wärme. Feli spornt ihn dabei noch an,

»komm, gib es mir fester, tobe dich aus, mach mich fertig, mein Allerliebster, mein allerbester, mein Goldstück.«

Während sie ihn anspornt, umschlingen ihre Beine Alexanders Hüfte, jeder zur Verfügung stehende Zentimeter seines Dolches soll in sie eintauchen. Sie will alles bis zum letzten Tropfen in sich wissen, sie würde nur noch für ihn da sein. Alexander hätte am liebsten sein Glück herausgebrüllt, seine Liebe jedem gezeigt. Er spürt unermessliches Glück, ein Glück, wie er es noch nie erlebt hatte. Sie hatten zum zweiten Mal, kurz hintereinander richtig guten Sex. Alexander bekam unter seinem Rippenbogen einen seltsamen dumpfen Druck, gleichzeitig stieg sein Puls, dazu schien sich eine sanfte Wärme in seinem Körper auszubreiten. Beinahe wie von einer zweiten Person gesteuert, nähern sich seine Lippen ihrem Ohr.

Er flüsterte ihr die Worte in ihr Ohr, »ich kann nicht anders, du bist die Frau meiner Träume, von dir habe ich ein Leben lang geträumt, wo warst du nur all die Jahre?«

Jetzt brachen auch die letzten Dämme, beide küssten sie sich innig und vergaßen alles um sie herum, ihre Herzen hatten sich gefunden, es gab kein Zurück mehr. Den ›point of no return‹ hatten beide soeben überschritten.

Es sollte der Beginn einer romantischen, empathischen Beziehung sein.

Nachdem sich beide ein wenig erholt hatten, fragte Feli ihren Alexander wie alt er sei, er antwortete ihr, »ich bin 33 Jahre und wann bist du geboren?« gab er die Unterhaltung an sie zurück.

»Oh …, du bist zwei Jahre jünger«, erwidert sie. Etwas nachdenklich fügte sie die Frage an, »hoffentlich macht dir der Altersunterschied nichts aus, oder doch?«

Es war wieder ihr Gesicht, das ihn fragend ansah.

»Nein, ach wo … das passt für mich perfekt.«

Feli sieht ihn fragend an, wollten doch die meisten spanischen Männer keine älteren Frauen.

Alexander fügte an, »bei allen bisherigen und ernsteren Beziehungen waren die Mädchen und später die Frauen ein bis drei Jahre älter als ich«.

Feli fragte, »warum, woher kommt es?«

Worauf er versucht es mit den Worten aufzuklären, »ich war zwölf Jahre alt, als ich von zwei 13-jährigen Mädchen den Sommer über vernascht wurde, das hat mich geprägt, wenn es auch komisch klingen mag, mit jüngeren konnte ich noch nie viel anfangen. Wenn dann doch einmal die eine oder die andere Jüngere dabei war, hielten die Freundschaften nicht lange.«

Felis Gesichtsausdruck wechselte von fragend zu überaus freudig, ihre Augen weiteten sich erneut und ihre Lippen formten sich zu einem herzlichen Lächeln, hatten sich ihre Chancen Alexander gegenüber noch einmal deutlich verbessert.

Es war die Zeit der Siesta, Feli klingelt bei ihrer Mama an, um zu fragen, wie es Pepi ginge und ob sie schon zu Mittag gegessen hatten. Maria meint, »eure Gedecke stehen noch bereit, ich wärme Euer Essen noch mal, dann könnt ihr beide euch stärken.«

Feli hat den schelmischen Unterton ihrer Mama herausgehört und meint noch, »wir duschen erst noch«.

»Lasst euch Zeit und genießt es.«

Feli hat ihre Mama gut verstanden und es legt sich erneut ein Lächeln auf ihre Lippen. Beide duschen, Feli wäscht ihren Alexander und lässt dabei keinen Zentimeter seines Körpers aus. Alexander tut es ihr voller Stolz nach, nicht ohne Feli mit seinen erotischen Berührungen zum Entzücken zu bringen. Anschließend schlendern beide, Hand in Hand hinüber zu den Eltern, Pepita sprang freudig an ihrem Alexander hoch, Feli strahlt ihre Mama an, wie sie es schon lange nicht mehr getan hat. Maria hat sofort verstanden und zeigt mit ihrem Daumen nach oben, Ihre Tochter nickt vielsagend, Mama nahm ihre Tochter in ihre Arme, bis hierher reichte beider Beherrschung. Jetzt öffneten sich bei ihnen gleichzeitig die Schleusen und beide begannen hemmungslos zu weinen, es waren Tränen des Glücks.

»Schau nur Pablo, sieh dir unsere Tochter an, so glücklich haben wir sie lange nicht gesehen.«

Sie wendet sich Alexander zu, nimmt ihn in ihre Arme und spricht zu ihm die Worte: »Danke, danke, dass du hier bist, danke, dass du unsere Tochter und uns glücklich machst. Herzlich willkommen!«

Dieser Satz hatte es in sich, Alexander verliert nun seinerseits die Fassung. Er umarmte seine Schwiegermama und bedankte sich bei ihr und Pablo, dafür, dass sie Feli gezeugt hatten. Einer glücklichen Zukunft schien nichts mehr im Wege zu stehen. Das gemeinsame Essen war in der Familie Sanchez ein Ritual, dem sich Alexander sehr gerne anschloss, tauschten sich dort alle über alles Mögliche aus, was die Familie verband. Es folgt eine anregende Gesprächsrunde, bei der Alexander gerne über sein bisheriges Leben Auskunft gibt. Nach dem Essen beginnen die Damen des Hauses den Tisch abzuräumen. Papa holt eine Flasche Orujo, ein Traubendestillat und schenkt zwei Gläser ein.

Beide Männer prosten sich mit einem

»Ein Hoch auf das Leben«, zu.

»Ich mag dich, sprach der Papa, passe gut auf meine zwei Mädchen auf.«

»Das werde ich, ja ich werde gut auf uns alle auf-
passen«.

Pablo überlegt, wie es mit Alexander beruflich
weitergehen könnte, für ihn war klar, dass er Alexander einen Job in seiner Firma geben würde. Wie
es allerdings nach seiner ›Gesundung‹ weiterginge,
müssten sie alle gemeinsam überlegen. Feli meldete
sich zu Wort und meint, sie würde sich etwas einfallen lassen, dass Alexander erst mal regelmäßig
zu ihr zurückkommen würde. Wozu hatte sie die
besten Kundenkontakte nach Alemania? Darum
konnte sie sich erst am Montag kümmern. Jetzt war
erst mal Wochenende angesagt. Den Rest des Tages
nahm sich Feli frei, um ganz für Alexander und
Pepi da zu sein.

Zu dritt machten Sie einen Ausflug in ihre Hei-
matstadt Albacete, durch die beeindruckende Alt-
stadt und den anderen Sehenswürdigkeiten führten
die beiden Mädels ihren Alexander. Bevor sie star-
teten, machte sie sich für ihn noch schnell hübsch.
Als sie wiederkommt, hat sie ein türkisgrünes knie-
langes Sommerkleid angezogen, dazu passende
Schuhe, ihr Haar trägt sie offen, es reichte ihr bis
hinunter zu ihrem Busen. Alexander geht förmlich
das Herz auf, wie er sie so sieht. Es kam ihm ein
»wahnsinn«

über die Lippen. Es macht ihn sehr stolz, an der
Seite einer so hübschen Frau zu sein, typisch Stern-
zeichen Löwe. Feli genießt es, dass sie ihm gefällt.
Pepi muss unbedingt ihrem Alexander zeigen, wo

sie in die Schule geht, ihr Lieblingsspielplatz darf selbstverständlich nicht fehlen. Beide nehmen ihre Tochter zwischen sich an die Hand, ganz so wie es in jeder normalen Familie sein sollte. Alle drei sind so ausgelassen und lachen viel zusammen. Sie bummeln durch die Innenstadt, Feli erklärte ihrem Alexander die verschiedenen Sehenswürdigkeiten. Am frühen Abend sind die drei wieder zurück und kommen an Alexanders großen Camion vorbei. Wie sie so davorstehen, fällt Feli sein Namensschild hinter der Frontscheibe auf. Es hat die Form eines deutschen Nummernschildes, statt Buchstaben und Zahlen war sein Name eingeprägt ›ALEJANDRO‹. Feli deutete mit ihrem Finger darauf, um es Pepi zu zeigen. Sie begeisterte die spanische Variante seines Namens. Offenbar hatte sich Alexander schon länger mit den spanischen Bürgern, den Gewohnheiten und Sitten ihres Landes identifiziert. Pepi will von Alexander wissen, was das dort hinter der Windschutzscheibe war. Er erklärt ihr, die für Spanien typische Dekorationen.

»Es handelt sich hierbei um Erkennungszeichen für alle ausländischen Lkws, die regelmäßig hier zu euch nach Spanien fahren. Die beiden schräg stehenden Spieße kennst du bestimmt vom Stierkampf?«

Pepi nickt eifrig.

»Und dass in der Mitte der großen Scheibe kennst du bestimmt auch«.

Wieder nickt die Kleine und sagt »Ja, das ist ein Fächer!«.

»Genau, ein ›abanico flamenco‹, ein Flamenco Fächer, der ist besonders bunt und farbenfroh, passend zu deinem Heimatland«.

Pepi freut sich wie verrückt, hat sie doch jetzt jemanden, wie sie sich ihn schon immer gewünscht hat. So wie die Papas ihrer Freundinnen. Pepi und ihre Mama möchten unbedingt in das Fahrerhaus einsteigen, es von innen sehen. Beide staunen nicht schlecht, wie alles von hier oben aussieht. Fasziniert zeigten sich beide über den Komfort, der Alexander zur Verfügung steht. Das war schon eine andere Hausnummer als in einem Pkw oder Kleinlaster. Alexander wollte noch schnell seinen Zug im Hof parken, das war die Gelegenheit für seine beiden Damen, mitfahren zu können. Feli setzt sich auf den Beifahrersitz und Pepi saß auf ihren Schoß, beide sind schon gespannt auf das, was nun kommen würde. Besonders aufgeregt zeigte sich die kleine Pepi. Alexander startet die Maschine, der Motor meldete sich mit einem gleichbleibenden Brummen und Vibrieren. Jetzt löst er die Feststellbremse, ein lautes Zischen der entweichenden Druckluft ließ bei Pepi die Augen größer werden. Der Laster setzt sich langsam und souverän in Bewegung. Beiden Señoritas gönnt der neue Mann in ihrem Leben, eine kleine Stadtrundfahrt. Feli bekam einen kleinen Eindruck von dem, worauf Alexander beim Fahren achten muss. Besonders beeindruckte sie der Abbiegevorgang an einer belebten Kreuzung. Alexander bog rechts ab und musste den ›Toten Winkel‹, den jeder Lkw hat, überwinden und zudem auf die Fußgänger acht nehmen, die mit ihren Füßen bis an die Fahrbahnkante standen. Eine kurze Unachtsamkeit und er würde sie überfahren. Wieder an Felis Firma angelangt, steuert er souverän sein Vehikel rückwärts in den Hof der Firma. Er parkt den Zug so, dass der die nächsten Tage nicht stören würde. Pepi ist dermaßen begeistert, dass sie danach sofort zu ihrem Opa rennt und ihm die aufregende Fahrt beschreibt.

Auch Feli zeigt sich beeindruckt, es war auch für sie das erste Mal, dass sie in so einem Koloss mitfahren durfte.

»Deine Kollegen und ihre Camions werde ich in Zukunft mit anderen Augen sehen, danke für die Fahrt.«

Sie drückt ihm erneut einen Kuss auf seinen Mund.

Seine Kleidung für die nächsten Tage packt er in eine Tasche.

»Nimm deine schmutzigen Kleider mit, ich wasche sie dir«, hört er Feli sagen. Beide nahmen die Taschen mit aus dem Fahrerhaus und spazierten in Felis Reich.

Sie hatten gemütlich zu Abend gegessen und nun begann eine anregende Unterhaltung mit ihrer

Familie. Im Anschluss zogen sich beide zurück in Felis Wohnung. Erneut fallen sie übereinander her.

Während beide eng umschlungen auf ihrem weichen Bett liegen und einander küssen, flüstert Feli in Alexanders Ohr,

»Darf ich dich Alejo nennen? Es ist die spanische Kurzform von Alejandro.«

Alexander lächelt sie an, um zu sagen, »wenn du es magst, dann sehr gerne.«

Feli drückt ihrem Alejandro einen langen Kuss auf seine zarten Lippen und meint, »dann bist du ab jetzt mein Alejo!«

Feli setzt sich auf seinen Schoß, Alexander gefiel der Anblick, so wie sie auf ihm saß, wie sich beider dunkle, buschige Intimbehaarung zu einem Haarknäuel verbanden, zu einem Gemenge vermischten. Sie streichelt seinen Bauch und die Brust, spielt mit seinem Brusthaar, beugt sich nach vorn und sie küssten sich erneut.

Lächelnd meint Feli, »du hast schon wieder Lust, da hast du einen fleißigen Compañero«.

»Ist es ein Wunder bei einer Frau, wie du sie bist?« und beide liebten sich erneut. Diesmal gibt sie den Takt vor, Alexander genießt es aus vollen Zügen, so wie sie auf ihm sitzt, er lässt sich gerne von ihr dominieren. So wie ihre wunderschönen Brüste vor seinem Gesicht baumeln, erregt es ihn noch stärker. Mit ihren langen Haaren streichelt sie seine

Haut, was bei ihm das erotische Gefühl noch verstärkt. Er langt mit beiden Händen unter ihre wundervollen Brüste und spielt mit ihnen, er streichelt ihre herrlich dunklen, festen Nippel, was bei ihr ein leichtes Stöhnen auslöst, er hebt seinen Kopf leicht nach oben in Richtung ihres prallen Busens und beginnt an den beiden Wonnehügeln zu saugen. Feli drückt ihre Brüste noch etwas fester auf sein Gesicht und brachte ein lang Gezogenes, »ich liebe dich«, hervor.

Sie weiß nun, was ihr Lover gerne mag. Mit ihren leichten Hüftbewegungen bringt sie Alexander fast zum Gipfel der Gefühle, kurz bevor seine Erregung die Spitze erreicht, drückt sie mit ihrer Beckenbodenmuskulatur seinen Penis ab. Sie wartet so lange, bis sich seine Erregung etwas gelegt hat, um anschließend das Spiel von Neuem zu beginnen. Sie wiederholt es so lange, bis auch sie sich nicht mehr beherrschen kann. Ihr Stöhnen wird lauter und lauter, je mehr sie loslässt, umso heftiger stößt sie die Laute der Lust ungehemmt heraus. Ihr ist in diesem Moment egal, ob jemand sie hören konnte, es war das Gefühl der puren Lust, einer Lust, die sie, die Erfahrene, in eine ihre unbekannte Sphäre katapultierte. Mit ihrem erlösenden Schrei fällt sie über ihren Alexander zusammen. Beide verschwitzten Körper lagen schlaff aufeinander, beider Atem ebbte langsam ab. Ihm gefiel diese Variante, wie sie ihn beherrschte. Feli hatte große Freude, ihrem Traummann einen so intensiven Sex zu bescheren.

Sie flüsterte mit ihrer erotischen Stimme in Alexanders Ohr, »noch nie bin ich so laut gekommen wie eben, noch nie konnte ich derart loslassen wie mit dir, mein Allerliebster.«

Ein schöneres Kompliment hätte sie ihm nicht bereiten können, er drückte sie ganz fest und lange an sich, küsste sie, als wolle er nie mehr damit aufhören, Alexander war angekommen. Beide verloren sich an diesem Tag in Zeit und Raum, alles um sie herum war unwichtig geworden, alles, was zählte, waren sie beide als Einheit, als Gemeinschaft, sie waren auf dem besten Weg eins zu werden. Welch herrliche Zukunftsaussichten. Als beide wieder auf die Uhr sehen, ist es bereits Mitternacht vorbei, beide schliefen eng aneinander in Löffelchenstellung ein. Feli schlief noch tief und fest, als Alexander neben ihr wach wurde. Er legte seinen Kopf neben den seiner zukünftigen Braut, er wusste, dass sie es werden würde, dass es keine Andere mehr für in gäbe. Voller Genuss nimmt er ihren angenehmen Eigengeruch wahr. Den Duft ihrer Achseln zieht er genussvoll in seine Nase. Felis Duftnote, gemischt mit der Wärme ihres nackten Körpers, versetzt ihn in einen Gefühlszustand der tiefen Geborgenheit, der unendlichen Zufriedenheit, ein Gefühl wie unter Drogen. Jeder Atemzug ist ein Gefühl des Wohlseins.

Alexander stand vorsichtig auf, um seine Liebe nicht zu wecken, und begann ein Frühstück für beide zu zaubern. Pfanne und Eier fand er gleich. Er bereitete Spiegeleier mit Speck, gebratene Würstchen, dazu gegrillte Tomatenscheiben. Er schnitt mit einem Sägemesser das Baguette in Scheiben. Feli hörte ihren Alejo in der Küche, sie fragte sich ungläubig, macht er jetzt auch noch für uns ein Frühstück? Ihr Herz beginnt erneut zu pochen, ihre Freude über diesen Mann steigert sich ins Unermessliche. Sie wirft sich ihren Morgenmantel über und geht neugierig in die Küche. Ihr Alejo stand splitterfasernackt am Herd und bereitete das Frühstück.

»Was für ein geiler Knackarsch«, kommt es über ihre Lippen.

»Was machst Du denn da leckeres?«, fragte sie ihn und gab ihm einen Kuss, nicht ohne ihn an seinem Knackarsch zu streicheln. Alexander geht sofort leicht in die Knie, damit sich sein Schritt weitet. Felicia versteht die Aufforderung und schiebt ihre Hand zwischen seine Schenkel und umfasst sein steifes Glied. Feli fühlte, nein sie wusste es, sie hatte mit Alejo den richtigen Mann in ihr Leben gelassen, das bestätigte sich eben aufs Neue.

»Mir hat bisher noch kein Mann, außer meinem Daddy, das Frühstück bereitet. Ich liebe Dich, du bist das Beste, was mir hätte passieren können!«, drückte Feli ihre Begeisterung über ihren Mann aus. Noch während sie diese sanften Worte spricht, schmiegt sie sich von hinten an ihren Alejo und legt ihr Gesicht auf seine Schulter. Ein Strahlen überzog Alexanders Gesicht, ein Strahlen über ihr

Kompliment, ein Lächeln über ihre Zuneigung. Ihr Morgenmantel glitt über ihre Schulter zu Boden, sie wollte es ihrem Mann gleich machen, er sollte sehen, welch eine großartige Frau er erobert hatte. Beide saßen zum Essen nackt am Tisch, Feli gefiel das ausgezeichnet. Zum ersten Mal in ihrem Leben saß sie nackt mit einem Mann beim Frühstück, was für ein Gefühl der Freiheit, welches Gefühl der Vertrautheit.

»Mhh, schmeckt das lecker, so kenne ich die Frühstückseier nicht, ist das ein spezielles deutsches Gericht?«, wollte sie wissen.

»Nein«, erwiderte Alexander, »das ist amerikanisches Frühstück, das kannst Du ab jetzt öfter bekommen!«.

Dieser Morgen begann schon mal perfekt. Beide blödelten in der Küche herum und hatten viel zu lachen. Kaum, dass sie sich gestärkt hatten, überwältigte sie die Gier aufeinander. Zum Glück hatten sie den Küchentisch bereits abgeräumt. Feli legt sich rücklings auf den Tisch und Alexander nimmt sie im Stehen, dabei legt er ihre Unterschenkel auf seine Schultern, packte sie an ihrer Hüfte und legte los, zum Glück ist der Tisch stabil gebaut. Sie waren so wild aufeinander, dass beiden fast schwindlig wurde. Welch ein Erlebnis für die Zwei. Ungehemmt ließen sie sich gehen, bis beide kurz hintereinander ihre Höhepunkte erreichten. Ihr Alejo schien nun doch ein wenig ausgelaugt zu sein, er musste sich auf den Stuhl setzen und ließ alle vier hängen.

Feli begann zu frotzeln, »was schon genug?«

Beide lachen wieder herzhaft. Sie ließ sich vom Tisch heruntergleiten und positionierte sich provokativ vor ihrem Liebsten. Ihr linkes Bein stellte sie so auf den zweiten Stuhl, dass Alexander ihre komplette Lustgrotte betrachten konnte, wie ihr sein Sperma aus ihrer Vagina auf den Fliesenboden tropfte, Tropfen für Tropfen breitete sich sein Liebessaft auf dem Boden aus.

»Sag mal, woher nimmst Du diese Mengen?«, fragte ihn Feli.

Für Alexander war es das erste Mal, dass sich eine Frau ihm so präsentierte, der Anblick gefiel ihm.

»Das hört doch nicht mehr auf«, unkte Feli. Beide hatten ihren Spaß. Bevor sie in die Dusche gingen, wischte Feli, den Fleck noch schnell weg, bevor ihn Pepi oder ihre Mama entdecken würden. Gemeinsam unter dem weichen Wasserstrahl verwöhnen sie sich gefühlvoll und intensiv beim Einseifen und Waschen.

Jetzt wurde es Zeit, dass sie hinüber zu ihren Eltern gingen. Pepi wartet bestimmt schon ungeduldig. Kaum dass die beiden die Türe geöffnet hatten, kam auch schon ihr Sonnenschein angesprungen, vorbei an Mama, direkt zu Alexander, der sie sofort hochnahm. Mama Feli schaute fragend ihren neuen Mann an und meinte mit einem freudigen Unterton an Alexander gerichtet, »ich glaube, Du läufst mir gerade den Rang ab« und schloss beide glücklich in ihre Arme.

Welch ein Glück für Pepi und sie. Sie musste es ihren Eltern erzählen, was für ein großartiges Frühstück ihr Alejo gerichtet hatte, Pepi rief dazwischen, »ich will das auch«.

Alexander meinte, »das machen wir beim nächsten Mal, versprochen«. Während die Damen es sich auf der großen Gemeinschaftsveranda unter dem großen Sonnenschirm, bei einem Glas Wasser gemütlich machten, führte Pablo seinen Schwiegersohn in spe durch die Firma und erklärte die einzelnen Produktionsschritte. Pablo erfuhr zu seiner Freude von seinem Begleiter, dass er ursprünglich eine Ausbildung zum Schlosser absolviert hatte. Beide sind am Ende der Tour angelangt. Vater und Sohn hatten sich über Alexanders Eindrücke ausgetauscht, bei denen Alexander interessante Vorschläge und Denkansätze geäußert hatte.

Pablo überlegte kurz und meinte an Alexander gerichtet, »ich hatte schon länger den Gedanken, jemanden von außerhalb auf die Produktionsabläufe blicken zu lassen. Wäre das nicht etwas für dich, Alexander? Natürlich würde ich dich einstellen und gerecht entlohnen.«

Alexander winkte ab und meinte an seinen zukünftigen Schwiegerpapa gerichtet, »gerne beginne ich für euch zu arbeiten, das Thema Entlohnung regelst du am besten mit deiner Tochter«. Beide waren sich schnell einig und besiegelten den Job mit einem kräftigen Händedruck. Pablo legte seinen Arm auf Alexanders Schulter und beide gingen so zu ihren Frauen auf die Veranda. Maria und Feli freuten sich beim Anblick der beiden, wie sie so geeint erschienen. Pablo verkündete voller Stolz, dass er eben einen neuen Mitarbeiter eingestellt habe.

»Halt«, rief Alexander, mit einem Grinsen in seinem Gesicht, »ich muss zuerst meinen alten Job kündigen.«

»Stimmt«, erwiderte der Vater mit einem Lächeln im Gesicht.

Es war bereits später Nachmittag, Maria will von ihren beiden wissen, ob sie Pepi noch eine Nacht nehmen soll, Alexander meint, nein lasse sie nur bei uns, ich freue mich auf sie. Pepi hat das gehört und protestiert, sie wolle noch mal bei Opa und Oma schlafen. »Na dann, wenn sie das will«, erwidert Feli und grinst Alexander an.

Oma Maria hatte ihrer Enkelin erklärt, dass ihre Mama und Alexander jetzt viel Zeit allein miteinander benötigen würden, damit Alexander für immer bei ihnen bleiben würde, Pepi war ein schlaues Kind, sie hatte ihre Oma verstanden und wollte

deshalb noch eine Nacht bei ihren Großeltern verbringen.

Sie fragte Alexander, »bleibst du dann für immer
bei Mama und mir?«

Mit einem Zwinkern antwortete Alexander, »ich
glaube schon, willst du denn, dass ich hierbleibe?«

»Jaaa«, antwortete die Kleine mit einem unbe-
schreiblichen Lächeln auf ihren Lippen, die sie offenbar von der Mama geerbt hatte und fiel ihm um
den Hals.

Alexander ging vor Pepi in Hockstellung, legte
seine Hände auf ihre Schultern und sah ihr tief in
ihre Augen.

»Du möchtest noch eine Nacht bei deinen Großeltern schlafen, was machen wir denn, wenn ich
dich gerne bereits heute Nacht bei uns, deiner
Mama und mir haben würde?«

Pepi sieht Alexander tief in seine Augen und
fragt etwas kleinlaut, »bleibst du dann trotzdem bei
uns?«

»Ja warum denn nicht, wenn es deine Mama und
du wollen, dann bleibe ich gaaanz lange, oder vielleicht für immer bei euch und deinen Großeltern!«

Nun fällt Pepi ihrem Alexander um den Hals
und beide halten sich ganz fest. Der Dialog, zwischen den beiden, lässt Felis Gefühlswelt komplett
Achterbahn fahren. Sie kniet sich zu den beiden auf

den Boden, alle drei nehmen sich in die Arme und halten sich ganz fest. Weder Alexander noch Feli können sich jetzt noch beherrschen, beide beginnen zu weinen. Es sind Tränen der Freude, des Glücks, sie wissen, sie gehören zueinander, sie werden für immer zusammen sein.

Alexander ergänzt noch, »ich werde immer bei euch sein, mein Platz ist hier bei Dir, deiner Mamita und bei Opa und Oma!«

Jetzt ist es auch um Pablo und Maria geschehen, beide kommen zu den Dreien nach unten und alle liegen sich in den Armen.

Nachdem sich alle wieder etwas beruhigt hatten, fragt Pepi an Alexander gerichtet, »machst du uns morgen das gute Frühstück?«

Er fragt sie, »hilfst du mir dabei?«

»Oh, ja gerne« und strahlt erneut.

»Was hältst du davon, wenn wir Oma und Opa zu unserem Frühstück einladen?«

Pepi ist begeistert und blickt ihre Großeltern fragend an, diese nicken den beiden zu und freuen sich sichtlich. Anschließend gehen die Drei gemeinsam einkaufen, Alexander und Pepi beraten sich, welche Zutaten sie benötigen und suchen gemeinsam die Produkte aus. Es ist der Abend angebrochen, Zeit für die Siebenjährige ins Bett zu gehen. Sie zieht den Neuen an Mamas Seite noch einmal zu sich herunter und gibt ihm einen dicken Kuss auf seine Backe.

Alexander und Feli drücken die Kleine und strei-
chen ihr zärtlich über ihren Kopf. Das Mädchen
strahlt und freut sich auf den nächsten Morgen. Feli
und Alexander schlafen noch, als Pepi zu ihnen ins
Schlafzimmer kommt, sie steht neben ihrem Alexander und gibt ihm einen dicken Schmatzer auf
seine Wange. Er öffnet mit einem Lächeln seine Augen, nimmt seine Tochter in die Arme und zieht sie
hoch ins Bett. Feli hat ebenfalls ein breites Lächeln
in ihrem Gesicht. Mit Pepi in ihrer Mitte kuscheln
sich alle drei in den Morgen. Das letzte Mal hatte
Felicia dieses warme Gefühl als Kind erleben dürfen. Der Montag war angebrochen und Feli führte
ein paar Telefonate mit Geschäftskunden in
Deutschland. Sie wollte unbedingt Alexanders Touren organisieren, die ihn über das Wochenende zu
ihr bringen würden. Bei ihrem Chemielieferanten in
der Nähe von Ludwigshafen wurde sie fündig. Für
gutes Geld konnte Alejo, wie sie ihn in Zukunft nennen würde, wöchentlich eine Ladung mit Fässern
aufnehmen und hierherbringen. Feli plante die
Touren so, dass ihr Liebhaber jeweils am Freitag
hier abladen konnte. Mit der Rückladung beste-
hend aus Spraydosen mit Bauschaum würde er am
Montag früh hier starten und am Mittwoch in
Deutschland entladen. Er hatte somit immer eine
Rundladung. Unter diesen Umständen war Hans,
der Chef aus einem Ort in der Nähe von Schweinfurt, einverstanden, es war eine gut bezahlte Tour.
Alexander und Feli hatten noch eine ganze Woche
ohne Unterbrechung, es freuten sich alle. Beiden tat

diese Zeit sehr gut, sie entdeckten noch viel mehr gute und gemeinsame Seiten aneinander. Überlegen wollten beide, wie lange sie diese Wochenendbesuche aufrechterhalten wollten. Alexander meinte, »so wie ich mich kenne, wohne ich hier schneller als ihr erwartet.«

Pablo meinte dazu, »so ist es recht, du machst Nägel mit Köpfen.«

Alexander strahlte über beide Backen. Nun setzte er eine Liste auf, was er alles in Deutschland erledigen musste, um auszuwandern. Er musste seine Wohnung kündigen, es galt eine vierteljährliche Frist. Also sofort kündigen, denn so lange wollte er nicht mehr warten. Im schlimmsten Fall musste er noch Miete zahlen, auch wenn seine Zelte dort längst abgebrochen waren. Versicherungen ummelden, Kontoeröffnung bei Felis Hausbank und nicht zu vergessen den Job kündigen. Hier waren nur 2 Wochen Kündigungsfrist einzuhalten. Feli tippte die Wohnungskündigung, die ging gleich per Fax raus. Da erst Monatsanfang war und er Hans nicht verärgern wollte, schließlich hatte der sich ihm gegenüber immer fair gezeigt, kündigte er zum Monatsende. Diese Kündigung versendeten sie noch am selben Tag. Der Rückruf seines Chefs ließ nicht lange auf sich warten, was da los sei, wollte er wissen und ob er gerade verarscht werde? Alexander konnte ihn beruhigen und Feli versprach ihm die guten Touren exklusiv für ihn bereitzuhalten, nach einer kurzen Denkpause willigte Hans ein. Er besprach mit ihm noch den Ablauf, sobald Hans einen neuen Fahrer hatte, würde er den Lastzug auf den Hof bringen und übergeben, danach würde Feli die Touren so legen, dass der Neue immer zum Wochenende in Schweinfurt sei. Hans war einverstanden, beide beendeten einvernehmlich das Telefonat. Sie vielen sich wieder in die Arme, einen weiteren Schritt waren beide auf eine gemeinsame Zukunft zugegangen.

Es wurde Zeit für die Siesta, nach dem gemeinsamen Essen bei ihren Eltern, gingen beide noch einmal hinüber in ihre Wohnung, Pepi wollte bei Oma bleiben, sie legten sich während der üblichen Mittagshitze nackt auf ihr Ehebett. Alexander wunderte sich nicht, dass seine Feli schon wieder Lust auf ihn bekam. Selbstverständlich wollte er sie wieder verwöhnen. Sie genießt seine Blicke, die Blicke wie sie über ihren Körper gleiten, sie spürt seine Faszination.

»Gefalle ich dir?«,

»Und wie!«, antwortet Alexander.

»Ich sehe es!« erwidert Feli und grinst ihn mit ihrem schelmischen Blick an. Alexanders Freund konnte sich bei ihrem Anblick nicht beherrschen.

»Er zeugt dir seinen Respekt, in dem er vor dir aufsteht.« erwiderte er.

»Gut erzogen der Große«, antwortete sie, beide begannen lautstark zu lachen und Feli breitete ihre

Arme für ihren Alejo aus. Sie dreht sich um und kniete sich vor Alexander hin. Der ließ sich nicht lange bitten, er dringt in sie ein und kann sich erneut begeistern, begeistern über ihren einladenden Hintern, der sein schmales Becken weich aufnimmt. Seine Gefühle spielen erneut verrückt, als er über ihren langen Rücken seine Hände gleiten lässt, es fühlt sich an, wie eine unendliche Weite, bis seine zärtlichen Handflächen an ihrem Nacken ankommen, er muss sich weit nach vorn beugen. Ein Wahnsinn wie sehr ihn diese Frau begeistert, ein Traum geht für Alexander in Erfüllung, er weiß nicht warum, er weiß nur, dass sich sein Leben ab diesem Moment in die richtige Richtung bewegen wird. Seit seinen ersten Träumen einer Familiengründung waren nun sechzehn, siebzehn Jahre vergangen, nun endlich hatte sich sein Wunschtraum erfüllt, ist er Wirklichkeit geworden, ein unbeschreibliches Gefühl. Beide waren selig, zufrieden und glücklich zugleich, sich gefunden zu haben.

Die Woche war noch nicht zu Ende, als Hans sich bei Feli meldete. Zufälligerweise war Alexander bei ihr in ihrem Büro. Hans meinte, er habe einen neuen Fahrer gefunden, der sofort anfangen könne. Ok erwiderte Alexander, dann machen wir es so, meine zukünftige Frau wird das mit der Tour regeln, ich melde mich dann wieder bei dir. Feli telefonierte mit ihrem deutschen Lieferanten, dass sie die Ladung statt am Mittwoch erst am Montag abholen würden, der gab sein ok. Feli hatte sich

vorgenommen, auf Alexanders letzte Tour mitzu-
fahren, sie freute sich schon darauf. Dass es nun so
schnell so weit ist, hätte sie nicht zu träumen gewagt. Alexander musste seine Wohnung noch auf-
lösen, dazu rief er bei seiner Nachbarin und besten
Freundin Nathalie an, die das für ihn gerne übernahm. Es war Mittwoch, der Tag war für alle angenehm und erfolgreich verlaufen. Feli konnte einen
neuen Kunden gewinnen, was bedeutete, sie müssten die Produktion umstellen. Da der Auftrag erst
in drei Monaten ausgeliefert werden musste, hatten
sie noch etwas Zeit.

Beide lagen am Abend wieder nackt auf ihrem
Bett, anders konnten sie die Wärme nicht ertragen,
Pepi schlief in ihrem Zimmer. Sie sah ihren Alejo
mit einem Lächeln im Gesicht von der Seite her an,
als Feli meinte, »erzähle mir von den Männern, wie
war es für Dich?«,

Jetzt fiel Alexander ein Stein von seinem Herzen,
beide konnten nun offen über Ihren gleichgeschlechtlichen Sex sprechen. Ihr Alejo erzählte frei
über seine Abenteuer und meinte, es ist anders als
mit einer Frau, man kann es nicht miteinander ver-
gleichen. Feli stimmte ihm mit einem heftigen Nicken zu. Weiter beschrieb er den emotionalen Unterschied zwischen dem Sex mit einem Mann und
dem mit einer Frau.

»Ich schätze mein Verhältnis der Hormone auf
30 zu 70, will heißen, dass ich geschätzte 70 Prozent

männliche Hormone in mir trage und der Rest sind 30 Prozent«.

Feli überlegte und hörte in sich hinein, um dann zu sagen,

»Ich glaube, bei mir könnte das Verhältnis der Hormone 80 zu 20 betragen.«

Alexander ergänzte noch, »ich sehe das Ganze als Vorteil für euch Frauen an«.

Feli unterbricht ihn mit ihrer gespielten Entrüstung,

»Nicht Frauen, die Zeiten sind vorbei, du hast jetzt mich und nur mich!« und gibt ihm einen extra langen Kuss auf seine Lippen.

»Stimmt, du hast recht« und er drückt sie wieder fest an sich. »Ich bin nicht umsonst ein Frauenversteher und kann mich daher in deine Psyche hineinversetzen«.

Feli stimmte ihm dazu vollkommen bei, schließlich sei es bei ihr ja fast genauso, nur auf Männer bezogen. Feli ergänzte noch, »Ich kann mit einer Frau großartigen Sex erleben, lieben geht dagegen nicht.«

Diesmal pflichtete Alexander ihr bei. Beide müssen sich keine Sorgen machen, dass einer von Ihnen den anderen wegen eines gleichgeschlechtlichen Partners verlassen werde. Sie redeten über dieses Thema noch eine ganze Weile, so interessiert waren beide logischerweise daran. Es war das erste Mal in seinem Leben, dass er mit jemandem, den er liebte, darüber sprechen konnte, als ihm dies bewusstwurde, bekam er wieder diesen Druck unter seinen Rippen und das Gefühl der maßlosen Liebe, er musste seine Feli ganz festdrücken. Sie dagegen hatte schon immer mit ihren Eltern über ihre Gefühle und Empfindungen reden können. Als sie dies Alexander sagte, freute er sich von ganzem Herzen, dass seine Liebste eine glückliche Kindheit hatte, so wie er sich schon seit jeher für Andere freuen konnte. Sie waren sich einig, dass sich das gegenseitige Hineinversetzen in den anderen eine Gabe für beide sei. Die besten Voraussetzungen für ihr gemeinsames Leben. Eine Frage hatte dann Feli noch, was machen wir denn, wenn einer von uns doch mal Lust auf das eigene Geschlecht hat? Alexander war überzeugt, dass dies für ihn momentan kein Thema sei. Sollte doch einmal einer von beiden das Bedürfnis nach gleichgeschlechtlichem Sex haben, so würden sie bestimmt, eine Lösung zusammenfinden, mit der beide gut leben könnten. Seine Braut pflichtete ihm uneingeschränkt bei.

»So machen wir es«, ergänzte sie noch. Zufrieden und angekommen, schmiegte sie sich wieder an Alejo.

Letzte Tour

Es ist Montagmorgen, der Auflieger stand schon seit Freitag geladen zur Abfahrt bereit. Feli ist nervös vor Vorfreude auf die Fahrt, dass sie nur wenig geschlafen hat. Nachdem beide gemütlich gefrühstückt hatten, Pepi befand sich bereits in der Schule, verabschiedeten sie sich von Maria und Pablo, ihre Eltern nahmen die beiden in die Arme und wünschten ihnen eine gute Fahrt. Punkt neun Uhr startet Alexander die Maschine und setzte den Lkw in Gang. Ihre Eltern standen draußen und winkten den beiden hinterher. Gang für Gang schaltet er in die nächste Stufe, solange bis er die nötige Motordrehzahl und die Reisegeschwindigkeit erreicht hat. Kaum dass beide aus Albacete herausfuhren, befreit sich Feli von ihrem BH und wedelt fröhlich mit dem Ding umher, mit Schwung ließ sie das Teil nach hinten auf die Liege fliegen. Alexander liebte es, wenn seine Feli ohne ihren Büstenhalter herumlief. Kaum dass der BH hinten gelandet war, setzte sie wieder mal ihren spitzbübischen Blick auf und hob in Richtung ihres Mannes das Shirt hoch und präsentierte ihre Oberweite. Es machte ihr richtig Spaß ihren Alejo wild zu machen, es gefiel ihr. In den nächsten Tagen sollte sie ihn nicht mehr anlegen, Alexander freute es. Feli hatte sich bereits im Vorfeld die Strecke von Alexander auf der Europakarte erklären lassen. Über Valencia und Barcelona führte die Tour über das Grenzgebirge, die Pyrenäen nach Frankreich. Weiter auf der ›Route du Solei‹ in Richtung Norden, vorbei an Lyon, um anschließend bei Beaune auf die A36 in Richtung Alemania zu wechseln. Südlich der Stadt Freiburg überquerten beide die Grenze nach Deutschland, um die restlichen 240 Kilometer bis zu ihrem Zwischenziel Ludwigshafen zu absolvieren. Seine Geliebte verfolgt die einzelnen Etappen auf der Karte, sie zeigt sich als außerordentlich interessiert, gewann sie doch für sie neue Eindrücke. Feli hat es sich auf dem Beifahrersitz gemütlich gemacht, ihre Beine legt sie bequem auf dem Armaturenbrett ab. Diese Fahrt mit einem 40-Tonner, sollte für sie, die bis dahin längste Reise werden, entsprechend gespannt zeigte sie sich, was sie alles sehen und erleben durfte. Das Schönste für sie, war allerdings, dass sie dieses Erlebnis zusammen mit ihrem Alejo erleben durfte.

Es ist bereits Mittagszeit, Alexander steuert eines seiner Lieblingslokale an. An der Abfahrt Torredembarra in der Provinz Tarragona verließen Sie die Autopista 7, um das kurze Stück nach Altafulla zum ›Grand Buffet‹ dem heutigen ›El Buffet de Altafulla‹ an der Carretera Nacional, N-340 zu fahren. Der große staubige Parkplatz lud die Camioneros aus ganz Europa zum Essen und Übernachten ein. Fernfahrer erhielten einen Sonderrabatt für das tägliche Buffet. Für umgerechnet 11 DM pro Person ließen sich beide kulinarisch verwöhnen. Die riesige Auswahl an Speisen aller Art, zudem die verschiedensten Desserts zum Nachtisch, ließen selbst Feli staunen. Während beide die Speisen in vollen Zügen genossen, erzählte Alexander von einem interessanten Wochenende hier auf diesem Rastplatz.

Ihr Traummann hatte wie so oft genügend Zeit und wollte das bevorstehende Wochenende nicht wieder an einem unbekannten Ort in der Pampas bei einem Kunden auf dessen Hinterhof verbringen, weit ab von jeglicher Unterhaltung und Freizeitaktivitäten. Es bestand andernfalls die Gefahr des Missmuts und der Melancholie. Nun, als Alexander hier ankam, es war bereits Oktober und die Badesaison vorbei, stand schon ein weiterer deutscher Kollege mit seinem Lkw auf dem Platz. Die Freude beider war entsprechend groß. Nachdem sie sich gemeinsam einen ›cafe con leche‹ gegönnt hatten, schlug der Kollege, sein Name war Michael, einen Spaziergang zum nahen gelegenen Strand vor. Querfeldein ging es für eine viertel Stunde über Felder und Brachland. Beide genossen den Anblick des mit wenigen Besuchern bevölkerten Strandes, die Brandung des Meeres, den Duft von salzigem Wasser und nicht zuletzt das Kreischen der Möwen auf Beutefang. Einige Strandrestaurants und Bars hatten ihre Türen noch geöffnet. Bei Kaffee und Kuchen ließen es sich beide gut gehen. Am Abend besuchten sie gemeinsam das ›Grand Buffet‹, um sich die Bäuche, mit den angebotenen kulinarischen Köstlichkeiten, vollzustopfen.

Der nächste Tag brachte schlechtes Wetter, es regnete ohne Unterbrechung, ein feiner Landregen überzog die Landschaft, kein Tag, um ihn außerhalb der Kabine zu verbringen. Beide saßen in Michaels ›VOLVO Globetrotter‹, neben dem ›RENAULT Magnum‹, der größte und komfortabelste Laster der damaligen Zeit, entwickelt für mehrwöchige Fahrten in den Nahen, und Fernen Osten. Ein slowakischer ›LIAZ‹ bog in die Freifläche ein. Dessen Fahrer parkte den aus osteuropäischer Produktion, mit entsprechend magerer und einfacher Ausstattung, stammenden Brummi neben denen von Michael und Alexander. Es befanden sich zwei Fahrer in der Kabine, man grüßte sich und kam ins Gespräch. Die beiden Slowaken sprachen ein wenig Englisch, sodass einer Unterhaltung nichts im Wege stand. Beide, Michael und Alexander wechselten hinüber zu den beiden osteuropäischen Kollegen, alle hatten viel Spaß, während es draußen immerzu regnete. Zu viert in einem alten osteuropäischen, mit minimalistischer Ausstattung versehenen Laster, da wird es eng, aber auch gemütlich. Ganz dem Motto, ›selbst in der kleinsten Hütte ist Platz zum Feiern‹, so richtig lustig und gemütlich wurde es, als František seine Gitarre hervorholte und Lieder wie San Francisco von Scott McKenzie und Songs von Cat Stevens zum Besten gab. Alle vier stimmten ein und sangen aus vollen Kehlen. Gerade im internationalen Fernverkehr gehen die Fahrer verschiedenster Nationen aufeinander zu und machen das Beste aus ihrer Situation.

Diese und ähnliche Begebenheiten sind Höhepunkte und brennen sich entsprechend in die Gedächtnisse der Fahrer ein. Das Leben hat schöne Seiten, man muss nur offen dafür sein.

Nachdem sich Feli und ihr Mann gestärkt hatten, was eigentlich untertrieben schien, denn beide waren Papp satt, so vollgegessen, legten beide eine Ruhepause bei geöffneten Fenstern und Dachluke ein. Warum auch nicht, beide hatten alle Zeit der Welt für sich. Alexander zog die Vorhänge der Kabine zu und beide legten sich zum Kuscheln auf die viel zu schmale untere Liege, mehr aufeinander als nebeneinander. So wie Feli nackt auf der Liege lag, wölbte sich ihr vollgestopfter Bauch nach außen. Ihr Freund konnte nicht anders, er musste ihre Auswölbung liebevoll streicheln, was wiederum bei ihr, erotische Gefühle auslösen sollte. Alexanders unruhige Hände befanden sich fast überall gleichzeitig, seine Angebetete liebte es, von Alexander auf diese Art verwöhnt zu werden. Felis Höhepunkt war unausweichlich, mit zusammen gepressten Lippen und Schenkeln versuchte sie ihren Orgasmus so leise wie möglich zu genießen, schließlich konnte jeder außerhalb, die verräterischen Laute hören. Schon während er ihre Haut streichelte, begann sich sein Phallus zu melden. Feli hatte sich einigermaßen von ihrem Höhepunkt erholt. Überglücklich kniete sie sich neben seine Hüften und verwöhnte ihn gekonnt mit ihren Lippen, das hatte er sich verdient. So wie sie ihre Zunge und Lippen um den

Schaft gleiten ließ, gab es für ihren Süßen kein Entrinnen mehr. Sie schmeckt seine ersten Tropfen auf ihrer Zunge und wusste, jetzt ist er gleich so weit, um ihr zu geben, nachdem sie lechzt, sie liebte seine süß salzige Ladung. Für Alexander war das Unterdrücken eines hemmungslosen Lautes, eine besondere Herausforderung. Feli genoss sein Ejakulat und ließ keinen Tropfen daneben laufen, viel zu kostbar und gut schmeckend war sein Lebenselixier.

Vor der Weiterfahrt suchten sie das Lokal erneut auf, um sich an der Bar eine kühle Cola und je einen Espresso zu gönnen. Die Zeit schritt unaufhaltsam voran, es war bereits gegen 16 Uhr und Zeit für die Weiterfahrt. Beide hatten für die nächsten Stunden ein Dauerlächeln der Zufriedenheit in ihren Gesichtern. Was hätte jetzt noch schiefgehen können? Sie waren bereits am ›Ebro Delta‹ mit den riesigen Flamingo-Kolonien und seinen zahllosen Verästelungen vorbei. Es folgte die katalanische Provinzhauptstadt Barcelona. Die Strecke stieg langsam an, in Richtung Pyrenäen, vorbei an Girona bis nach La Jonquera mit seinen riesigen Parkflächen für Camions aus ganz Europa. Hier wollten die Verliebten ihre Nachtpause einlegen. Mit beinahe 800 km hatten beide genug für heute zurückgelegt. Sie schnappten sich ihre Waschbeutel, die Badetücher und frische Unterwäsche, um hinter zu den Duschen zu laufen. Beide nahmen eine Kabine, schlossen von innen ab, um einander zu waschen, das gefiel beiden. Wann bekommt man denn eine solche Gelegenheit, um in einer geräumigen Dusche sich, während das warme Wasser auf beide rieselt, gegenseitig mit Streicheleinheiten und kuschelnd zu verwöhnen? Alexander spürte die zarten Hände seiner Frau, wie sie ihn am ganzen Körper wuschen, dass sich bei ihm schon wieder etwas regte, war unausweichlich und hätte Feli verwundert, wäre er nicht angewachsen. Richtige Lust auf Sex hatten beide jedoch heute nicht mehr und das war in Ordnung so. Alexander revanchierte sich bei seiner Feli mit einer genauso zärtlichen Art des Waschens.

Beide hatten sich zurechtgemacht und brachten ihre Sachen zurück zum Laster, um anschließend dem Örtchen einen Besuch abzustatten. Sie gingen in einen der kleinen Lebensmittelgeschäfte, um sich mit dem Nötigsten für die Fahrt einzudecken. Da Alexander seine persönliche Ausstattung bereits in Albacete ausgeräumt hatte, waren sie angewiesen, unterwegs in einem der Restaurants zu essen. Dort, wo früher kaum ein Platz zu finden war, herrschte heute gähnende Leere. Während zu Zeiten der Verzollung die Kellner hochnäsig und arrogant auftraten, waren sie heute mangels Gäste überfreundlich und zuvorkommend. So ändern sich die Zeiten. Beide bestellten sie je ein Steak mit Pommes und einem gemischten Salat, Alexander erzählte seiner Zukünftigen, wie es früher hier zuging. Feli hörte ihrem Alejo interessiert bei seinen Erzählungen zu. Er zeigte ihr, wie weit sich die Camions über die

Parkflächen hinaus auf die Autobahn und die Feld-wege im nördlichen Bereich zurückstauten, welches Chaos hier herrschte, wenn Zöllner oder Zollagen-ten wieder einmal streikten. Zum Glück war diese wilde Zeit mit Einführung des EU-Binnenmarktes vorüber, inzwischen ist der Grenzort fast verwaist, nur vereinzelte Fahrer nutzen die Flächen für ihre Pausen. Später in der Fahrerkabine sagt Feli ihrem Mann, »du Alejo, ich höre dir gerne zu, wenn du mir etwas erzählst, Danke«.

Alexander sieht sie fragend an und meint, »wo-für Danke.«

»Dass es dich gibt«, sie drückt ihm noch einen langen Kuss auf seine Lippen.

Beide müssen in getrennten Betten schlafen, sie unten und er oben. Am nächsten Morgen gönnten sich beide je ein Croissant mit leckerer Vanille-Creme als Füllung, dazu einen ›Café con leche‹, ei-nen Milchkaffee. Sie waren gerade aus Spanien rüber nach Frankreich gefahren und auf der ›Route du Solei‹, die ›Autobahn der Sonne‹ unterwegs in Richtung Lyon, entlang der Rhone. Feli sog die Ein-drücke der Landschaft in sich auf und mit einem Mal wurde ihr klar, was habe ich doch für ein Glück mit meinem Alejo, Pepi und ich werden mit ihm noch sehr viel erleben. Sie sah ihre Zukunft noch ge-nauer vor ihrem inneren Auge als bisher. Ich werde ihm ein gemeinsames Kind schenken, oder viel-leicht auch zwei, ich werde es ihm noch nicht sagen, nicht hier und jetzt. Sie wollte diese Entscheidung, die sie eben getroffen hatte, ihm noch nicht mitteilen, vorher wollte sie ihn heiraten, und wenn ich ihm einen Antrag machen muss, sie würde es tun.

In der Nähe von Lyon wurde es langsam Zeit sich Gedanken über ein Mittagessen zu machen. Alexander fuhr von der Autobahn und nahm die Abfahrt ›Port les Valence‹, parkte seinen Laster im nahegelegenen Hafen, dort stand er vor einem Jahr schon einmal, als Frankreichs Lkw-Fahrer eine ganze Nation in Geiselhaft nahmen.

Nachdem es auf Frankreichs Straßen mehrere schreckliche Unfälle mit Toten und Verletzten gegeben hatte, Unfallursache waren meist übermüdete Fahrer, musste etwas geschehen. Viele Kollegen wurden von ihren Chefs und Disponenten gehetzt wie Hunde. Gesetzlich vorgeschriebene Ruhepausen wurden generell nicht eingehalten, Pausen von 4 bis 5 Stunden waren die Regel. Alexander kam einmal in eine Kontrolle der Gendarmerie, das Fahrzeug stand gerade mal 4 Stunden in der Nacht. Er donnerte auf einer abschüssigen Strecke mit mehr als 100 Kilometer pro Stunde in eine Ortschaft hinein, von Weitem sah Alexander die Polizei, er bremste seinen Lastzug auf, erlaubte 50 km/h ab, die Kelle, das Zeichen zum Anhalten hielt einer der Flics, wie die Polizisten in Frankreich genannt werden, in die Fahrbahn.

»Das war es jetzt,« dachte er bereits, »wenn ich Glück habe, legen sie mich für die nächsten zehn Stunden still, die Geldstrafe wird hoch sein, oder sie sperren mich gleich ein«. Der Flic sah sich die Tachoscheibe an, gab sie Alexander zurück und wünschte ihm, »Bon Route, gute Fahrt«.

Dass es heute nicht mehr möglich ist, hat vor allem mit diesem Streik der Routiers zu tun, es war damals die Hauptforderung der Fahrergewerkschaft. Zum Glück wäre so etwas heute nicht mehr denkbar. Sie streikten für mehr Kontrollen durch die Gendarmerie und ein vorgezogenes Rentenalter auf 55 Jahre und bessere Arbeitsbedingungen. Alles konnten sie durchsetzen. Es waren unvergessliche 10 Tage mit guten und auch angstvollen Eindrücken.

Zu Fuß hatten sie knapp 10 Minuten zu laufen, bis sie an dem Stammlokal von damals ankamen. Sie betraten den Gastraum, René und Nadine sahen Alexander mit großen Augen an, hatten sie ihn doch gleich wieder erkannt. Entsprechend fiel das Hallo aus. Die Wiedersehensfreude war auf beiden Seiten gleich groß. Alexander und Feli aßen und tranken sprichwörtlich wie ›Gott in Frankreich‹. Diese Auswahl an Delikatessen stellte das Gran Buffet von Altafulla in den Schatten. Feli war sprachlos über die unüberschaubare Auswahl an Speisen, eine war leckerer als die andere, ein Erlebnis für seine Feli, welches sie nicht mehr vergessen sollte. Sie drückte sich eng an ihren Alejo und strahlte ihn glücklich und verliebt an. Bis Belfort im Elsass wollte es Alexander heute noch schaffen, dann könnten sie morgen am Mittwoch die Ladung loswerden und den Endspurt nach Schweinfurt absolvieren. Es hatte zu regnen begonnen, ein richtiger feiner Landregen, der die Umgebung mit ihrem satten Grün noch kräftiger wirken ließ. Alexander gefiel es, wenn er nach Wochen in der Sonne hier hochkam. Er sah die Welt differenzierter als die meisten Menschen. Für sie gab es entweder schön oder schlecht, die Zwischentöne und Farben bemerkten nur wenige Menschen. Wie Alexander so dahin schwärmt, bemerkt auch seine Feli die Töne und gibt ihm recht. Nun regnet es auch am nächsten Tag in einer Tour, mit gemütlichen 100 Km/h spulen die beiden Kilometer für Kilometer ab. Feli hat wieder den Schalk im Nacken. Sie dreht sich um zu Alejo und ruft, »hola mi amor, hallo mein Liebster«.

Alexander dreht sich zu ihr und was macht seine Frau, sie hebt mit ihrem schelmischen Lächeln, ihr Shirt hoch, sodass ihn ihre nackten Brüste frech anschauen, obendrein lässt sie ihre Wonnehügel noch hin und her wackeln. Alexander hüpft vor Freude johlend auf seinem Sitz herum. Schnell lässt Feli, Alexanders Spielzeuge wieder züchtig unter ihrem Shirt verschwinden. Sie freut sich, wie leicht sie ihrem Mann eine Freude bereiten kann. Auf sein Bitten hin, sie abermals sehen zu dürfen, meint sie, »no, no, du musst auf deinen Weg achten«.

»Bitte, bitte«, bettelt Alexander und siehe da, sie wiederholt das Spiel. Sie strahlt über beide Backen, fährt ihr Alejo doch so sehr auf sie ab. Während der zweitägigen Fahrt sammelte Feli eine Unmenge an neuen Eindrücken. Besonders beeindruckend fand sie die überwiegend grüne Landschaft hier oben in Mitteleuropa.

Nachdem sie die Ladung entladen hatten, fuhren sie leer weiter in Alexanders Heimat, nach Franken. Es war Mittwoch, als sie auf dem Hof seiner Firma ankamen. Feli war zuerst etwas schockiert, als sie den ganzen Schrottplatz bei Hans sehen musste.

»Bei dieser Firma hast du gearbeitet?«, fragte Feli ungläubig ihren Alejo.

»Hauptsache, das Geld hat gestimmt«, erwiderte er.

Nun, Alexanders restliche persönliche Sachen waren schnell ausgeräumt, die Kabine erneut durchgesaugt und fertig. Als Hans den Grund für Alexanders Kündigung sah, machte er große Augen und musste ihm zu seiner Entscheidung gratulieren. Alexander machte mit Hans noch die Abrechnung, dann verabschiedeten sie sich und fuhren mit Alexanders Auto in sein Zuhause, das es die längste Zeit gewesen ist. Eine Ära endete und eine erwartungsvolle und bessere Zukunft konnte beginnen, eine Zukunft mit lieben Menschen. Beide wollten nur zwei Tage bleiben, um alles Nötige zu regeln. Alexander stellte Nathalie seine Braut vor, alle drei verbrachten den Abend gemeinsam. Es gab viel zu erzählen. Zudem sollte es ein Abschied für lange oder für immer werden.

Nathalie meinte an Feli gerichtet, »passe gut auf meinen Alexander auf und hege und pflege ihn immer gut, er wird es dir ewig danken, Alexander ist ein ganz besonderer Mensch«.

»si, das werde ich, ja du hast recht, er ist ein ganz besonderer Mensch, das habe ich bereits nach ein paar Minuten erkannt. Nicht nur ich habe es gemerkt, auch meine Tochter und meine Eltern waren sofort von ihm begeistert. Glaube mir, liebe Nathalie, den Alejo werde ich nie mehr hergeben«.

Kurz darauf fragt Feli auf ihre unverblümte und direkte Art, »ihr beide hattet bestimmt miteinander Sex?«

Nathalie blickt Alexander fragend an und weiß nicht, was sie antworten soll.

Der erwidert, »ja gelegentlich hatten wir Spaß miteinander«.

Feli grinst und meint an Nathalie gerichtet, »das ist jetzt vorbei« und zwinkert ihr vielsagend zu.

Als Alexander und Feli sich von Nathalie verabschiedeten, meint Feli noch »Nathalie, ich kann dich gut leiden, deshalb würde ich mich sehr freuen, wenn du uns einmal besuchen würdest. Du bist jederzeit herzlich willkommen«.

Jetzt ist es Nathalie, die sprachlos dasteht, wenn sie auch mit vielem gerechnet hätte, aber bestimmt nicht, dass Alexanders Zukünftige sie, die Sex mit ihm hatte, einladen würde. Alexander bekam dabei einen Stich in sein Herz, er musste jetzt seine Feli ganz fest umarmen. Nathalie konnte ihre Tränen nicht zurückhalten, hatten sie doch beide, Jahre der intensiven Freundschaft verbunden und offensichtlich eine neue Freundin gewonnen.

»Ich mag dich auch sehr leiden, liebend gerne komme ich«, brachte sie noch heraus.

Drüben in seiner Wohnung nahm er sie in seine starken Arme, um sie intensiv zu küssen. Er wusste, es würde alles gut werden. Feli gab ihm einen freundschaftlichen Knuff mit dem Ellenbogen in seine Rippen und meinte, »wenn du mit ihr geschlafen hast, dann muss ich mir keine Gedanken machen, wenn mein Busen eines Tages schlaffer werden sollte« und grinste ihn dabei mit ihrem schelmischen Blick an. Alexander faste grinsend von unten an ihre linke Brust und hob sie an. »da ist noch Luft nach unten«, witzelte er.

Feli drohte ihm spaßig, »warte nur, du Schuft«.

Beide lagen sich in ihren Armen und küssten sich intensiv.

Feli sitzt ihrem Alejo im Schneidersitz auf dem Bett gegenüber. Alex blickt sie verliebt an, während er sich an ihrem Anblick nicht satt sehen kann. Wie sie mit ihrem dunklen Teint da sitzt, mit ihrem langen offenem Haar, das ihr bis zu ihren wunderschönen Brüsten, mit den dunklen Nuckelspitzen reicht. Wie sie mit ihrem Oberkörper leicht nach vorne gebeugt sitzt und dabei ihr fantastischer Busen noch etwas tiefer hängt. Wie zwischen ihren gespreizten Schenkeln ihre füllige Schambehaarung den Ort der Lust markiert. Wie ihre langen Beine das Bild abrunden. Was für eine Frau, geht es Alexander durch den Kopf, sie verstand Spaß, war witzig und intelligent, sie war einfach fantastisch. Beide konnten auch an diesem Abend nicht voneinander lassen, sie waren scharf aufeinander. Feli wollte von hinten genommen werden. Sie kniete sich auf dem Bett vor ihrem Lover, der drang in sie ein. Das Gefühl, wie er mit seinem Becken in ihren weichen Hintern eintaucht, löst bei ihm ein bis dahin unbekanntes Gefühl aus, es fühlt sich warm an, wie, wohlig und zugleich angekommen. Eine Empfindung, wie zu Hause angekommen. Viel nimmt Alexander nicht mit in seine neue Heimat, seine Stereoanlage, die er sich vom Geld seiner Omi als Jugendlicher kaufte, einige Erinnerungsstücke, seine Papiere und die Kleidung. Den Rest würde Nathalie verkaufen. Das Geld hierfür konnte sie behalten. Die Wohnungsauflösung würde sie ebenfalls erledigen. Falls das Geld nicht reichen sollte, Alexander wird ihr den Rest überweisen.

Nathalie hatte für den Samstagabend eine Karte für die ›Schweinfurter Schlachtschüssel‹ und hätte sich gefreut, wenn die beiden dabei wären. Felicia wusste nicht, was das war, so erklärten Nathalie und Alexander es. Alexander wollte es seiner Feli nicht vorenthalten, Nathalie konnte noch kurzfristig zwei Karten organisieren, sodass sie den

Samstagabend zu dritt bei der Schlachtschüssel verbrachten. Ursprünglich wollten die beiden bereits am Samstag nach Spanien aufbrechen, doch sie entschlossen sich, noch zwei weitere Tage anzuhängen. Felicia macht große Augen und hält sich vor Begeisterung die Hand vor ihren Mund als die Fleischberge auf das lange Holzbrett gelegt werden. Bauchfleisch, Nieren, Herz und viele andere Teile des Schweins werden auf dem Tisch serviert. Jeder nimmt sich, was er will, dazu gutes fränkisches Brot, Salz und Pfeffer. Gemeinsam essen alle direkt von dem langen Holzbrett. Zum Trinken wird Most gereicht. Der Abend wurde zum einmaligen Erlebnis, von dem Felicia noch ihren Enkelkindern erzählen sollte. Alexander wollte seiner Felicia die Schönheiten der mitteleuropäischen Natur nicht vorenthalten. Am Sonntag fuhr er mit seiner Braut in die Rhön, einem Mittelgebirge ganz in der Nähe. Es erhebt sich mit seiner Wasserkuppe, bis auf 950 Meter über dem Meeresspiegel. Die Fahrt führte über den Kreuzberg mit seinen dichten Laubwäldern hoch auf die Hochrhönstraße, die sich auf über 800 Meter Höhe über die Kammlage mit ihrer kargen Vegetation der Rhön hinzieht. An deren nördlichen Ende die beiden, die berühmten Thüringer Bratwürste verzehren. Vorher führt Alexander seine Geliebte durch das dort befindliche ›Schwarze Moor‹ mit seiner einzigartigen Pflanzenvielfalt und seinen Mooraugen. Anschließend zeigt er ihr die Grenzanlagen der deutschen Teilung, die sich in unmittelbarer Nähe befinden. Während beide sich zu Fuß zu den Grenzanlagen begeben, hackt sich Feli bei ihrem Gefährten unter und schmiegt sich mit einem zufriedenen Lächeln ganz nah an ihn an. Das Bewusstsein, dass hier die Welt in Ost und West geteilt wurde, dass hier die militärischen Blöcke ›NATO‹ und ›Warschauer Pakt‹ sich hochgerüstet, bis an die Zähne bewaffnet gegenüberstanden, beeindruckte Feli ganz besonders. Darüber, dass hier die Menschen aus dem Ostteil Deutschlands mit Minenfeldern und unter Schusswaffengebrauch an einem Wechsel der Seiten gehindert wurden, das war ihr bisher nicht bewusst gewesen, um so entsetzter war ihre Reaktion. Die Sperranlagen wie die 3 Meter hohen Zäune, die Wachtürme und Erdbunker, von denen auf Menschen geschossen wurde, machen sie betroffen.

Alexander zeigte ihr die Schönheiten der mitteleuropäischen Flora und Fauna. Es sollte ein einmaliges und nachhaltiges Erlebnis für sie werden.

»Ich bin so glücklich mit dir und so froh, dass du, mein Allerliebster, mir das alles zeigst und erklärst«, bedankte sich Feli mit einem dicken Kuss auf seine Lippen.

Nun hatten die beiden noch zwei Tage Fahrt mit Alexanders kleinem ›Nissan Micra‹ vor sich. Ein größeres Auto hatte er, für die paarmal, die er zu Hause war, nicht benötigt. Es ist Montag, Nathalie hat Spätschicht, sie bereitet für beide ein Abschiedsfrühstück. Sie serviert frische Brötchen, Butterhörnchen, die Alexander so liebt, weich gekochte Eier,

Marmelade, Käse und Wurst. Feli zeigt sich begeistert über diese Vielfalt. Nach dem emotionalen Abschied unten auf der Straße starten beide in ihre neue und glückliche Zukunft. Beide sind davon felsenfest überzeugt.

Sie wechselten sich regelmäßig am Steuer ab. Es wurde langsam Zeit, sich nach einer Schlafunterkunft umzusehen. Sie hatten Lyon bereits passiert und fuhren von der Autobahn ab. Auf der parallel verlaufenden Nationalstraße sahen sie bereits nach ein paar Kilometern von Weitem ein beleuchtetes Schild mit der Aufschrift Motel, hier wollten sie nach einem freien Zimmer fragen. Feli parkte auf dem Parkplatz, der Platz war bereits gut belegt, was auf eine gute Unterkunft schließen ließ. Beide betraten die Rezeption und fragten explizit nach einem Doppelzimmer ohne Besucherritze im Bett. Sie hatten Glück und die Rezeptionistin konnte mit einem vielsagenden Lächeln im Gesicht ein entsprechendes Zimmer mit französischem Bett anbieten. Frühstück gab es von sechs bis zehn, das Zimmer musste bis halb elf Uhr geräumt sein. Zu Essen bekamen die zwei noch eine Kleinigkeit angeboten. Sie gaben sich damit zufrieden, um anschließend das Zimmer aufzusuchen. Beide waren müde, weshalb sie das Duschen ausließen, das konnten sie morgen früh immer noch nachholen. Wie gewohnt lagen sie noch eng an eng beieinander, als Feli meinte, »du Alejo, was Du neulich Abend in deiner Wohnung zu mir gesagt hast, hat mir ausgezeichnet gefallen, es hat mich glücklich und zufrieden gemacht. Ich wusste in diesem Moment, dass ich mit dir glücklich werden würde«.

Alexander wusste erst nicht, was sie meint und musste, nachfragen.

»Das mit meiner Brust, dass da noch Luft nach unten ist«,

»Ach das«, erwiderte er.

»Ich weiß jetzt, dass Du mich wegen ein paar Falten oder einer Cellulitis nicht verlassen wirst«, sie drückte sich noch ein wenig fester an ihren Mann.

»Wir verändern uns doch alle, zudem ist es schön, wenn sich unsere Körper verwandeln, stelle dir doch mal vor, wir würden so bleiben wie wir sind, das wäre doch langweilig, oder meinst du nicht auch?« Jetzt begann Feli erneut zu strahlen, am liebsten würde sie auf der Stelle in Alejo hineinkriechen. Beide schliefen zufrieden und glücklich miteinander ein. Als Alexander am nächsten früh wach wurde und seine Augen öffnete, sah er in ein strahlendes Gesicht, in das wunderschöne Antlitz seiner Frau.

Ein sanftes »buenos dias mi amor, guten Morgen mein Schatz« aus ihrem Mund ließ den Tag wundervoll beginnen.

Nachdem beide etwas gekuschelt hatten, fragte er seine Traumfrau »du Schnuggel, dass wir gestern

Abend keinen Sex hatten, ist hoffentlich für dich okay, oder hast du es vermisst?«

Worauf sie ihn mit ihren Armen eng umschlang und meinte »Für mich ist es in Ordnung, wir sind keine Maschinen!«

Feli war so glücklich, sie drehte ihren Alejo auf den Rücken und setzte sich auf seinen Schoß, vornüber gebeugt verwöhnten ihre langen schwarzen Haare seinen Oberkörper, ihre wundervollen weichen Brüste waren wieder ein Augenschmaus. Beide liebten sich, bis Feli vor Erschöpfung auf Alexanders Oberkörper zusammensackte und ihr liebevolles Lächeln sein Herz höherschlagen ließ.

»Oh es ist bereits neun vorbei«, erschrak Alexander, sie mussten sich entscheiden, entweder duschen oder Frühstück?

Sie entschieden sich fürs Frühstücken, das Duschen konnten sie einmal auslassen. Nach dem reichhaltigen Frühstücksbuffet beglichen sie die offene Rechnung und setzten ihre ›Fahrt ins Glück‹ fort, so bezeichnete Feli die Heimreise.

Am Nachmittag, sie befanden sich bereits in Spanien, legten sie eine Kaffeepause ein. Alexander legte seinen Kopf auf Felis Schulter, sog ihren wunderbaren Duft ein. Ein Duft, der das Gefühl von Wärme und Geborgenheit bei ihm auslöste. Feli war sich nicht sicher, ob sie schon unangenehm riechen würde. »Nein, genau das Gegenteil ist der Fall, dein Duft löst bei mir sehr angenehme Gefühle aus«.

Feli strahlte. Später während der langen Fahrt bemerkt Feli,

»Du Alejo, in deinem Camion fand ich die Fahrt angenehmer, nicht so ermüdend wie in einem Auto.«.

»Stimmt, es fährt sich damit viel entspannter«, musste er ihr zustimmen.

Es war inzwischen Dienstagabend, bis sie in Albacete, ihrem zukünftigen gemeinsamen Zuhause ankamen. Pepi hatte schon lange am Fenster auf ihre Eltern gewartet und war die Erste, die ihre Mama und ihren Alexander begrüßte. Maria empfing die beiden mit einer herzlichen Umarmung.

Pablo begrüßte seinen Schwiegersohn in spe mit einem, »Herzlich willkommen in deinem neuen Zuhause«, dass er extra auf Deutsch einstudiert hatte.

Er hätte Alexander nicht herzlicher begrüßen können. Nachdem Maria für die Zwei noch ein Essen hergerichtet hatte, beide waren hungrig, und sie sich noch ein wenig unterhalten hatten, zogen sich die Zwei zurück in ihre Wohnung. Maria hatte vorher noch mit ihrer Enkeltochter geredet, dass Pepi noch eine Nacht bei ihnen schlafen würde. Feli und ihr Alejo duschten nach der langen Fahrt, legten sich in ihr Bett und schliefen sogleich ein. Am nächsten Morgen öffnete Feli ihre Augen und sah in das glücklich lächelnde Gesicht ihres Geliebten. Es war ihre erste Nacht als Lebenspartner.

Schwarzwälder Kirschtorte

Es beginnt für beide eine neue Epoche, eine Zeit der Familie, der Liebe und der Freude. Pablo, nahm seinen Schwiegersohn an die Hand und zeigte und erklärte ihm in den folgenden Wochen alles Nötige in der Firma, er wollte ihn einarbeiten, damit er später zusammen mit seiner Tochter die Firma leiten könnte. Alexander zeigte sich als gelehriger Schüler und war dankbar für Pablos Vertrauen. Felis Lebenspartner verstand es, Pepita an sich zu binden. Er zeigte ihr sehr viel, hatte großes Vertrauen in ihre Fähigkeiten und nahm sie bei ihren Fragen zu allen möglichen Themen ernst. Pepi und Alexander verbrachten viel Zeit miteinander, Zeit, in der er nur für sie da war. Sie dankte es ihm, mit der Liebe, die sie ihm gegenüber aufbrachte. Pepita hatte endlich den Papa, den sie sich immer gewünscht hatte. Sein Erziehungsstil war antiautoritär, basierend auf Vertrauen. Er förderte sie beim Ausloten ihrer Fähigkeiten und Grenzen. Er legte großen Wert auf einen liebevollen Umgang. So konnte er auch die Mama überzeugen, dass Pepita, wenn sie schlecht schlief, zu jeder Nachtzeit zu ihnen in das Bett kommen konnte. Alexander war einer, der handelte, der nicht allzu lange herum fackelte.

Er wollte seiner Feli einen Heiratsantrag machen und sie damit überraschen. Pepita spielte dabei eine wichtige Rolle. Er vergattert sie dazu, dass es ihr gemeinsames Geheimnis sei und sie der Mama nichts davon erzählen dürfte, da sonst die Überraschung dahin sei. Beide wollten Feli ein ganz besonderes Erlebnis bieten, sie planten gemeinsam. Alexander liebte ›Schwarzwälder Kirschtorte‹ eine hierzulande unbekannte Sahnetorte. Er fand in Albacete einen Konditor, der sie nach Rezept herstellte. Pepita und ihr Alexander betraten einen Juwelierladen und suchten einen Verlobungsring für Mama aus. Beide entschieden sich für einen Platinring mit einem eingefassten Diamanten, ein richtiges Schmuckstück fanden beide. Nun es war an einem Sonntag, Alexander hatte in der Konditorei einen Bereich reservieren lassen. Die Schwiegereltern mussten sie einweihen, denn Maria sollte ihre Tochter einen Vorwand nennen, damit diese sich entsprechend herrichten musste, ohne zu ahnen, was kommen würde.

Alle fünf hatten sich herausgeputzt für den besonderen Tag, der Tag, der einen weiteren Lebensabschnitt der beiden kennzeichnen sollte. Alle hatten sich richtig fein hergerichtet, Alexander ließ sich am Vortag noch seine Haare schneiden, schließlich sollte seine Braut stolz auf ihn sein. Pepita und Feli hatten ihre besten Kleider angezogen, Feli trug ihr Maxikleid mit zartblauem Blumenmuster, zusammen mit ihren offen getragenen langen schwarzen Haaren sah sie wundervoll aus, ein Hingucker in jeder Hinsicht. Für den Festtag wählte Papa Alexander für seine Pepita ein Sommerkleid in beigen pastellfarben, passend zu ihrem brünetten Haar, das ihr bis hinunter zu den Hüften reichte, dazu trug sie flache Sandaletten in einem beigen Farbton. Alexander hatte sich speziell für diesen Tag heimlich ein neues Outfit zugelegt. Es bestand aus einer leichten beigefarbenen Leinenhose, einem braun kariertem Overshirt aus Baumwolle und darunter trug er einen gelben Baumwollener. Um das Ganze noch abzurunden, trug er braune Schnürboots aus Veloursleder. Auch Pablo und Maria hatten sich extra neue Kleidung zugelegt, war es doch auch für die beiden ein ganz besonderer Tag. Um die Überraschung noch einen Tick größer werden zu lassen, deponiert Alexander die Kleidung für Pepi und sich am Vortag in der ›Confitería‹, der Konditorei. Zu fünft fuhren sie zu dem Lokal, die Chefin und der Meister erwarteten die Gesellschaft bereits, sie hatten schon alles vorbereitet. Pepita und ihr zukünftiger Papa verschwanden hinter der Theke, zum Umziehen musste die Küche herhalten. Der Chef hatte für Kamera und Videoaufnahmen gesorgt. Feli dachte sich nichts dabei, dass die beiden wieder einmal verschwunden waren, sie hingen ohnehin viel Zeit miteinander ab. Der Chef spielte leise, gediegene Musik ein. Es erklang ›Power of Love‹ von Frankie goes to Hollywood. Pepi und Alexander erschienen mit einem edlen Silbertablett, das beide ehrfurchtsvoll vor sich hertrugen. Auf dem Tablett stand die ›Schwarzwälder Kirschtorte‹, umrahmt von fünf roten Rosenblättern. Der Konditormeister hatte den Ring kunstvoll auf einem Sahnehäubchen so drapiert, dass bei dem Herunternehmen des Rings, keine Sahne an ihm haften blieb. Jetzt ging auch Feli ein Licht auf, sie begann etwas zu ahnen. Sie ließ einen Laut der Entzückung von sich und hielt ihre Hand vor ihren geöffneten Mund, sie strahlte vor Vorfreude, wie sie weder Alexander noch ihre Eltern sie je gesehen hatten. Der Bräutigam kniete sich vor ihr hin, beide hielten den Teller mit der Torte und dem Diamantring in Richtung der Braut. Jetzt kam der entscheidende Moment.

Alexander fragte in einem ehrwürdigen Ton, »Liebe Felicia Sanchez, du bist die Frau, von der ich ein Leben lang geträumt habe, mein Traum ist bis hierher in Erfüllung gegangen. Nun frage ich dich, willst du meine Frau werden?«

Feli war sprachlos, sie versuchte einen Ton herauszubekommen und fing wie damals an zu stottern und verhaspelte sich, so überwältigt war sie. Sie brachte doch noch ein paar Worte heraus.

Unter Tränen, Tränen des Glücks rief sie »Si … Si …Si, ja, ich will deine Frau werden, nichts lieber als das!«

Pepi zog ehrfurchtsvoll den Ring von der Torte ab und überreichte ihn ihrem Daddy, der das Zeichen des Eheversprechens vorsichtig und ganz langsam auf den rechten Ringfinger seiner Angebeteten steckte. Feli fiebert danach, ihren Alejo zu küssen, um anschließend beide in ihre Arme schließen zu können. Am liebsten hätte sie die beiden nie mehr losgelassen. Mama, Papa, die Cafébesitzer, das Personal und die anwesenden Gäste klatschten Beifall und wünschten ihnen alles Glück auf der Erde. Feli trug ihren Verlobungsring voller Stolz und Vorfreude auf die Ehe mit ihrem Alejo. Was für ein einzigartiger Tag, den ihr, Alejo, Pepita und ihre Eltern bescherten, einfach unvergesslich. Dieser Tag sollte einen besonderen Platz in aller Gedächtnis erhalten. Dass in dem gesamten Zeitraum eine Videokamera und ein Fotoapparat die Feierlichkeit für die Nachwelt festhielten, ging an Feli vorüber, umso größer die Freude, als sie die Aufnahmen gemeinsam ansahen.

Feli hatte sich bereits kurz nach ihrem Kennenlernen für ein weiteres Kind, ein Kind mit ihrem Alejo entschieden. Nun sah sie den Zeitpunkt gekommen, ihm ihren Wunsch zu unterbreiten. Beide lagen abends zusammen in ihrem großen Bett und kuschelten nach dem Sex noch miteinander.

Feli sagte an ihren Mann gerichtet, »Alejo, ich habe einen Wunsch, einen Wunsch, den nur du mir erfüllen kannst«.

Alexander ging sofort ein Licht auf, »ja, wenn ich ihn dir erfüllen kann, dann sehr gerne«.

Feli antwortete, »den kannst nur du mir erfüllen, sonst niemand«.

»Okay, dann leg los, ich bin schon ganz gespannt«. Innerlich poppte schon die Freude auf, auf das, was seine Feli jetzt sagen würde. Er konnte und wollte seine aktuelle Gefühlsverfassung nicht vor ihr verbergen. Feli kuschelte sich noch ein wenig fester an ihren zukünftigen Ehemann, sie begann, »ich wünsche mir von dir ein Kind, was hältst du davon?«

Die Antwort kam direkt, »Du machst mich glücklich, auch ich habe schon daran gedacht«.

Beide küssten sich so gierig wie selten. Feli lächelt ihr Herzblatt an und wollte noch etwas wissen.

»Erinnerst du dich an unseren ersten Tag, als du meintest, du würdest von drei Mädchen träumen? Meinst du drei eigene Mädchen oder drei Mädchen mit Pepi?«

Er legt seinen Zeigefinger auf ihren Mund und sagt, »Pepi ist meine Tochter!«

»Und was ist, wenn es ein Junge wird?«.

»Dann ist es ein Junge, wo ist das Problem? Hauptsache Kinder mit dir, egal ob Junge oder Mädchen.«

Beide schliefen wieder überglücklich, eng aneinander gekuschelt ein.

Alexander war ein außerordentlich liebebedürftiger Mann, er hatte so seine Eigenschaften, gute Eigenschaften wie die Suche nach Körperkontakt, das hatte er schon vor Feli immer wieder gesucht. Besonders bei seinen Eskapaden in den Clubs, von denen er Feli erzählte. Auch sein Fetisch, die weibliche Brust, mit den Spielen um ihre Nippel, wie das Saugen, ließen Feli, Alexanders Kindheit hinterfragen. Zudem war da noch, dass Alexander von seiner Ursprungsfamilie kaum etwas sprach und er keinen Kontakt dorthin zu haben schien. Beide genossen wieder ihre Zweisamkeit, Feli gab sich einen Ruck und schnitt das Thema an. Unerwartet erwischte sie bei ihrem Mann einen Trigger. Es sprudelt nur so aus ihm heraus, er erzählt bereitwillig von den vielen schrecklichen Dingen, denen er bereits als kleiner Junge ausgesetzt war, von seinem Wunsch im Kindesalter lieber Tod zu sein. Es war das erste Mal in seinem Leben, dass er darüber mit jemandem redete. In den vergangenen Jahrzehnten musste Alexander die Vergangenheit mit sich selbst klären. Feli sah nun viele Verhaltensweisen ihres Mannes viel klarer und deutlicher als vor diesem Gespräch. Jetzt verstand sie auch die Sehnsucht nach einer intakten Familie, der Wunsch nach Begegnung auf Augenhöhe und nicht zuletzt das intensive Verhältnis zu ihrer Tochter Pepi. Er wollte alles besser machen und in keinerlei Hinsicht so werden wie seine Ursprungsfamilie. Während sie ihn fest im Arm hielt, vermittelte sie ihrem Mann, dass sie jederzeit für ihn da sei und ihm bei der Bewältigung seines Kindheitstraumata an seiner Seite stehe. Es folgten in den nächsten Jahren viele Gespräche zur Aufarbeitung zwischen den beiden.

Einmal meinte Feli zu diesem Thema, »wozu sind wir eine Familie, in einer Familie stützt man einander, ist immer füreinander da«.

Sie gab ihm immer wieder das Gefühl der Geborgenheit. Später konnte sie ihren Alejo überzeugen, dass er sich bei einem Psychologen Hilfe holte, Hilfe bei der Bewältigung schlimmster Kindheitserlebnisse, die man sich als Außenstehender kaum vorstellen vermag, welche ihm Vater, Mutter und nicht zuletzt sein Bruder zugefügt hatten. Seine Familie, nein auch seine Schwiegereltern standen felsenfest zu ihm. Welch eine fantastische Familie, dachte sich Alexander so manches Mal, ihm ging dann immer erneut sein Herz auf. Sein Herz fühlte sich an, als brenne es, alles tat weh.

Als beide wie so oft ihrem Hobby, dem intensiven Sex nachgegangen waren, lagen die beiden erschöpft in ihrem Bett. Feli meinte, »du Alejo, das Nuckeln an meinem Busen hat dir heute wieder besonders gutgetan«, worauf Alexander meinte, »ja du weißt, es macht mir immer wieder Freude«.

»Ja, ich gebe dir gerne, was dir guttut.«

Beide lächelten sich an.

»Weißt du, ob dich deine Mutter gestillt hat?«

»Nein, das hat sie nicht, sie hat lieber abgepumpt und mir die Milch aus der Flasche gegeben«.

»Und woher weißt du das?«

»Ich habe sie mal danach gefragt«.

Feli wurde nachdenklich. Sie meinte, während sie ihm zärtlich über seinen Kopf streichelte, »jetzt wird mir einiges klar, woher dein Bedürfnis nach Nähe und das Saugen an ihren Spitzen rühren, du hattest zu wenig Körperkontakt zu ihr und das Stillen hat dir ebenfalls gefehlt«.

»Ja, das könnte der Grund sein, du hast bestimmt recht«.

Feli versprach ihrem Mann, »wenn unser gemeinsames Kind auf der Welt ist und ich ausreichend Milch übrighabe, dann sollst du etwas von mir bekommen, was dir deine Mutter vorenthalten hat. Von mir bekommst du es, versprochen«.

Alexander brachte wieder ein lang gezogenes, »ich liebe dich«, über seine Lippen und hielt den Traum seiner schlaflosen Nächte noch fester.

»Es ist einfach wunderbar, eine solche wundervolle Familie an seiner Seite zu wissen«.

Es sollte nicht sehr lange dauern, nur ein paar Monate vergingen, bis Feli von ihrem Alejo schwanger wurde. Sie bezogen Pepita von Anfang an mit ein, sie sollte sich auf ihr Geschwisterchen freuen. Wenn das Kind im Bauch der Mama wieder mal Feli mit seinen Tritten plagte, durfte Pepi am Bauch fühlen. Zeitweise nahm Pepi Kontakt zu ihrem ungeborenen Geschwisterkind auf, indem sie ihr Ohr an Mamas Bauch legte und den Geräuschen im

Bauch zuhörte. Zeitweise begann sie ihm, dem Ungeborenen, Geschichten aus ihrem Leben zu erzählen, oder über für sie wichtige Ereignisse zu reden. Die Verbundenheit Pepitas war einzigartig und sollte ein Leben lang andauern. Zur Frauenärztin nahmen Mama und Papa ihre Tochter mit, damit Pepi ihr Geschwisterchen im Ultraschall sehen konnte. Die Eltern legten darauf sehr viel Wert, wollten sie so, eine Phase der Eifersucht auf das Baby und dem Gefühl der Vernachlässigung von vornherein vorbeugen. Nun, da der Geburtstermin näher rückte, musste noch ein Name für das Baby gefunden werden. Die Eltern ließen sich das Geschlecht ihres Kindes nicht nennen, sie wollten die Spannung bis zum Schluss aufrechterhalten. Der Familienrat aus Mama, Papa, Pepi und den Großeltern tagte, sollte es ein Junge werden, einigten sich die fünf auf Pedro, bei einem Mädchen sollte sie Selina heißen.

Anfang vom Ende

Beide machten sich Gedanken um ihre Hochzeit, beide waren sich einig, dass sie die Feierlichkeiten in den Sommermonaten abhalten wollten. Feli, Alexander und ihre Eltern hatten sich wegen eines Hochzeitstermins besprochen. Der August schien am besten infrage zu kommen. Feli fiel ein, dass ihr Alejo am 14. August seinen Geburtstag feiern konnte, deshalb schlug sie ihm diesen Tag als Hochzeitstermin vor. Der lehnte ab, schließlich hatte seine Braut ebenfalls im August Geburtstag, er bestand darauf, die Feierlichkeiten anlässlich ihres Bundes fürs Leben an ihrem Purzeltag abzuhalten. Beide wären sich beinahe ernsthaft in die Haare geraten, wie sie es seit ihrem Kennenlernen noch nicht erlebt hatten. Beide bestanden darauf, sich das Ja-Wort am jeweiligen Geburtstag des anderen zu geben. Sollte dies der Anfang vom Ende sein? Die erste, ernst zu nehmende Auseinandersetzung. War ihre Beziehung noch zu retten? Beide begannen lauthals zu lachen und vielen sich in die Arme, so waren sie, beide hatten am selben Tag Geburtstag, beide waren im Sternzeichen Löwe geboren. Beide waren für derartigen Spaß immer zu haben! Feli war auf den Tag genau zwei Jahre älter als ihr Bräutigam.

Die Zeit rückte näher und Alexander wollte alles perfekt machen, genauso wie er es schon mehrfach bewiesen hatte. So sprach er mit seiner Braut über die Adoption ihrer Tochter. Wieder einmal zeigte sie sich perplex, hatte sie doch daran bisher noch keinen Gedanken verloren.

»Ja, du bist ein toller Papito, ich würde mich sehr freuen. Wir wären dann alle eine richtige Familie.«

Für Alexander sei es eine Selbstverständlichkeit, schließlich hatte er die Kleine schon am ersten Tag in sein Herz geschlossen. Er wollte nicht über deren Kopf entscheiden, er müsse sie noch fragen. Der nächste Morgen war angebrochen, alle drei saßen am Frühstückstisch, Alexander sprach Pepita an, »du Pepita, was würdest du davon halten, wenn ich dich adoptieren würde?«

»Was heißt das adop ... adapti ... ?«.

»Adoptieren«, ergänzt Alexander.

»Das heißt, dass du meinen Namen hättest und ich dann auch vor dem Gesetz dein richtiger Papa bin«.

»Oh Klasse, oh supi«, sie stand auf und fiel ihrem Papi um den Hals. »Darf ich dann Papito zu dir sagen?«.

»Wenn du magst, kannst du es schon jetzt sagen«.

»Oh klasse Papito«, sie schmiegte sich lange an ihn, wie lange hatte sie davon geträumt einen eigenen Papa zu haben. Jetzt konnte auch sie in der

Schule von ihrem Papa erzählen, genauso wie die anderen auch. Sie war überglücklich.

Beide begannen die Planungen anlässlich ihrer Hochzeit, den Tag, an dem sie den Bund fürs Leben schließen wollten. Für beide war die Krönung ihrer Liebe, die Heirat, das Zeichen nach außen, dass sie zusammengehörten. Eine Liebe ohne Heirat hätte sich für beide angefühlt wie ein Auto ohne Räder oder ein Haus ohne Dach, nicht komplett. Als Trauzeugin wählte Feli ihre enge Freundin Sofia, Pepis Patentante. Als sie dies erfuhr, fiel sie ihrer besten Freundin um den Hals und meinte noch, »ihr beide passt so gut zueinander, ihr seid ein so schönes Paar und Alexander geht so fürsorglich mit Pepi um, er wird bestimmt ein guter Papa, für Euch bin ich sehr gerne Trauzeugin«.

Alexander musste jetzt nur noch Nathalie fragen.

Feli übernahm den Anruf, es sollte eine besondere Geste gegenüber Nathalie sein. Nach ein wenig Small Talk fragte Feli, ob Nathalie Lust hätte, die beiden in Albacete zu besuchen. Nathalie hätte mit vielem gerechnet, damit allerdings nicht. Umso erfreuter zeigte sie sich, dass die Einladung von Feli kam, offenbar mochte Feli sie und dass, obwohl sie mit Alexander geschlafen hatte.

»Du bist eine ganz besondere Frau«, hörte Feli noch im Hörer und sie erwiderte, »Du auch, du bist ebenfalls ein besonderer Mensch, Alejo will noch etwas von dir, ich gebe den Hörer an ihn weiter«.

Nachdem sie sich begrüßt hatten, meinte Nathalie zu ihm, »deine Feli ist etwas ganz Besonderes, halte sie nur immer ganz fest, sie ist der Mensch, auf den du dein ganzes Leben lang gewartet hast«.

»Ich danke dir von ganzem Herzen für deine warmen Worte, jetzt habe ich noch einen Anschlag auf dich vor«.

»so was denn mein Guter?«.

»Wir haben beschlossen, dass unser zweites Kind verheiratete Eltern bekommen soll«.

»Ja Wahnsinn, sag bloß Feli ist schwanger und ihr wollt heiraten, ach was für freudige Nachrichten von Euch beiden, ich freue mich von ganzem Herzen«.

»Feli und ich würden uns sehr freuen, wenn du meine Trauzeugin werden würdest, was meinst Du?«.

»Ich bin begeistert, ja gerne, ich freue mich darauf«.

Beide tauschten die entsprechenden Daten aus und vereinbarten, dass Nathalie bereits ein paar Tage vorher anreisen würde. Derweilen liefen die Vorbereitungen für das Fest auf Hochtouren.

Nun war es so weit, nur noch ein paar Tage bis zum Fest der Feste, alle waren schon aufgedreht und fieberten dem Tag entgegen. Feli und Alexander holten Nathalie am >Aero Porto< dem Flugplatz von Alicante ab. Der Aeroport d'Alacant lag etwas südlich der Stadt, sodass sich Alexander die Staus auf den Straßen Alicantes ersparen konnte. Die 170 Kilometer bis dorthin hatte er in zwei Stunden geschafft. Die Begrüßung hätte nicht herzlicher sein können, Feli freute sich von ganzem Herzen, Nathalie begrüßen zu können, auch Alexander drückte seine Nathalie ganz fest an sich. Nachdem ihr Koffer im Kofferraum verstaut war, fuhren sie auf direkten Weg nach Albacete. Für Nathalie hatten sie das Gästezimmer bereit gemacht. Der Tag der Hochzeit war angebrochen, beide waren nervös, die Braut heiratete in Weiß. Feli hatte sich für ein Kleid entschieden, dass ihre Schwangerschaft betonte. Jeder sollte sehen, dass sie ein Kind von ihrem Alejo erwartete und sich darauf freute. Sie, ihre Mama und Pepi hatten das Kleid gemeinsam ausgesucht und für den passenden Stil befunden. Es schmiegte sich bis zur Hüfte, ohne einzuschnüren, eng an ihren Körper an, nach unten hin hatte es die Schneiderin sehr ausstellend geschnitten. Feli sah traumhaft darin aus, denn es betonte ihren modernen, bodenfesten Typ.

Alexander bediente sich ebenfalls der beiden. Hier entschieden sich die Drei für einen schlanken Dreiteiler in der Farbe Elfenbein mit verschiedenen spielerischen Applikationen. Dazu das passende, helle Hemd und eine dunkle, dezent gestreifte

Krawatte. Die passenden Schuhe waren aus einem weichen braunen Leder im Farbton Elfenbein gefertigt worden.

Feli war im sechsten Monat schwanger und trug ihr Kind voller Stolz in ihrem Bauch, war es doch ein Wunschkind und zudem Alejos Baby. Der Priester nahm den beiden ihr Eheversprechen ab, Alexander steckte behutsam seiner Braut den Ehering, einen Goldring mit eingravierten Ornamenten, auf ihren linken Ringfinger. Feli tat anschließend bei ihm das Gleiche.

Hochwürden sprach an Alexander gerichtet, »sie können nun die Braut küssen«.

Beide hatten sehnsüchtig auf diesen Moment gewartet, auf den ersten Kuss als Eheleute. Noch während Alexander seine Zunge zärtlich in ihrem Mund bewegte, drehte Ihre Tochter sich zu den restlichen Gästen um, streckte ihren rechten Arm, mit gestrecktem Zeigefinger, nach oben und sprach für alle vernehmbar, »Mein Papa« und deutete voller Stolz auf ihn.

Als die beiden frisch Vermählten ihre Tochter hörten, drehten sie sich zu Pepi um, Papa Alexander winkte sie mit einem liebevollen Blick zu sich. Beide, Feli und Alexander, nahmen ihre Tochter in die Mitte. Feli legte ihre rechte Hand auf ihre linke Schulter, Alexander die seine auf ihre Rechte. Pepi griff von unten um den Bauch ihrer Mama, sie legte schützend ihren Arm um das Ungeborene. Beide gaben sich für alle sichtbar einen weiteren langen Kuss. Ein wohlwollendes Raunen verbunden mit dem Applaus der Besucher breitete sich in der Kirche aus. Eines der eben geschossenen Fotos, wie alle drei glücklich in die Menge sahen, sollte einen Ehrenplatz im Hause Sandner-Sanchez erhalten. Gefeiert wurde wie in Spanien üblich bis in die tiefe Nacht hinein. Für die Hochzeitstorte hatte Maria sich etwas Besonderes einfallen lassen. Üblich stand oben auf der Torte ein Brautpaar, er im schwarzen Smoking, sie im weißen Hochzeitkleid. Nun hatten sie in ihrem Unternehmen eine Mitarbeiterin, die das Schnitzhandwerk zu ihrem Hobby gemacht hatte. Diese fertigte eine besondere Figur an. Die Braut trug ein Abbild ihres tatsächlichen Hochzeitskleides, oben figurbetont und ausladend. Sie modellierte Felis Schwangerschaftsbauch. Der Bräutigam erhielt einen Dreiteiler in der Farbe Elfenbein, genauso wie das Original und zu guter Letzt stand vor ihnen ihre Tochter Pepi, mit ihrem traumhaften in Tüll und Spitze gehüllten ärmellosen Kleid in der Farbe Champagner, dass ihr bis knapp über ihre Knie reichte. Wie hierzulande üblich schnitt das Brautpaar die Torte um 23 Uhr an, ausgiebig gefeiert wurde bei Musik und Tanz bis in die Morgenstunden. Im Nachhinein betrachtet, hätte die Hochzeit nicht besser verlaufen können, sie war der gelungene Start in ein gemeinsames Leben.

Ein paar Tage später hatte Feli das Bedürfnis, Nathalie eine Freude zu bereiten. Sie brachte die

Unterhaltung mit ihr auf das Thema Kleidung und schwärmte von einigen Kleidern in ihrem Schrank.

»Da würden dir bestimmt auch ein Paar davon gutstehen«

machte Feli sie für Nathalie schmackhaft.

Die bekam leuchtende Augen und Feli zog ihre neue Freundin an der Hand in ihr Schlafzimmer. Um ungestört zu sein, schloss sie die Tür hinter sich. Sie legte ein paar Stücke auf das Ehebett, es waren solche, die für Feli als kurze Kleider geschnitten waren und bei Nathalie etwas weiter unten enden würden. Nathalie probierte liebend gerne Felis Sachen an. Dass Nathalie dabei fast nackt im Schlafzimmer stand, störte die beiden Frauen nicht. Wie sich Nathalie umzieht, sieht Feli etwas in sich gewandt aus, sie ist woanders. Ihr geht durch den Kopf, an diesen Brüsten hat mein Augenstern gesaugt und mit ihnen gespielt, wie sich das wohl angefühlt hat? Wie würde sie reagieren, wenn ich ihre Brüste berühre, nein, das geht nicht, das darf ich nicht.

»Hallo, bist du noch da?«, ruft Nathalie Feli wieder zurück in die Realität.

»Entschuldige, alles gut«, erwidert Feli.

Wie Nathalie so oben ohne und mit ihrem knappen Slip vor ihr steht, hat Feli den Eindruck, Nathalies Vagina sei blank rasiert, Feli hatte noch nie eine rasierte Frau gesehen, sie fragt jetzt ungeniert, »bist du da unten blank rasiert?«

Nathalie antwortet mit einem, »ja, das bin ich«

und zieht ihr Höschen nach unten, sodass Feli alles sieht, sie zögert. »wenn du anfassen willst, gerne«, erwidert Nathalie.

Es herrscht eine hocherotische Stimmung zwischen den beiden.

Feli bricht mit den Worten ab, »nein, ich würde meinen Mann betrügen und das gleich nach der Hochzeit«.

Nathalie zeigte Verständnis und zieht das nächste Kleid an.

»Das steht dir von allen am besten, ich möchte es dir schenken«.

Ein Kleid in bunten Farben ist das Ausgewählte. Es steht Nathalie besonders gut. Nathalie fällt ihr um den Hals und drückt sie etwas länger als üblich. »lass es doch gleich an und präsentiere es Alejo und den anderen.«

Beide gehen gut gelaunt in die gute Stube, dort sitzen Alexander, Pepi und ihre Eltern. Feli stellt Nathalies neue Errungenschaft den anderen vor, alle pflichten den beiden Frauen bei, wie gut es Alexanders Freundin aus Alemania steht.

Am späten Abend im Ehebett der frisch Verheirateten schmiegt sich Feli an ihren Ehemann und streichelt ihn sanft im Nacken. Sie fragt ihren Alejo, ob sie sich die Schamhaare abrasieren soll, »würde dir das Gefallen?«

Er ist entsetzt, »bitte nicht, ich liebe deine Haare zwischen deinen Schenkeln. Nicht ein Haar weniger!«, dabei streichelt er zärtlich ihre wundervolle Behaarung.

»Du hast Nathalie nackt gesehen, stimmts?«.

Sie nickt mit ihrem süßen Kopf.

»Was hast du dabei empfunden, wurdest du nervös?« fragt Alexander weiter. Feli legt ihren Kopf auf seine männliche Brust und beginnt von der Anprobe zu erzählen. Sie beschreibt die Auswahl der verschiedenen Kleider und ihre Gedanken und Gefühle. Alexander sieht seiner Ehefrau tief in die Augen, »was soll ich jetzt sagen, wenn du es mit Nathalie treiben willst, dann sollten wir es zusammentun«.

Felicia küsst ihren Ehemann jetzt besonders intensiv.

Alexander entgegnet noch, »wie kämst du damit klar, wenn ich dabei ebenfalls mit ihr Spaß habe, könntest du es ertragen? Darüber sollten wir uns vorher klar werden, ich weiß nicht, ob ich umgekehrt nicht ein wenig eifersüchtig werden würde.

Ich könnte mir nicht mehr vorstellen, mit jemanden anderem intim zu werden, weder mit einer Frau noch mit einem Mann, ich möchte nur noch mit dir intim werden und auch sonst alles mit dir gemeinsam erleben.«

Feli bekommt wieder Herzklopfen und beginnt erneut, sich zu verhaspeln, wie jedes Mal, wenn sie sich ihrem Alejo emotional sehr nahe fühlt.

Feli entscheidet sich gegen eine Intimität mit Nathalie, »das Risiko ist mir zu groß, unsere Liebe ist mir viel wichtiger« und setzt sich auf ihren Mann, um ihn zu verwöhnen. Beide schlafen wieder eng umschlungen und zufrieden ein. Am nächsten Morgen, sie hatten alle gemütlich auf der Veranda gefrühstückt, redeten beide mit Nathalie und diese zeigte nicht nur Verständnis für deren Entscheidung, nein sie freute sich sichtlich für deren so große Zuneigung.

»Wenn ich Euch beide so ansehe, dann bin ich mir sicher, dass weder du Alexander noch du liebe Feli in Zukunft mit anderen schlafen wollt und es auch nicht werdet«, fügte Nathalie an.

Während der nächsten Tage unternehmen die Familie Sandner-Sanchez und ihr Gast Nathalie vieles gemeinsam. Beide sind bestrebt, für sie einen unvergesslichen Besuch zu gestalten. Es ist ihnen gelungen, Nathalie hat bei der Verabschiedung Tränen in ihren Augen. Alle Drei winken ihr noch lange im Flughafenterminal nach.

∞

Beide hatten es richtig gemacht, bei Pepi kam auch nach der Geburt ihrer Schwester Selina, sie nannten sie Seli, kein Gefühl der Eifersucht auf, im Gegenteil, sie kümmerte sich rührend um ihre kleine Schwester. Nach der Entbindung von Seli waren sich beide einig, dass Feli auf Verhütung, dazu nutzte sie die Methode, ihren Eisprung zu berechnen, verzichtete. Sie wollten entspannt herangehen. Wenn noch ein drittes Kind sich einstellen sollte, besonders war es Alexanders Wunsch, dann war es den beiden nur allzu recht, wenn nicht, wäre es auch okay gewesen. Es dauerte ungefähr ein Jahr bis sich ein erneuter Nachwuchs einstellte und wieder schien die Freude grenzenlos zu sein. Nun waren sie eine Familie mit drei wunderbaren Kindern, alles Mädchen. Pepita, die Älteste war neun Jahre jung, Selina zarte zwei Jahre und das Nesthäkchen Violetta, die alle nur Vio riefen, war erst geboren worden. Alexanders Traum, den er schon seit seiner Pubertät immer wieder träumte, hatte sich zusammen mit seiner Feli erfüllt. Beide hätten keine besseren Eltern sein können.

Ihre Mädchen wuchsen in einem behüteten und zugleich erlebnisreichen Umfeld auf. Jede von ihnen konnte ihre Grenzen ausloten, mit der Gewissheit im Hinterkopf, dass sie ihre Eltern auffangen würden. Sie entwickelten sich zu drei selbstbewussten und warmherzigen Damen, die mit beiden Beinen auf festem Boden standen. In der Familie Sandner-Sanchez ging es die meiste Zeit lustig zu, alle sahen auf ihrem Lebensweg das Positive. Wenn im Radio ein Rocklied gespielt wurde, konnte es vorkommen, dass einer die Lautstärke hochdrehte und alle zusammen auf ihren elektrischen Luftgitarren spielend durch die Wohnung tanzten. Sie hatten sehr viel Spaß miteinander. Die Zufriedenheit und das Glück, welches die Eltern empfanden, übertrugen sich auf ihre Kinder. Wenn es doch mal zu einer Missstimmung kam, wurden die Probleme zeitnah mit für alle tragbaren Kompromissen aus der Welt geschafft. Beiden gelang es, zusätzlich zu der Firma, sich so um ihre Kinder zu kümmern, dass es ihnen an nichts fehlte, dass genügend Wärme und Liebe für jede Einzelne vorhanden war, dass keine zu kurz kam. Manches Mal hätten sich die Eltern zerteilen können, um den Bedürfnissen ihrer Töchter gerecht zu werden und obendrein die Firma am Laufen zu halten. Gemeinsam schafften sie es, immer wieder alles miteinander zu vereinbaren. Opa und Oma unterstützten die Eltern, wo sie konnten. Mama Feli legte sehr viel Wert darauf, dass ihre Kinder in die Familienentscheidungen einbezogen wurden, so standen sie meist hinter ihren gemeinsamen Vereinbarungen und Entscheidungen. Sie lernten, Verantwortung zu übernehmen. Beide Elternteile organisierten sich trotz der Firma so, dass immer einer der beiden für ihre Kinder Zeit fand. Zu manchen Zeiten mussten die Erwachsenen ihre eigenen Bedürfnisse stark zurückschrauben, Ihre Kinder empfanden sie nicht nur in guten Zeiten als das größte Geschenk im Leben. Im

Laufe der Jahre wurde ihre Verbundenheit immer intensiver. Sie ergänzten sich mehr und mehr. Sie wurden zu einer Einheit. Wie oft dachte Alexander etwas und seine Feli sprach es aus. Was beide anfangs als Zufall sahen, bestätigte sich im Laufe der Jahre immer öfter. Umgekehrt konnte Feli vor ihrem Alejo nichts von ihrem Gemütszustand verbergen. Selbst nach vielen Jahrzehnten wurde Alexander nach seiner Feli verrückt, wenn sie nackt nur mit einem Lächeln im Gesicht vor ihm stand. Selbst, dass seine Feli ihre drei Kinder jeweils für lange Zeit stillte, konnte nichts daran ändern, dass sie ihn mit ihrer Figur wild machte. Ein besonders reizvoller Anblick war, wenn sie außer einer Jeans nichts am Leib trug. Umgekehrt wurde selbst im hohen Alter Feli nervös, wenn ihr Alejo sie an bestimmten Stellen ihres Körpers liebkoste. Es waren dann die Momente, in den Feli tiefe Dankbarkeit verspürte, Dankbarkeit, dass sie beide sich über den Weg gelaufen waren, dankbar, dass sie damals in den 1990ern nur auf ihre Gefühle hörten. Beide waren von Anfang an ihrer Beziehung ehrlich zueinander, hatten keine Geheimnisse. Beide hatten sich vor ihrem gemeinsamen Leben sexuell ausgetobt und dabei nichts ausgelassen. Beide hatten sich nichts vorzuwerfen und konnten daher offen über ihre Erlebnisse und Empfindungen sprechen.

∞

Gerne hörte Alexanders neue Familie seinen Erlebnissen, seinen Gefühlen und Eindrücken zu, die er unterwegs erleben durfte. Alexander war kein Mensch von Übertreibungen, was seine Geschichten noch realistischer erscheinen ließ. So wie er seine Gefühle und Eindrücke wiedergeben konnte, fesselten seine Erzählungen die Zuhörerschaft. Seine vier Frauen und die Schwiegereltern waren dankbare und aufmerksame Zuhörer. Irgendwann einmal schlug Maria, seine Schwiegermama vor, Alexander nannte beide nur Mama und Papa, beide waren für ihn der Elternersatz, den er als Kind nicht hatte, er solle ein Buch über seine Erlebnisse schreiben. Es würde bestimmt von viele Menschen gelesen werden. Alexander winkte ab, so besonders seien seine Geschichten doch nicht. So war er, ihr Schwiegersohn, bescheiden, ein Mensch, der sein Licht lieber unter den Schemel stellte als zu prahlen.

Eine seiner Lieblingsgeschichten war die, als er eine Tour bekam, die ihn nach Galizien im äußersten Nordwesten der iberischen Halbinsel führen sollte. Alexander hatte wieder mal eine Ladung von Süddeutschland für die iberische Halbinsel. Rolf, sein Disponent meinte noch, die Abladestelle befinde sich in der Nähe von Vigo. Nun, Vigo war für Alexander spätestens seit dem 1981 erschienenen Spielfilm ›Das Boot‹ ein Begriff. Dort wurde das U-Boot U96 mit Torpedos und Proviant beladen. Jedenfalls freute er sich auf die Tour, sollte sie ihn in eine völlig neue Gegend Spaniens bringen. Er sollte drei Tage dorthin unterwegs sein. Die Strecke verlief auf der ›Route Express‹ quer durch Frankreich, abseits der großen Autobahnen. Diese Route kannte Alexander, musste er sie in der Vergangenheit öfter nutzen. Die 650 Kilometer lange Strecke von Beaune über Limoges nach Bordeaux, die ausschließlich über Nationalstraßen führte, Autobahnen gab es damals quer durch Frankreich vorbei am Zentralmassiv noch nicht. Alles, was aus dem Süden Europas kam und an der Biskaya entlang der Atlantikküste ausladen musste, rollte über die berühmtberüchtigte ›Route Express‹, berüchtigt wegen seiner zum Teil schmalen Landstraßen, die ihren Zoll in Form von abgerissenen Spiegeln forderte. Die anschließende Strecke vorbei an Bordeaux und dem baskischen San Sebastian waren dank der Autobahn gut und leicht zu bewältigen. Bis hierhin benötigte Alexander keinen Atlas, um seinen Weg zu finden, er hatte diese Tour schon mehrmals absolviert. Ab Bilbao musste er sich, die dem Augenschein nach, die beste Strecke heraussuchen. Alexander entschied sich über Burgos und Leon zu fahren. Bis Ponferrada war die Strecke noch annehmbar, wenn auch alles Nationalstraßen, so kam er bis hier flott voran. Die anschließende Tour allerdings ging nur über schmale Nebenstraßen durch die bergigen Regionen Galiciens. Die Landschaft erinnerte Alexander eher an Deutschland als an Spanien. Es gab saftige Wiesen, dichte Wälder und fette Ackerböden. Größtenteils verlief die Strecke entlang der Grenze zu Portugal. Die Bergstraßen hatten Steigungen, die sein Iveco mit seinen 420 PS nur langsam hochkam. Im Gegenzug musste er mit dem

Retarder, die verschleißfreie Zusatzbremse und Motorbremse arbeiten. Trotz Luftdruckunterstützung von Schaltung und Kupplung zwangen Schmerzen im rechten Arm und dem linken Bein, Alexander öfter als sonst Pausen einzulegen, die Schaltvorgänge forderten ihren Tribut.

Diese Pausen nutzte er, um die Landschaft, die angenehme frische Luft und die Gerüche der Gegend in sich aufzunehmen. Es handelt sich dort in dieser Gegend, dank des häufigen Regens, um eine fruchtbare Region. Die Fahrt ging über Stunden hinweg hoch, rauf auf die Berge und auf der anderen Seite wieder tief nach unten. Eine enorme Belastung für Mensch und Maschine. Bergab konnte er mit seinem Vierzigtonner, dem IVECO, höchstens so schnell fahren wie auf der anderen Seite hoch. Für die fast dreihundert Kilometer lange Strecke bis La Guardia benötigt Alexander acht Stunden. Er hatte die Berge hinter sich gelassen, war bereits in der Tiefebene unweit der Küste des Atlantiks, als er in einem der zahlreichen kleinen Ortschaften ein Gasthaus entdeckte, eine Abstellmöglichkeit für seinen Lkw befand sich gegenüber. Hier würde Alexander die Nacht verbringen. Wenn er auch nur noch zwanzig Kilometer vor sich hatte, entschied er sich für diese Stelle. Zum einen gab es hier etwas zu essen und zum Zweiten kannte er die Verhältnisse vor Ort nicht. Im Lokal bestellte er sich einen gegrillten Lammbraten, dazu ein mildes Gemüse, wie es in Galiciens Küche üblich ist, mit leckeren angebratene Tymiankartoffeln, dazu gönnte er sich, es war Samstagabend, ein Glas des leckeren Hausweines. Eine Waschgelegenheit gab es für ihn nicht, er legte sich in seine Koje und schlief sehr rasch ein.

Am nächsten Morgen, er hatte ausgeschlafen, machte er sich auf den restlichen Weg. Die zwanzig Kilometer hat er rasch hinter sich gebracht. Die Abladestelle war schnell gefunden, Alexander musste nur einmal nach dem Weg fragen. Er stellte den Lastzug direkt vor dem Firmengelände am Straßenrand ab. Alexander war noch nicht richtig aus seinem Laster ausgestiegen, als bereits ein älterer Herr angelaufen kam und ihn fragte, was er wolle. Alexander meinte zu dem freundlichen Mann, er müsse morgen hier abladen. Der Alte wollte die Papiere sehen, Alexander dachte sich noch, was der jetzt mit seinen Papieren wolle, er überreichte sie ihm. Ein kurzer Blick darauf und der Herr meinte, er solle seine Plane öffnen, er würde ihn gleich abladen. Schon ein wenig irritiert dachte sich Alexander, o.k. es ist Sonntag, warum eigentlich nicht. Er öffnete seine Plane und Alexanders Helfer lud den Lkw mit einem Gabelstapler ab. Alexander bedankte sich von ganzem Herzen. Er bekam noch angeboten, sich zu duschen. Er hatte schon sehr viele gastfreundliche Menschen hier im Süden erlebt, allerdings, was er heute erlebte und auch noch erleben sollte, dass stellte so manches in den Schatten. Nachdem er sich frisch gemacht hatte, erklärte der freundliche Mann, wo Alexander lecker essen könne. Er meinte, da vorn auf der linken Seite ist ein gutes Lokal, die Besitzer haben viele Jahre in Deutschland gelebt. Na also, dass hörte sich doch schon einmal gut an. Alexander sattelt seinen Auflieger ab und lässt ihn dort stehen. Er verabschiedet sich nicht, ohne sich gebührend zu bedanken. Alexander hat für solche Fälle immer ein paar Dosen deutsches Bier dabei. Er reicht dem Helfer eine davon und der überschlägt sich beinahe vor Freude. Ja, deutsches Bier und sei es noch so billig, ist in Spanien Gold wert. Nun fährt er die zweihundert Meter zum Restaurant und stellt seine Sattelzugmaschine neben dem Eingang ab. Er ist nun frisch geduscht und neu eingekleidet, so kann er unter die Menschen gehen.

Mit aufrechtem Gang betritt er das Lokal, er setzt sich an den nächstbesten Tisch. Mit der Wirtin kommt er schnell ins Gespräch, sie ruft ihren Mann, als sie erfährt, dass Alexander aus Deutschland kommt. Beide hatten viele Jahre nicht, wie irrtümlich behauptet, in Deutschland gelebt, sondern in Holland. Der Freude machte dies keinen Abbruch. Er bestellte sich einen Schweinebraten mit Kartoffeln und Möhrengemüse und beließ es bei Wasser. Eine Bitte hatte er noch an Helena, der Wirtin, ob sie ihm einen einhundert Mark Schein in Peseta wechseln könne. Und was macht Helena, sie schlägt die Tageszeitung vom Vortag auf, schaut sich den Wechselkurs an, nimmt ihren Taschenrechner und rechnet auf die Peseta genau den Betrag aus.

Unglaublich herzlich und ehrlich. Alexander entscheidet sich, für eine Rundfahrt durch das Städtchen, geht auch ein paar Meter zu Fuß. Die Gegend um den Fischereihafen gefällt ihm ausgezeichnet, er gönnt sich einen ›Café con leche‹, einen Milchkaffee. Den Nachmittag verbringt er mit spazieren gehen. Eine Rückladung hat er ohnehin noch nicht, die würde er hoffentlich morgen am Montag bekommen. Es wird abends, in der Kabine möchte er nicht bleiben, so läuft er ziellos durch die Gegend, es sind immer die Momente, in den sich Alexander allein und heimatlos fühlt, so ohne jegliche Perspektive. Von weitem hört er Rockmusik, er geht den Lauten nach und kommt nach ein paar Minuten zu einer Diskothek. Dort beim Türsteher meinte er, er sei Camionero, er hofft auf freien Eintritt. Der Body am Eingang akzeptiert es und lässt Alexander passieren. Die Bude ist proppenvoll. Alexander versteht sein eigenes Wort nicht mehr. Nach dem ersten Getränk macht er sich wieder fort, das war nichts für ihn. Er fühlt sich, als sei er auf der Flucht, wovor, das weiß er selbst nicht. Wieder fühlt er sich einsam wie auf einem anderen Planeten, bis er an einer kleinen Bar vorbeikommt, er betritt das Lokal, neben dem Wirt, er ist in Alexanders Alter, sitzen noch zwei Gäste an der Bar, Alexander setzt sich dazu, die vier kommen ins Gespräch, als der Wirt ihn fragt, wo er herkomme. Alemania entgegnet dieser, dem Wirt gehen die Augen auf, sein Gesicht beginnt zu strahlen, er sagt nun in perfektem, akzentfreiem Deutsch, er komme aus Hof in Bayern.

Als er erfährt, dass Alexander aus Schweinfurt stammt, ist die Freude noch größer, denn Schweinfurt und Hof sind nicht weit voneinander entfernt. Er erzählt, er sei in Hof geboren, ist allerdings vor ein paar Jahren mit seinen Eltern hier her in deren Heimat gezogen. Als er noch erfährt, dass Alexander deutsches Bier auf dem Lkw habe, ist der Abend für alle gerettet, denn Alexander holt seinen Vorrat, der aus ein paar einzelnen Dosen besteht. Diese Gastfreundschaft, die er dort in dem Flecken Erde kennenlernen durfte, hat nachhaltigen Eindruck bei ihm hinterlassen.

∞

Das neue Jahrtausend hatte eben erst begonnen, der von den Spezialisten aus aller Welt voraus gesagte Zusammenbruch der Computernetzwerke, mit den anschließenden weltweiten fatalen Folgen für Strom,- und Wasserversorgung, Nahrungsmittel und Energiefluss blieb aus. Die Computer kamen mit dem Jahrtausendwechsel wider Erwarten bestens zu Recht. Die Weltbevölkerung war eben mal so am Weltuntergang vorbeigeschlittert. Sämtliche Horrorszenarien erwiesen sich als unbegründet. Es war ein milder Frühlingstag im Jahr 2000, die Familie saß abends noch lange beim lodernden Schein des Kaminfeuers gemütlich beisammen. Das Feuer im offenen Kamingrill knisterte und knackte, verbreitete eine wohlige Wärme. Die Älteste, Pepi kuschelte sich mit zusammengezogenen Beinen ganz nah an Oma Maria. Die beiden Kleinen machten es sich ebenso gemütlich an der Seite ihrer Eltern. Seli lag mit dem Kopf auf Papitos Schoß, während es sich die kleine Vio an Mamitas Seite gemütlich machte. Opa Pablo saß wippend in seinem Schaukelstuhl und sorgte für genügend Glut und Wärme für seine Familie. Während die Erwachsenen an ihrem Vino Tinto nippten, tranken ihre Kinder den leckeren roten Traubensaft.

So wie sie alle dasaßen, fühlten sie sich pudelwohl, als Pepi ihren Papito bat, »Papito, du hast uns schon lange keine Geschichte mehr erzählt, ich möchte liebend gerne deine Erzählung mit deinem Anhänger noch einmal hören!«, kaum, dass sie es ausgesprochen hatte, stimmten ihre beiden Schwestern mit ein, »jaaa, prima Papito, bitte, bitte, bitte.«

Feli und Oma Maria stimmten sofort mit ein, auch sie hörten Alexanders Erzählungen immer wieder auf neue gern. Opa Pablo saß mit einem zustimmenden Lächeln im Gesicht in seinem Stuhl, auch er hörte seinen Schwiegersohn nur allzu gerne zu.

»Bei solch einer Übermacht, was soll ich da machen?«, erwiderte Alexander lächelnd. Er begann zu erzählen:

»Ich war mit einem alten Hängerzug unterwegs, es handelte sich um eine zweiachsige Zugmaschine und einem alten dreiachsigen Anhänger, beide hatten noch nicht einmal Luftfederung, ihre Federung bestand aus Blattfedern von ›Anno Tobak‹! Ich hatte eben in Südfrankreich in der Gegend rund um den Atlantischen Ozean und Bordeaux entladen. Das Städtchen nannte sich Langon, ca. 50 Kilometer landeinwärts. Welche Ladung ich hier hinbrachte, kann ich nicht mehr sagen. Es war an einem milden Nachmittag, die Sonne schien, eine leichte Brise wehte den Staub über die Straßen. Die Blätterkleider der zahlreichen Pappeln ringsum sangen das Lied der Blätter, das mich immer wieder aufs Neue begeistert und ich dem Klang des Rauschens stundenlang lauschen könnte. Ich rief bei meinem Disponenten Rolf in Alemania an, er hatte noch keine Rückladung. Er sagte, ›fahre mal in Richtung Narbonne und melde dich morgen Mittag wieder.‹ Nun hatte ich sehr viel Zeit. Mein Lastzug wollte wieder abgeschmiert werden und die Bremsen am Anhänger musste ich ebenfalls neu einstellen. So kam es, dass ich mich als allererstes nach einer Dusche erkundigte, denn ohne Dusche brauche ich nicht unter den Laster zu kriechen. Eine Dusche war vorhanden. Neben der Fahrerkabine zog ich mich bis auf die Unterhose aus«,

die Kleinen fangen laut an zu kichern,

»Hihi, hihi, hihi«,

»Anschließend zog ich meinen Arbeitsoverall über und setzte mir meine alte Mütze auf. Bevor ich darunter klettern konnte, musste erst noch die Hängerbremse außer Funktion gesetzt werden. Das geschah mit einem Stellhebel, andernfalls hätte ich die Bremsen nicht einstellen können. Ich holte aus

meinem Staufach am Anhänger den großen Ring-
schlüssel und kroch unter den alten Anhänger, um
an den sechs Rädern jeweils die Bremsen neu ein-
zustellen. Nachdem ich damit fertig war, begann
die richtige Dreckarbeit mit dem ekligen, stinkenden Schmierfett. Die separaten Handschuhe möchte
ich schon gar nicht anfassen, aber was blieb mir armen Kerl übrig?«

Großes allgemeines

»Ooohhh, ooohhh, ooohhh.«

»Danke, danke für euer Mitgefühl!«.

»Nachdem anschließend die zahlreichen
Schmiernippel am Hänger und an der Zugmaschine
abgeschmiert waren, noch schnell die Gerätschaften
grob abgewischt und hinein in das Staufach. So,
und nun ab unter die Dusche und das Fett aus den
Haaren und vom Körper gewaschen. Später fuhr
ich noch den Zug raus auf die Straße und parkte ihn
zwischen zwei Pappeln. Am Abend konnte ich bei
dem Rauschen der Blätter wunderbar schlafen, es
war ein Wohlgenuss, es fühlte sich an wie Wellness.
Am nächsten Morgen ging ich noch mal um das
Fahrzeug, um eine Abfahrtskontrolle durchzufüh-
ren. Was musste ich da entdecken?«

Und wieder rufen alle,

»Du hast am Abend ein Halteverbotsschild unter
deinen Anhänger begraben« und lachten spaßig.

»Ich muss sagen, ihr habt beim letzten Mal genau aufgepasst!«

»Nun fuhr ich los und war auch rasch auf der Autobahn in Richtung Toulouse. Es war so ein herrlicher Tag, ich hatte ausgeschlafen, war super drauf und hatte gute fröhliche Musik aufgelegt, der Tag hätte nicht besser sein können. Wie ich so zu der Musik singe, beginne ich fröhlich schwungvoll mein Lenkrad zu drehen, ich fuhr im Gleichklang der Musik in Schlangenlinien über die fast leere Autobahn. Ich kam an eine lange Gefällstrecke, es ging weit runter, die Geschwindigkeit meines Lasters nahm zu, ich hatte inzwischen 120 Sachen drauf und dachte mir, jetzt kannst du mal langsam die Geschwindigkeit abbremsen. Ich trete auf die Bremse und so gut wie nichts geht, die Bremsen greifen nicht. Der Schreck fährt mir in die Glieder, ich trete das Pedal kräftiger, die Bremsen greifen ein wenig, aber noch lange nicht genug. Mir tritt der Angstschweiß auf meine Stirn, ich bekomme den Zug nicht langsamer. Jetzt geht mir ein Licht auf, ich hatte vergessen, die Bremse am Anhänger wieder einzuschalten, der Hänger schob von hinten ungebremst die Zugmaschine an. Statt mit zehn Rädern wurde das Gespann nur mit vier Rädern abgebremst. Es standen nur 40% Bremsleistung zur Verfügung. Jetzt wurde die Situation noch brenzliger, ich beobachtete den Hänger in den Spiegeln, dass er kerzengerade hinter der Zugmaschine läuft und nicht nach einer Seite ausbricht, dass hätte in einer

Katastrophe geendet. Nun galt es die Zugmaschine langsam und vorsichtig abzubremsen, die Gänge herunterzuschalten, um die Motorbremse wirkungsvoll einsetzen zu können. Zu stark durfte ich das Bremspedal nicht treten, damit sich die Bremsbeläge nicht zu sehr erhitzten, andernfalls wären sie rasch verglüht und ich wäre ungebremst die Gefällstrecke hinunter gedonnert und im Anschluss verunglückt. Durchgeschwitzt vom Angstschweiß bekam ich den Laster in der Senke, dem tiefsten Punkt im Tal auf dem Seitenstreifen zum Stehen. Ich stieg mit zittrichen Knien aus der Kabine auf die Fahrbahn, rannte nach hinten und schaltete die Anhängerbremse wieder ein. Ich hatte sie am Vorabend nach dem Einstellen der Bremsen, vergessen«.

Es war bereits spät, die Mädchen waren müde, Pepi wollte die Kleinen wieder einmal in ihre Betten bringen, sie nahm ihre beiden Schwestern an die Hand und ging mit ihnen ins Bad, sie mussten noch ihre Zähne putzen. Während Seli schon lange keine Hilfe mehr brauchte, half sie dem Nesthäkchen Vio beim Auftragen der Zahncreme, putzen konnte sie schon allein. Pepi würde einmal eine gute und verantwortungsbewusste Mamita werden, sie ging mit den Kleinen so fürsorglich um, wie es nur wenige Mädchen in ihrem Alter tat. Allgemeine Aufbruchstimmung machte sich breit. Während die Erwachsenen auf der Terrasse aufräumten, hatte Pepi ihre Schwestern bereits in ihre Betten gebracht und sich von ihnen mit einem Gutenachtkuss verabschiedet.

Anschließend wünschten die Eltern ihren Kindern ebenfalls eine ›buona notte‹. Pepi zog nochmal ihre Eltern mit den Worten zu sich herunter,

»Ich bin froh, euch als Eltern zu haben, Danke«

und drückte jedem einen langen Kuss auf die Wangen.

Alexander, bekam daraufhin einen Klos in seinem Hals, so sehr hatten Pepis Worte ihn berührt.

»Ich liebe dich seit unserer ersten Begegnung, ich bin stolz auf dich, schlafe schön meine Tochter.«

Fantasien

Als Alexander sich für ihre ›Gang Bang‹ Party interessierte, konnte Feli ihre Gefühle und Empfindungen im Detail beschreiben. Es hatte ihr damals große Freude bereitet, den Männern ausgeliefert zu sein. Ja, sie hatte schon weitreichende Fantasien, welche sie früher gerne auslebte. Und das Schönste heute ist, dass sie für ihren Alejo nicht ›so eine ist‹.

An ihren Mann gerichtet ergänzt sie, »du bist das Beste, was mir jemals hätte passieren können, mein Allerliebster«.

Im Gegenzug schilderte er seine eindrucksvollsten Erlebnisse. Beide lernten sich hierdurch noch intensiver kennen und erfuhren so, was dem Gegenüber besonders gut gefiel. Es ergaben sich zahlreiche reizvolle Varianten ihres gemeinsamen Lebens.

Der Herbst hatte auf der spanischen Halbinsel Einzug gehalten, die Temperaturen vielen auf ein erträgliches Maß. Bei angenehmen 22 Grad Außentemperatur, die noch am Abend die Menschen vor Ort verwöhnen sollten, genossen auch Feli und ihr Alejo die milde Luft. Pepi befand sich mit ihren 16 Jahren bei ihrer Freundin Clara und wollte dort übernachten. Die neunjährige Seli und ihre siebenjährige Schwester Vio lagen bereits in ihren Betten und schliefen tief und fest. Feli war schon seit jeher experimentierfreudig, was sie beim Zubereiten der

Speisen immer wieder unter Beweis stellte, so war sie ebenso erfindungsreich beim Liebesspiel mit ihrem Göttergatten. Feli hatte sich für ihren Allerliebsten etwas Besonderes ausgedacht, es sollte für ihn ein neues und hocherotisches Erlebnis werden, dass sie dem Mann an ihrer Seite zuteil lassen wollte. Nachdem beide ihre allabendliche Dusche hinter sich gebracht hatten, lagen sie zusammen wie immer nackt auf ihrem Bett. Sie forderte ihren Mann mit ihrer zarten, sanften Stimme auf, sich auf den Bauch zulegen. Alexander tat dies gerne, denn er wusste, seine Allerliebste hatte sich wieder etwas Neues für ihn ausgedacht. Nun Alexander lag entspannt auf seinem Bauch und wartete voller Spannung auf das, was nun folgen sollte. Feli betonte noch, er solle seine Augen geschlossen halten, damit er das Spiel der Liebe in vollen Zügen genießen konnte. Sie befand sich nah bei ihm und beugte sich auf Höhe seines Nackens mit ihrem Gesicht zu Alexander hinunter. Er spürte bereits ihren warmen Atem in seinem Nacken, seine Spannung wuchs von Sekunde zu Sekunde. Indessen begann seine Ehefrau und Geliebte, seine Schnuggel, wie er sie gerne nannte, mit ihrer Zunge an den Nackenwirbeln ihn zärtlich zu berühren, zu küssen, ihn zu liebkosen. Ihre Zunge kreiste langsam um seinen ersten Nackenwirbel, um anschließend auf gleiche Art und Weise zum nächsten Wirbel überzugehen. Die Berührungen brachten Alexander bereits jetzt fast um den Verstand, er stöhnte leise und genoss diese Zärtlichkeiten. Wirbel für Wirbel fuhr Felis

Zunge tiefer und tiefer, bis sie an seinen Lendenwirbel angelangte. Dort begann sie, mit den Fingern ihrer rechten Hand, ihn zu verwöhnen. Sie gönnte ihm eine Massage seiner Lendenpartie. Sie wechselte zurück zu ihrer flinken Zunge, um weiter jeden einzelnen seiner Lendenwirbel mit ihren kreisenden Zungenspielen zu verwöhnen. Sein Atem wurde schwerer und die Atemfrequenz stieg an. Nun als seine Frau der Träume an seinem Steiß angelangt war, raubte sie ihm fast seine Denkfähigkeit. Mit ihren langen Fingern spreizte sie seine Po-Backen, um den Weg für ihre spitze Zunge freizumachen. Alexander fragte sich zwischenzeitlich, wie weit würde sein Liebesengel gehen, überspringt sie seine hoch erotisierende Stelle, seinen Anus, oder würde sie seinen Schließmuskel einbeziehen? Seine Spannung erhöhte sich von Moment zu Moment. Ihre Zunge glitt in seiner Kerbe weiter nach unten, ihre Zungenspitze brachte ihn beinahe zur Explosion, sie verwöhnte mit ihrem Gaumenwerkzeug seinen Muskel mit aller Raffinesse. Inzwischen war es beinahe um ihn geschehen, nur dank ihrer kurzen Unterbrechung konnte sie ein vorzeitiges Ende verhindern. Alexander soll sich auf seinen Rücken legen, dort wartet der Stramme bereits auf ihre erotischen Lippen. Sie setzt ihr Spiel fort, sie beginnt an seinem Schritt, um anschließend seine Hoden zu küssen und zu liebkosen. Sein Freund genoss ihre Lippen, wie sie sich um ihn schlangen. Weiter geht die ›Reise der Gefühle‹ bis zu seinem Bauchnabel, auch dort verweilt ihre

Zungenspitze für einen Moment, um weiter nach oben zu seinem Brustbein zu gleiten. Mit seinen steifen Nippeln beschäftigt sich Felis Zunge besonders intensiv. Bei beiden sind offensichtlich die Brustwarzen, dank Alexanders Hormonverteilung, genauso empfindsam wie Felis eigene Nuckelspitzen, scheinen doch bei beiden die Spitzen mit dem jeweiligen Zentrum der Lust verbunden zu sein, was Felicia immer wieder zum Entzücken brachte. Weiter ging die Reise der Erotik über seinen Hals zu seinem Adamsapfel, worauf er erneut zu zucken begann. Über seinen Mund, Nase und Nasenwurzel bis über die Stirn zu seinem Haaransatz, verwöhnte sie ihren ›Mr. Right‹. Feli war bewusst, dass ihr Geliebter am Ende seiner Fassung angelangt war. Sie legte sich mit weit gespreizten Schenkeln neben ihn und ließ ihn direkt in sie eintauchen. Kaum eingedrungen war es mit seiner Beherrschung vorbei, er explodierte mit einem unterdrückten Aufschrei in ihr. Feli war in dem Moment so glücklich, hatte sie sich für ihren Ehemann und Freund, für ihren Geliebten und Partner etwas ganz Besonderes einfallen lassen. Alexander war anschließend zu fast nichts mehr zu gebrauchen, was Feli nicht störte, sie würde noch viele großartige Liebeserlebnisse mit ihrem Alejo genießen können. Sie sollte nicht lange auf Alexanders Revanche warten müssen, ihr erging es ähnlich wie ihrem Mann.

Es ist Winter in Albacete, na ja, was man Winter nennen kann? Die Temperaturen pendeln sich so um die zehn Grad Celsius ein. Die Familie sitzt am Abend zusammen vor Pablos offenem Kamin, die Mädels haben es sich auf dem Kuhfell, das vor dem Kamin seinen angestammten Platz hat, gemütlich gemacht. Pepi spielt mit den Kleinen eine Runde ›El círculo‹, während die Eltern und Großeltern sich über Abläufe in ihrer Firma unterhalten. Die Glut des Feuers wärmt die Anwesenden. Nachdem ein wenig Zeit vergangen ist, beginnt Alexander wieder mal eine seiner kürzeren Geschichten zum Besten zu geben. Es ist ein Erlebnis, passend zur Jahreszeit, nur, dass der Familie die Witterungsumstände völlig unbekannt sind. Sie kennen sie höchstens aus dem Fernsehen, Schnee ist in Albacete unbekannt.

»Ich liebte es im Winter auf verschneiden Straßen unterwegs zu sein. Wo andere Kollegen liegenblieben oder sich nicht mehr trauten weiterzufahren, nahm ich die Herausforderungen liebend gerne an. Das Spiel mit Kupplung, Gaspedal und Schaltung faszinierte mich immer wieder aufs Neue. Ich kam über die Jahre hinweg mit Schnee und Eis klar, ohne dass ich jemals Schneeketten auflegen musste. Ich hatte sie zur Sicherheit im Winterhalbjahr ständig an Bord, doch gebraucht hatte ich sie nie. Nur ein einziges Mal legte ich die Ketten auf, es war Hochsommer als ich sie probeweise auflegte, damit ich es im Fall der Fälle konnte. Für glatte Straßenverhältnisse hatte ich ein entsprechendes Gefühl, um rechtzeitig meine Fahrweise anzupassen. Gerade wenn sich die Temperaturen im Grenzbereich von null Grad bewegten, merkte ich es an meiner Lenkung, wenn sich das Lenkrad etwas leichter bewegte als üblich. Der Unterschied war nur minimal, aber groß genug, um es in meinen Händen zu spüren. Nur einmal ist es mir passiert, dass mein Anhänger im Baustellenbereich in die Leitblanke rutschte, die Ursache hierfür war simpel, das ABS am Anhänger war defekt, weshalb er ins Rutschen kam. Meine Nachtpause hatte ich auf dem Autohof Zwickau im Vogtland verbracht und fuhr gegen zwei Uhr früh in Richtung Schweinfurt. Geladen hatte ich einige wenige Gitterboxen, kaum Gewicht, der Zug war leicht. Meine Tour führte über die A72 auf die A9, die Autobahn von der Hauptstadt Berlin ins bayerische München. Bei Bayreuth müsste ich auf die A70 nach Schweinfurt Wechsel. Es war so gegen drei Uhr früh, es herrschte starkes Schneetreiben, als vor mir bereits zahlreiche Kollegen und Kolleginnen ihre Warnblinker angeschaltet hatten und vor einer Bergkuppe stehen blieben. Keiner traute sich mehr das Gefälle herunterzufahren. Was macht Alexander? Er setzt seinen linken Blinker und rüber auf die mittlere Spur, um an den Anderen in angemessenem Tempo vorbeizuschleichen. Sein Fahrzeuggespann bestand aus einem zweiachsigem Zugfahrzeug und einem Dreiachshänger, eben dieser mit dem defekten ABS. Nachdem ich in das Gefälle eingefahren war, sah ich im Rückspiegel bereits den nächsten LKW, der es ebenfalls hinunter wagte, ich hatte ihn mit meinem Mut ermutigt. Die Strecke war spiegelglatt, mein Anhänger stellte sich quer und rutschte seitlich den Berg hinunter. Die Bremsen griffen nicht mehr, um den Zug wieder unter Kontrolle zu bringen musste ich blitzschnell nach einer Lösung Ausschau halten. Die kam in Form des Seitenstreifens, dort lag noch der unberührte Neuschnee in Form einer 20 cm hohen Schneedecke. Ich entschied mich den Zug dort hinüber schlittern zu lassen. Die Räder sollten dort im lockeren Schnee wieder Griff bekommen. Meine Rechnung ging auf, das Gespann war wieder unter meiner Kontrolle. Den Zug ließ ich nun langsam nach unten in die Talsenke rollen, was allerdings nur mit dem Spiel von Bremse, Kupplung und Gas möglich wurde. Die nächste Herausforderung hatte ich bereits vor mir, die Steigung auf der gegenüberliegenden Seite, hoch zum Autobahndreieck Bayreuth – Kulmbach. Hierzu beschleunigte ich die Maschine vorsichtig um mit möglichst viel Schwung auf der anderen Seite so hoch wie nur möglich hinaufzukommen. Wieder war das Spiel von Kupplung und Gas maßgeblich. Nur wenige Meter vor der Bergkuppe, glaubte ich das Duell mit dem Berg verloren zu haben, im aller letzten Moment hatte ich es dann doch noch über den höchsten Punkt geschafft und konnte meine Fahrt nach Schweinfurt fortsetzen. Trotz Schneetreibens und schneebedeckter Fahrbahn und mit entsprechender Voraussicht konnte ich die Strecke relativ sicher bewältigen. Riskanter und gefährlicher wurde es, wie

meist, ab sechs Uhr früh, wenn verstärkt die Pend-
ler unterwegs waren. Viele hatten Angst vor der
Fahrt im Schnee und brachten uns LKW-Fahrer
dadurch regelmäßig in Bedrängnis«.

Laudatio

Nun sind bereits mehr als zweieinhalb Jahrzehnte vergangen. Felis und Alexanders 25-jähriges Ehejubiläum, die Silberhochzeit stand an. Die Firma hatte bereits die nächste Generation übernommen. Die Leitung lag bei Pepi, Vio wollte ihr folgen, beide sollten und wollten die Firma gemeinsam führen. Während Pepi den Weg ihrer Mutter beschritt, faszinierten sie seit jeher Zahlen, so studierte sie ebenfalls Betriebswirtschaft und hatte die kaufmännische Leitung des Familienunternehmens übernommen. Die technische Leitung hatten ihr Papa und ihr Opa noch inne. Wenn dann Vio so weit sei, sie nahm ein Studium der Chemie auf. Nach dem Abschluss würde sie die technische Leiterin des Unternehmens werden. Ihre Zweite, Seli, studierte hingegen Journalismus und wollte und sollte ihren eigenen Weg gehen. Ihre Eltern unterstützten sie dabei, so wie ihre Schwestern in jeglicher Hinsicht. Es war ihnen wichtig, dass ihre Kinder sich gemäß ihren Fähigkeiten entwickeln konnten. Seli interessierte sich schon von klein an für ferne Länder und Kulturen. Reporterin wollte sie schon im Kindesalter werden. Sie sammelte redaktionelles Know-how bei der Schülerzeitung, dort übertrugen die anderen Mitschüler ihr rasch die redaktionelle Leitung. Sie recherchierte Beiträge für die örtliche Zeitung und moderierte für den lokalen Fernsehsender.

Die Mädchen Vio, Pepi und Seli hatten für das große Ereignis die Planungen übernommen. Zusammen überlegten und organisierten Sie die Feierlichkeit vom ganzen Konzept bis zu den kleinsten Details. Die Kreativität hatten alle drei von ihrer Mama geerbt. Feli und Alexander konnten sich zurücklehnen, auf ihre Töchter konnten sie sich schon immer verlassen. Der große Tag war gekommen. Die drei Damen hatten eine Laudatio auf ihre Eltern vorbereitet, die Pepi als Älteste vortragen sollte. Neben den vielen Lobpreisungen nahm der Teil, als Papa und ihre Mama zueinander fanden, einen großen und wichtigen Teil ein. Wer hätte die Geschichte besser vortragen können als die Erstgeborene, die, die Anfangszeit ihrer Familie live miterlebte, die große, nachhaltige Spuren besonders bei Pepi hinterließen. Es begann der Teil, der Alexander sehr nahe ging. Pepita kam an dem Punkt an, als sie sich einen Papa wünschte und ging über zu dem Zeitpunkt, als Alexander sie wie selbstverständlich adoptierte. Wie stolz sie gewesen war, auf ihren Papa, wie er sie und ihre Schwestern umsorgte und förderte. Nun kam sie zum Schlusssatz, der es in sich haben sollte.

An ihre Eltern gerichtet, mit ausgestrecktem Arm, »liebe Mama, lieber Papa und da spreche ich nicht nur für mich, ich denke, meine beiden Schwestern Seli und Vio werden mir beipflichten.

»Liebe Eltern, ihr wart für uns drei Mädels, die besten Eltern, die wir uns wünschen konnten, einen großen Dank an den Mann, der unsere geliebte Mama zur Frau nahm«.

Alle drei Schwestern Pepi, Seli und Vio kamen auf offener Bühne auf sie zu und drückten sie so, wie sie die Eltern alle drei immer gedrückt hatten. Das war der Moment, als ihr Papa seine Fassung verlor und die Tränen über sein Gesicht kullerten.

Nachdem er sich wieder etwas beruhigt hatte, trat er ans Mikrofon, und begann mit den Worten, »da müssen wir wohl alles richtig gemacht haben!«

Er bedankte sich bei seinen Kindern, seiner Ehefrau und bei seinen Schwiegereltern, die ihn, den Deutschen damals vorbehaltlos in ihrer Familie herzlich willkommen hießen. Er wiederholte Pablos Begrüßung, als seine Felicia und er zurück aus Alemania kamen, wie Pablo ihn, den Deutschen, mit seiner einstudierten Begrüßung auf Deutsch begrüßt hatte.

»Herzlich willkommen in deinem neuen Zuhause«.

»Eine liebevollere Begrüßung und Aufnahme in eure Familienbande, hätte ich mir nicht träumen lassen!«

Mit den Worten, »danke, dass es euch beide gibt!«, schloss Alexander seinen Monolog.

Maria und Pablo hielt nun nichts mehr auf ihren Plätzen. Beide erhoben sich, um Alexander in ihre Arme zu nehmen. Es flossen die Tränen auf beiden

Seiten. Feli nahm ihren Mann in ihre Arme, gab ihm einen langen, intensiven und zugleich stürmischen Kuss, beide drückten sich, als wollten sie nicht mehr voneinander lassen.

Epilog

Mehr als drei Jahrzehnte ist es her, seit ihrem Schicksalstag, der Tag, der ihr Leben grundlegend verändern sollte. Dreißig Jahre, die beide mehr und mehr zu einer Einheit zusammen wachsen liesen. Eine Zeitspanne von der beide keinen einzigen Tag missen wollten. Beide hatten sich bereits zur Ruhe gesetzt und überließen ihren Mädchen Pepi und Vio das Zepter, die Firma weiter auf Erfolgskurs zu halten. Pepi und Seli hatten die Beiden zu Großeltern werden lassen, während ihre Jüngste, Vio noch auf der Suche ihres ›Mr. Right‹ war. Die beiden Älteren hatten ihre Traummänner bereits gefunden und wirkten genauso glücklich wie es ihre Eltern bis heute sind. Von Anbeginn ihrer Liebe ließen sie es sich nicht nehmen mindestens einmal täglich, sich in die Arme zunehmen, um sich gegenseitig festzuhalten. Es war ein Ritual der Verbundenheit. Während ab der Pubertät, die Mädchen es nicht mehr täglich wollten, behielten die Eltern den Brauch bei, er gab ihnen Wärme und ein Wohlbefinden wie man es anders nicht auslösen konnte. Alexander krabbelt noch heute jeden Morgen, nachdem der Wecker klingelt, für eine romantische viertel Stunde hinüber zu seiner Feli. Zum Verwöhnen nimmt er sie noch heute, zärtlich in seine Arme. Er liebt die Berührungen an ihrer Hüfte, den weichen Oberschenkeln, ihre zarte, warme Haut und ihrem süßen kleinen Bauch. Ihr angenehmer Eigengeruch lässt ihn noch heute unter die Decke der Geborgenheit schlüpfen. Die Tage beginnen noch heute, dank dieses Rituals, für beide angenehm. Es versetzt Sie in einen Zustand der Verliebtheit, den Sie in jeder Zelle Ihres Körpers spüren. Am schönsten empfanden sie es, wenn eines oder sogar alle ihrer Kinder während der Nacht zu ihnen unter die Decke krochen. Wenn ihre Kinder die Wärme und Nähe der Eltern suchten. Während ihr intensiver Sex der Anfangsjahre etwas nachgelassen hat, ist ihre seelische Verbundenheit von Jahr zu Jahr intensiver geworden. Noch heute bekommen beide Herzklopfen, wenn sie sich bewusst sind, welches Glück, welches Wunder der Liebe ihnen zuteilwurde. Welch ein Zufall beide im richtigen Moment zueinander führte. Sie empfinden ihre Liebe und die Kinder noch heute als ein Geschenk des Himmels. Es macht sie Stolz, wie sich die Mädchen entwickelten und zudem wurden, was sie heute sind, bodenständig und selbstbewusst. Beide hätten keine besseren Partner finden können, sie waren, wie für sich geschaffen. Alexander wird noch heute beim Anblick seiner Feli unruhig und nervös, wenn sie nur mit einer Jeans ansonsten nackt vor ihm steht. Sie fallen noch heute, wenn auch altersbedingt etwas weniger stürmisch, übereinander her. Es ist nun ein Jahr her, dass Oma Maria die Familie für immer verlassen musste. Opa Pablo hat seither gesundheitlich abgebaut, der Verlust seiner Maria hat Spuren hinterlassen. Alexander und Feli kümmern sich, wie es nicht liebevoller sein könnte, sind sie ihm doch so dankbar.

Das Verlangen nach Sex mit anderen Partnern und Partnerinnen verspürten beide, seit Felis Entscheidung von damals, nicht mehr, beide sind sich bis heute genug!

BEIDE HATEN SICH GESUCHT UND GEFUNDEN!

BITTE REZENSIERE DIESES BUCH!

Dir hat dieser Roman gefallen? Dann freue ich mich, wenn du es in deinem Lieblingsshop rezensierst. Ob Amazon, Thalia & Co., völlig egal. Jede Rezension unterstützt mich bei meiner Arbeit und macht weitere Romane möglich.